看 圖 就 會

我的第一本
基礎
親子日語

おやこのにほんご

http://booknews.com.tw/mp3/9789864542987.htm

iOS系統請升級至iOS13後再行下載，
下載前請先安裝ZIP解壓縮程式或APP。
此為大型檔案，建議使用Wifi連線下載，
以免占用流量，並確認連線狀況，以利下載順暢。

本書使用說明

日語假名學習

假名初級簡表,包括平假名、片假名,分別收納清音、濁音、半濁音及拗音,更有鼻音、促音與長音的説明,初學好容易。

發音好簡單

透過發音方式説明及注音的輔助,輕鬆學好日語發音好簡單。

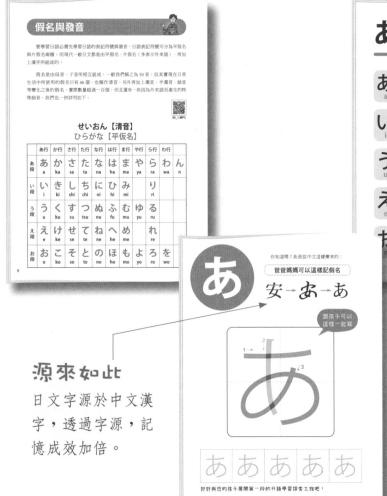

源來如此

日文字源於中文漢字,透過字源,記憶成效加倍。

筆畫練習

透過書寫,增加對假名的印象。下方有練習格,親自動手試寫成效更佳。

主題日語詳細剖析

主題內的日語用語均有詳細解說，包括羅馬音、漢字、詞性、中譯，讓孩子真正理解單字！初階先靠假名學習，熟練後再記漢字。

QR碼線上音檔

道地日語示範發音MP3，培養孩子一口標準的日語。當你一邊看書、一邊聽讀音檔時請注意，各情境大圖頁的音檔為獨立音檔，故需在大圖的當頁掃瞄才能聽取當頁內容。例：在第20頁掃瞄後會聽到「あ、ア行詞彙的內容」，但到了23頁後需跳過24及25頁（因這兩頁為情境大圖），音檔持續是唸讀的內容是接續第26頁的內容。

例句助學

每個用語都有例句輔助。附羅馬音便利發音及漢字為將來鋪好基礎。（※部分漢字為非常用漢字，在例句的漢字表記中仍會以假名表示。）

用語插圖

利用可愛插畫加深學習印象！

用語延伸

部分用語有各種不同主題的相關延伸表達，充實日語的表達能力。

相反用語

相當地與主題用語意義相反的詞彙，也會一併的列出來。

短會話

部分常用短會話會隨時列在相關的主題用語之下。這些會話皆是家庭生活中常用，且極短不難記。同時附漢字及中譯。

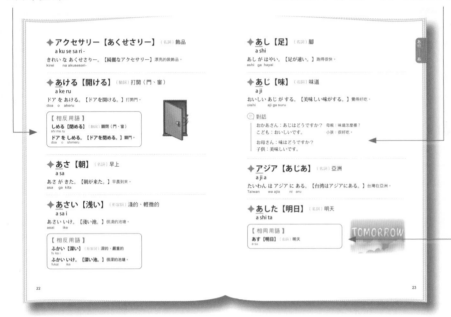

◆アクセサリー【あくせさりー】 [名詞] 飾品
a ku se sa ri-
きれいな あくせさりー。【綺麗なアクセサリー】漂亮的裝飾品。
kirei na akusesari-

◆あける【開ける】 [動詞] 打開（門、窗）
a ke ru
ドアを あける。【ドアを開ける。】打開門。
doa o akeru

【相反用語】
しめる【閉める】 [動詞] 關閉（門、窗）
sfs me ru
ドアを しめる。【ドアを閉める。】關門。
doa o shimeru

◆あさ【朝】 [名詞] 早上
a sa
あさが きた。【朝が来た。】早晨到來。
asa ga kita

◆あさい【浅い】 [形容詞] 淺的、輕微的
a sa i
あさい いけ。【浅い池。】很淺的池塘。
asai ike

【相反用語】
ふかい【深い】 [形容詞] 深的、嚴重的
fu ka i
ふかい いけ。【深い池。】很深的池塘。
fukai ike

22

◆あし【足】 [名詞] 腳
a shi
あしは はやい。【足が速い。】跑得很快。
ashi ga hayai

◆あじ【味】 [名詞] 味道
a ji
おいしい あじが する。【美味しい味がする。】覺得好吃。
oishii aji ga suru

對話
おかあさん：あじは どうですか？　母親：味道怎麼樣？
こども：おいしいです。　小孩：很好吃。
お母さん：味はどうですか？
子供：美味しいです。

◆アジア【あじあ】 [名詞] 亞洲
a ji a
たいわんは アジアに ある。【台湾はアジアにある。】台灣在亞洲。
Taiwan wa ajia ni aru

◆あした【明日】 [名詞] 明天
a shi ta

【相同用語】
あす【明日】 [名詞] 明天
a su

TOMORROW

23

相同用語

與主題用語意義相同的詞彙，也會一併的列出來。

主題分類

串聯日常生活主題，創造日文學習環境！

情境式全圖解

提升學習興趣、看圖就懂，自然就記住！

①いえ【家】 ie 家
②でかける【出掛ける】 dekakeru 出門
③ようふくや【洋服屋】 youfukuya 服店
④ようふく【洋服】 youfuku 西服
⑤スーツ【すーつ】 su-tsu 西裝
⑥ドレス【どれす】 doresu 禮服
⑦ほんや【本屋】 honya 書店
⑧ほん【本】 hon 書
⑨てんいん【店員】 tenin 店員
⑩おうさま【王様】 ousama 國王
⑪おうじょ【王女】 oujo 公主
⑫おうじ【王子】 ouji 王子
⑬じょおう【女王】 joou 王后
⑭かんばん【看板】 kanban 招牌
みち【道】 michi 街道
⑮あそぶ【遊ぶ】 asobu 遊玩
⑯はしる【走る】 hashiru 跑
⑰こども【子供】 kodomo 小孩子
⑱ゆうぐ【遊具】 yuugu 遊戲設施
⑲こうえん【公園】 kouen 公園
⑳ともだち【友達】 tomodachi 朋友
㉑えほん【絵本】 ehon 繪本
㉒ふしんしゃ【不審者】 fushinsha 可疑人士
㉓あかちゃん【赤ちゃん】 akachan 嬰兒
㉔ママ【まま】 mama 媽媽
㉕パパ【ぱぱ】 papa 爸爸

Bookstore

413

日本家庭生活中必用日常單字

收錄單字以日本家庭生活中必用日常單字為基準，讓孩子學到真正用得到的必會單字，為孩子打下完美的日文基礎。

もくじ

使用說明 ··· 002

假名與發音 ··· 008

あ、ア行發音法 ··· 016
あ、ア ··· 018

【情境詞彙】アクセサリー（飾品）··· 024

い、イ ··· 032

【情境詞彙】いえ（房子）··· 036

う、ウ ··· 044

え、エ ··· 052

お、オ ··· 056

【情境詞彙】おやつ（下午的點心）··· 070

か、カ行發音法 ··· 074
か、カ ··· 076

【情境詞彙】かぞく（家人）··· 086

【情境詞彙】がっこう（學校）··· 090

き、キ ··· 096

【情境詞彙】きょうしつ（教室）··· 106

く、ワ ··· 110

け、ケ ··· 120

こ、コ ··· 126

さ、サ行發音法 ··· 140
さ、サ ··· 142

し、シ ··· 152

【情境詞彙】しぜん（自然）··· 158

す、ス ··· 172

せ、セ ··· 182

そ、ソ ··· 190

た、タ行發音法 ··· 196
た、タ ··· 198

【情境詞彙】たいいく（體育）··· 202

【情境詞彙】だいどころ（廚房）··· 206

【情境詞彙】たべもの（食物）··· 214

5

ち、チ … 218

つ、ツ … 226

て、テ … 234

【情境詞彙】てんき（天氣）… 242

と、ト … 246

【情境詞彙】どうぶつ（動物）… 252

【情境詞彙】ところ（地方、場所）… 258

な、ナ行發音法 … 264

な、ナ … 266

に、ニ … 278

ぬ、ヌ … 286

ね、ネ … 290

の、ノ … 296

【情境詞彙】のりもの（交通工具）… 302

は、ハ行發音法 … 304

は、ハ … 306

ひ、ヒ … 324

【情境詞彙】びょういん（醫院）… 338

ふ、フ … 342

【情境詞彙】ふく（衣服）… 348

へ、ヘ … 364

【情境詞彙】へや（房間）… 370

ほ、ホ … 374

ま、マ行發音法 … 386

ま、マ … 388

み、ミ … 402

【情境詞彙】みち（街道）… 412

む、ム … 416

め、メ … 424

も、モ … 432

や、ヤ行發音法 … 444

や、ヤ … 446

【情境詞彙】やおや（蔬果店）… 450

ゆ、ユ … 456

よ、ヨ … 464

ら、ラ行發音法 … 474

ら、ラ … 476

り、リ … 482

る、ル … 490

れ、レ … 494

ろ、ロ … 502

わ、ワ行發音法 … 506

わ、ワ … 508

を、ヲ … 518

ん、ン … 522

假名與發音

　　要學習日語必需先學習日語的表記符號與發音。日語表記符號可分為平假名與片假名兩種。而現代一般日文都是由平假名、片假名（多表示外來語）、再加上漢字所組成的。

　　假名是由母音、子音所相互組成，一般我們稱之為50音，但其實現在日常生活中所使用的假名只有46個，也稱作清音。另外再加上濁音、半濁音、拗音等變化之後的假名，實際數量超過一百個，而且還有一些因為外來語而產生的特殊拗音，我們也一併詳列如下。

00_1.MP3

せいおん【清音】
ひらがな【平仮名】

	あ行	か行	さ行	た行	な行	は行	ま行	や行	ら行	わ行	
あ段	あ a	か ka	さ sa	た ta	な na	は ha	ま ma	や ya	ら ra	わ wa	ん n
い段	い i	き ki	し shi	ち chi	に ni	ひ hi	み mi		り ri		
う段	う u	く ku	す su	つ tsu	ぬ nu	ふ fu	む mu	ゆ yu	る ru		
え段	え e	け ke	せ se	て te	ね ne	へ he	め me		れ re		
お段	お o	こ ko	そ so	と to	の no	ほ ho	も mo	よ yo	ろ ro	を wo	

せいおん【清音】
カタカナ【片仮名】

	ア行	カ行	サ行	タ行	ナ行	ハ行	マ行	ヤ行	ラ行	ワ行	
ア段	ア a	カ ka	サ sa	タ ta	ナ na	ハ ha	マ ma	ヤ ya	ラ ra	ワ wa	ン n
イ段	イ i	キ ki	シ shi	チ chi	ニ ni	ヒ hi	ミ mi		リ ri		
ウ段	ウ u	ク ku	ス su	ツ tsu	ヌ nu	フ fu	ム mu	ユ yu	ル ru		
エ段	エ e	ケ ke	セ se	テ te	ネ ne	ヘ he	メ me		レ re		
オ段	オ o	コ ko	ソ so	ト to	ノ no	ホ ho	モ mo	ヨ yo	ロ ro	ヲ wo	

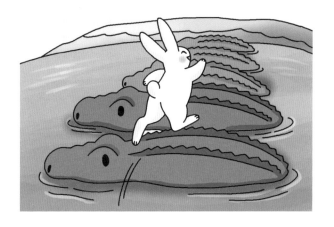

濁音與半濁音是在原本的假名上加上「〝」變成濁音，或者加上「。」變成半濁音。

だくおん【濁音】、はんだくおん【半濁音】
ひらがな【平仮名】

が ga	ざ za	だ da	ば ba	ぱ pa
ぎ gi	じ ji	ぢ ji	び bi	ぴ pi
ぐ gu	ず zu	づ zu	ぶ bu	ぷ pu
げ ge	ぜ ze	で de	べ be	ぺ pe
ご go	ぞ zo	ど do	ぼ bo	ぽ po

だくおん【濁音】、はんだくおん【半濁音】
カタカナ【片仮名】

ガ ga	ザ za	ダ da	バ ba	パ pa
ギ gi	ジ ji	ヂ ji	ビ bi	ピ pi
グ gu	ズ zu	ヅ zu	ブ bu	プ pu
ゲ ge	ゼ ze	デ de	ベ be	ペ pe
ゴ go	ゾ zo	ド do	ボ bo	ポ po

拗音是在原本的假名下再加上小字的「ゃ」、「ゅ」、「ょ」，雖然由兩個假名組成，但其實只算是一個音，發音時不需拉長。

00_3.MP3

ようおん【拗音】
ひらがな【平仮名】

きゃ kya	しゃ sha	ちゃ cha	にゃ nya	ひゃ hya	みゃ mya	りゃ rya
きゅ kyu	しゅ shu	ちゅ chu	にゅ nyu	ひゅ hyu	みゅ myu	りゅ ryu
きょ kyo	しょ sho	ちょ cho	にょ nyo	ひょ hyo	みょ myo	りょ ryo

ぎゃ gya	じゃ ja	ぢゃ ja	びゃ bya	ぴゃ pya
ぎゅ gyu	じゅ ju	ぢゅ ju	びゅ byu	ぴゅ pyu
ぎょ gyo	じょ jo	ぢょ jo	びょ byo	ぴょ pyo

ようおん【拗音】
カタカナ【片仮名】

キャ kya	シャ sha	チャ cha	ニャ nya	ヒャ hya	ミャ mya	リャ rya
キュ kyu	シュ shu	チュ chu	ニュ nyu	ヒュ hyu	ミュ myu	リュ ryu
キョ kyo	ショ sho	チョ cho	ニョ nyo	ヒョ hyo	ミョ myo	リョ ryo

ギャ gya	ジャ ja	ヂャ ja	ビャ bya	ピャ pya
ギュ gyu	ジュ ju	ヂュ ju	ビュ byu	ピュ pyu
ギョ gyo	ジョ jo	ヂョ jo	ビョ byo	ピョ pyo

由於有許多的外來語傳入日本，在日文中原本沒有這些假名與發音，但是為了配合外來語的表記，所以才特別創造出來這類特殊假名。例如「シェア」（share）分享、「ウェブサイト」（website）網站等等。這些因為都是外來語，所以只會用片假名表示。

00_4.MP3

とくしゅおん【特殊音】
外來語特殊拗音

ツァ tsa	ファ fa				
ウィ wi	ティ ti	フぃ fi	ディ di		
トゥ tu	ドゥ du	デュ dyu			
ウェ we	シェ she	チェ che	ツェ tse	フェ fe	ジェ je
ウォ wo	ツォ tso	フォ fo			

鼻音、促音與長音

「ん」是鼻音，無法單獨存在，必須加在其他假名之後，例如「あん」、「いん」等。

至於「っ」是促音，將「つ」寫小，用來表示發音的快速停頓。例如「かっこう」、「がっこう」等。

另外日文發音裡還有拉長音的規則，遇到下列狀況都必須要拉長音，也就是發音要拉長多一拍。

1.「あ段音」後面接「あ」，像是「おかあさん」。

2.「い段音」後面接「い」，像是「おにいさん」。

3.「う段音」後面接「う」，像是「くうき」。

4.「え段音」後面接「い」或「え」，像是「えいが」或「おねえさん」。

5.「お段音」後面接「う」或「お」，像是「おとうさん」或「とおい」。

在片假名之中，我們有時也會看到例如「ケーキ」、「メール」這樣中間有「ー」的符號，這也是長音的表記，當看到這樣的表記也表示這邊的發音要拉長音了。

最後我們來講一下某些特殊發音的例子，「は」、「へ」、「を」這三個字雖然是發「ha」、「he」、「wo」的音，但當他們放在句子之中當成助詞使用時，就要發成「wa」、「e」、「o」的音。例如：

私は学生です。（我是學生。）

学校へ行く。（去學校。）

ご飯を食べる。（吃飯。）

上述三句中的「は」、「へ」、「を」都是以助詞來使用，所以分別都要發成「wa」、「e」、「o」的音才對。當以後遇到這類情形，在發音上就要特別注意。

あ行 ●●●●● （あ、い、う、え、お）

01_00.MP3

あ a	把嘴巴張開，發出「啊（Ｙ）」的音。	**あめ【飴】** 糖果 a me
い i	把嘴巴微開，嘴角向左右伸展，發出「一（一）」的音。	**いぬ【犬】** 狗 i nu 
う u	把嘴巴張開，嘴角向左右伸展，發出「嗚（ㄨ）」的音。	**うし【牛】** 牛 u shi
え e	把嘴巴微張開，發出「Ａ（ㄟ）」的音。	**えび【海老】** 蝦子 e bi 
お o	把嘴巴張開，發出歐（ㄡ）的音。	**おおかみ【狼】** 狼 o o ka mi 

ア行 ●、●、●、●、●
（ア、イ、ウ、エ、オ）

ア a	把嘴巴張開，發出「啊（ㄚ）」的音。	アメリカ 美國 a me ri ka 
イ i	把嘴巴微開，嘴角向左右伸展，發出「一（一）」的音。	イギリス 英國 i gi ri su 
ウ u	把嘴巴張開，嘴角向左右伸展，發出「嗚（ㄨ）」的音。	ウール 羊毛 u-ru 
エ e	把嘴巴微張開，發出「A（ㄟ）」的音。	エプロン 圍裙 e pu ron 
オ o	把嘴巴張開，發出「歐（ㄡ）」的音。	オレンジ 橘色 o ren ji 

你知道嗎？あ是從中文這樣變來的：

爸爸媽媽可以這樣記假名

安 → あ → あ

跟孩子可以這樣一起寫

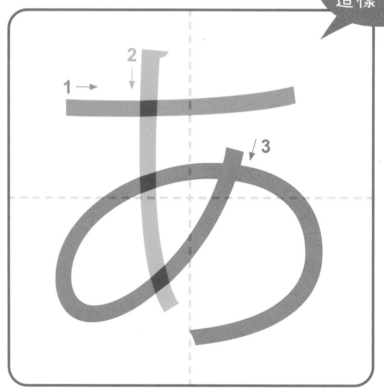

好好與您的孩子展開第一段的日語學習探索之旅吧！

你知道嗎？ア是從中文這樣變來的：

爸爸媽媽可以這樣記假名

阿 → 卪 → 阝 → ア

跟孩子可以這樣一起寫

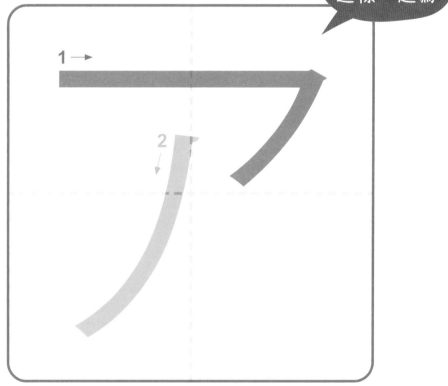

好好與您的孩子展開第一段的日語學習探索之旅吧！

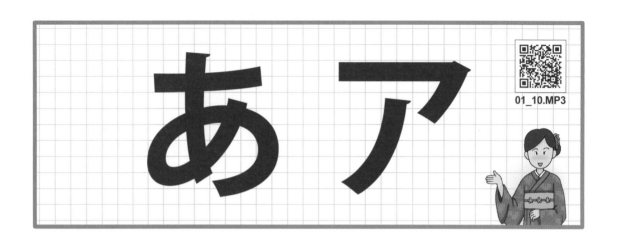

01_10.MP3

◆ <u>あ</u>いさつ【挨拶】 〔名詞、動詞〕問候、打招呼
a i sa tsu

せんせい に あいさつ を する。【先生に挨拶をする。】跟老師打招呼。
sensei　　ni aisatsu　　o suru

【常見的打招呼用語】

おはようございます。 早安。　　　こんばんは。 晚安。（晚上見面時用。）

こんにちは。 午安。　　　おやすみ。 晚安。（晚上分開時用。）

💬 對話

　がくせい：おはようございます。　學生：早安。
　せんせい：おはよう。　　　　　　老師：早。

　学生：おはようございます。
　先生：おはよう。

◆ あう【会う】 〔動詞〕見面、碰見、遇到
a u

ともだち に あう。【友達に会う。】跟朋友見面。
tomodachi ni au

◆ <u>あ</u>おい【青い】 〔形容詞〕藍色的
a o i

あおい うみ。【青い海。】藍色的海。
aoi　　umi

◆ <u>あ</u>かい【赤い】 〔形容詞〕紅色的
a ka i

あかい りんご。【赤いりんご。】紅色的蘋果。
akai　　ringo

◆ <u>あ</u>かるい【明るい】 〔形容詞〕明亮的
a ka ru i

あかるい へや。【明るい部屋。】明亮的房間。
akarui　　heya

> 【相反用語】
>
> **くらい【暗い】** 〔形容詞〕陰暗的
> ku ra i
>
> **くらいへや。【暗い部屋。】** 陰暗的房間。
> kurai　　heya

◆ <u>あ</u>き【秋】 〔名詞〕秋天
a ki

> 【與季節有關的單字】
>
> **きせつ【季節】** 〔名詞〕季節　　　　**あき【秋】** 〔名詞〕秋天
> ki se tsu　　　　　　　　　　　　　　　　a ki
>
> **はる【春】** 〔名詞〕春天　　　　　　**ふゆ【冬】** 〔名詞〕冬天
> ha ru　　　　　　　　　　　　　　　　　　fu yu
>
> **なつ【夏】** 〔名詞〕夏天
> na tsu

◆アクセサリー【あくせさりー】〔名詞〕飾品
a ku se sa ri -

きれい な あくせさりー。【綺麗なアクセサリー】漂亮的裝飾品。
kirei　　na akusesari-

◆あける【開ける】〔動詞〕打開（門、窗）
a ke ru

ドア を あける。【ドアを開ける。】打開門。
doa　o　akeru

【相反用語】

しめる【閉める】〔動詞〕關閉（門、窗）
shi me ru

ドア を しめる。【ドアを閉める。】關門。
doa　　o　shimeru

◆あさ【朝】〔名詞〕早上
a sa

あさ が きた。【朝が来た。】早晨到來。
asa　　ga kita

◆あさい【浅い】〔形容詞〕淺的、輕微的
a sa i

あさい いけ。【淺い池。】很淺的池塘。
asai　　ike

【相反用語】

ふかい【深い】〔形容詞〕深的、嚴重的
fu ka i

ふかい いけ。【深い池。】很深的池塘。
fukai　　ike

✦ <u>あ</u>し【足】 〔名詞〕腳
a shi

あし が はやい。【足が速い。】 跑得很快。
ashi ga hayai

✦ <u>あ</u>じ【味】 〔名詞〕味道
a ji

おいしい あじ が する。【美味しい味がする。】 覺得好吃。
oishi   aji ga suru

💬 對話

| おかあさん：あじ は どうですか？　母親：味道怎麼樣？
こども：おいしいです。　　　　　小孩：很好吃。

お母さん：味はどうですか？
子供：美味しいです。

✦ <u>ア</u>ジア【あじあ】 〔名詞〕亞洲
a ji a

たいわん は アジア に ある。【台湾はアジアにある。】 台灣在亞洲。
Taiwan   wa ajia   ni aru

✦ <u>あ</u>した【明日】 〔名詞〕明天
a shi ta

┌─────────────────────┐
│【 相同用語 】
│
│ **あす【明日】** 〔名詞〕明天
│ a su
└─────────────────────┘

② リュック【りゅっく】
ryukku 後背包

❹ ベルト【べると】
beruto 皮帶

⑤ ぼうし【帽子】
boushi 帽子

③ ハンドバッグ【はんどばっぐ】
handobaggu 手提包

⑭ サングラス【さんぐらす】
sangurasu 太陽眼鏡

❶ カバン【かばん】
kaban 包包

⑮ さいふ【財布】
saifu 錢包

50%

01_11.MP3

⑱ ピアス【ぴあす】
piasu 耳環

アクセサリー
【あくせさりー】
akusesari- 飾品

⑯ ネックレス
【ねっくれす】
nekkuresu 項鍊

⑰ ゆびわ【指輪】
yubiwa 戒指

⑥ かめん【仮面】
kamen 面具

衣物區

⑩ てぶくろ【手袋】
tebukuro 手套

⑨ ネクタイ【ねくたい】
nekutai 領帶

⑪ ハンカチ【はんかち】
hankachi 手帕

⑦ かさ【傘】
kasa 傘

⑧ ひがさ【日傘】
hikasa 遮陽傘

⑫ マフラー【まふらー】
mafura- 圍巾

⑬ スカーフ【すかーふ】
suka-fu 絲巾

㉔ あまぐつ【雨靴】
amagutsu 雨鞋

㉕ スニーカー【すにーかー】
suni-ka- 運動鞋

㉑ くつした【靴下】
kutsushita 襪子

鞋襪區

㉒ くつ【靴】
kutsu 鞋子

首飾區

⑳ ブレスレット【ぶれすれっと】
buresuretto 手環、手鍊

㉓ スリッパ【すりっぱ】
surippa 拖鞋

⑲ ヘアピン【へあぴん】
heapin 髮夾

◆ あそぶ【遊ぶ】 〔動詞〕玩、遊戲
a so bu

ゲーム で あそぶ。【ゲームで遊ぶ】玩遊戲。
ge-mu　de asobu

◆ あたたかい【暖かい、温かい】 〔形容詞〕
a ta ta ka i

温暖的、暖和的、熱的、熱情的

はる は あたたかい。【春は暖かい。】春天很暖和。
haru　wa atatakai

あたたかい おちゃ です。【温かいお茶です。】熱茶。
atatakai　　ocha　desu

【 相反用語 】

つめたい【冷たい】〔形容詞〕冷的、寒冷的、冰的、冷淡的
tsu me ta i

かぜ が つめたい。【風が冷たい。】風很冷。
kaze　ga tsumetai

つめたい コーヒー です。【冷たいコーヒーです。】冰咖啡。
tsumetai　ko-hi-　　desu

◆ あたま【頭】 〔名詞〕頭、腦筋
a ta ma

あたま が いい。【頭が良い。】頭腦很好、很聰明。
atama　ga ii

◆ あたらしい【新しい】 〔形容詞〕新的
a ta ra shi i

あたらしい かばん。【新しいかばん。】新的包包。
atarashii　　kaban

【相反用語】

ふるい【古い】〔形容詞〕舊的
fu ru i

◆ <u>あ</u>つい【暑い】〔形容詞〕炎熱的
a tsu i

あつい なつ です。【暑い夏です。】炎熱的夏天。
atsui　natsu desu

【相反用語】

さむい【寒い】〔形容詞〕寒冷的
sa mu i

さむい ふゆ です。【寒い冬です。】寒冷的冬天。
samui　fuyu　desu

💬 對話

わたし：きょうはあついです。　　我：今天很熱。
ともだち：そうですね。　　　　　朋友：對啊。

私：今日は暑いです。
友達：そうですね。

◆ <u>あ</u>なた【貴方】〔代名詞〕你
a na ta

【你我他的代名詞用語】

あなた【貴方】〔代名詞〕你
a na ta

かれ【彼】〔代名詞〕他
ka re

わたし【私】〔代名詞〕我
wa ta shi

彼女【彼女】〔代名詞〕她
ka no jyo

◆ **あに【兄】** 〔名詞〕哥哥
a ni

【兄弟姉妹稱謂的關連用語】

あに【兄】 〔名詞〕哥哥
a ni

あね【姉】 〔名詞〕姊姊
a ne

いもうと【妹】 〔名詞〕妹妹
i mo u to

おとうと【弟】 〔名詞〕弟弟
i mo u to

きょうだい【兄弟】 〔名詞〕兄弟姊妹
kyo u da i

◆ **アニメ（ーション）【あにめ（ーしょん）】** 〔名詞〕
a ni me- shon

動畫、動漫、卡通

アニメ を みる。【アニメを見る。】看動畫。
anime　wo　miru

◆ **アフリカ【あふりか】** 〔名詞〕非洲
a fu ri ka

アフリカ に いく。【アフリカに行く。】去非洲。
afurika　　ni　iku

◆ **あぶない【危ない】** 〔形容詞〕危險的
a bu na i

ふゆ の やま は あぶない。【冬の山は危ない。】冬天山裡很危險。
fuyu　no　yama　wa　abunai

◆ **あまい【甘い】** 〔形容詞〕甜的
a ma i

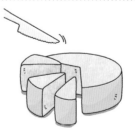

【關於味道的用語】

あまい【甘い】〔形容詞〕甜的
a ma i

すっぱい【酸っぱい】〔形容詞〕酸的
su ppa i

しおからい【塩辛い】〔形容詞〕鹹的
shi o ka ra i

にがい【苦い】〔形容詞〕苦的
ni ga i

からい【辛い】〔形容詞〕辣的
ka ra i

しぶい【渋い】〔形容詞〕澀的
shi bu i

◆あめ【雨】〔名詞〕雨、雨天
a me

あめ が ふる。【雨が降る。】下雨。
ame　ga　furu

◆あめ【飴】〔名詞〕糖果
a me

あめ を なめる。【飴を舐める。】含糖果、吃糖果。
ame　o　nameru

◆アメリカ【あめりか】〔名詞〕美洲、美國
a me ri ka

アメリカ に いく。【アメリカに行く。】去美國。
amerika　ni　iku

◆あやしい【怪しい】〔形容詞〕奇怪、可疑的
a ya shi i

あやしい ひと。【怪しい人。】可疑的人。
ayashii　hito

✦ あらう【洗う】 〔動詞〕洗
a ra u

てをあらう。【手を洗う】洗手。
te　o　arau

✦ ある【有る】 〔動詞〕（物體跟植物使用）有、存在
a ru

へやにテレビがある。【部屋にテレビが有る。】房間裡有電視。
heya　ni　terebi　ga aru

> 【 存在有無的用語 】
>
> **ある【有る】**〔動詞〕有、存在
> a ru
>
> **ない【無い】**〔形容詞〕沒有、不存在
> na i

✦ あるく【歩く】 〔動詞〕走路、步行
a ru ku

ほどうをあるく。【歩道を歩く。】走在人行道。
hodou　o　aruku

✦ (アル)バイト【(ある)ばいと】 〔名詞〕打工、工讀
(a ru) ba i to

よるはバイトをする。【夜はバイトをする。】晚上要打工。
yoru　wa baito　o　suru

✦ アルコール【あるこーる】 〔名詞〕酒精
a ru ko－ru

アルコールでてをしょうどくする。【アルコールで手を消毒する。】
aruko-ru　de te o shoudoku　suru

用酒精消毒手。

✦ アルバム【あるばむ】 〔名詞〕相簿、紀念冊
a ru ba mu

そつぎょう アルバム。【卒業アルバム。】畢業紀念冊。
sotsugyou　　arubamu

✦ あれ 〔代名詞〕遠方的那個
a re

あれ は なん ですか？【あれは何ですか？】遠方那個是什麼？
are　wa nan　desuka

> 【 其他相關的代名詞 】
>
> これ〔代名詞〕這個　　　　　　あれ〔代名詞〕遠方的那個
> ko re　　　　　　　　　　　　a re
>
> それ〔代名詞〕那個　　　　　　どれ〔代名詞〕哪個
> so re　　　　　　　　　　　　do re

💬 對話

わたし：あれはなんですか？　　　我：那是什麼？
ともだち：あれはとりです。　　　朋友：那是鳥。

わたし：あれは何ですか？
ともだち：あれは鳥です。

✦ あんぜん【安全】 〔名詞、形容動詞〕安全
an zen

あんぜん な ばしょ。【安全な場所。】安全的地點、場所。
anzen　　na basho

你知道嗎？い是從中文這樣變來的：

爸爸媽媽可以這樣記假名

以 → 以 → い

跟孩子可以
這樣一起寫

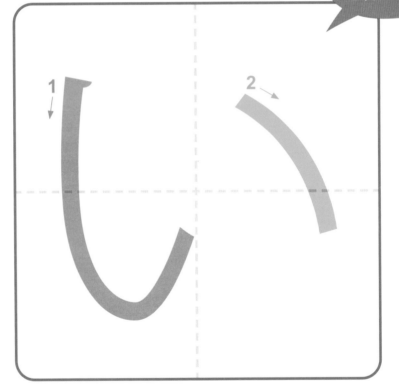

好好與您的孩子展開第一段的日語學習探索之旅吧！

你知道嗎？イ是從中文這樣變來的：

爸爸媽媽可以這樣記假名

伊 → イ

跟孩子可以
這樣一起寫

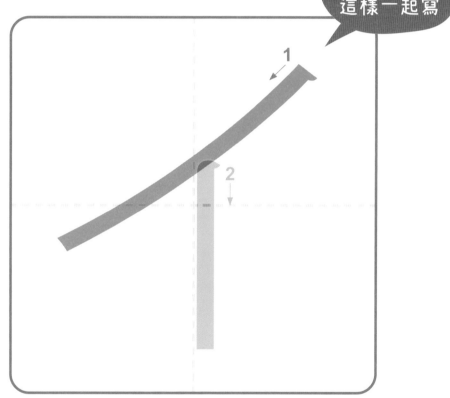

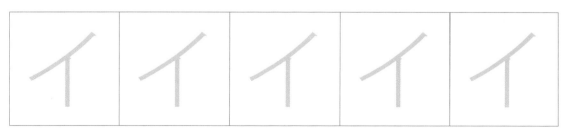

好好與您的孩子展開第一段的日語學習探索之旅吧！

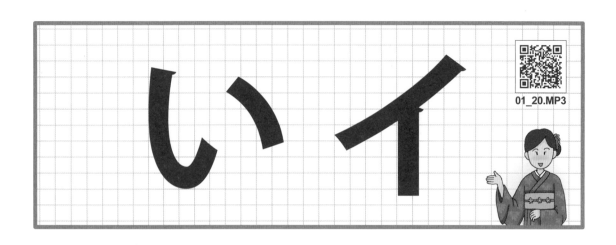

01_20.MP3

✦ <u>い</u>い【良い】〔形容詞〕好的、可以
ii

いい がくせい。【良い学生。】好學生。
ii　　　gakusei

> 【好壞的用語】
>
> **よい【良い】**〔形容詞〕好的、可以
> yo i
>
> **わるい【悪い】**〔形容詞〕不好的、壞的
> wa ru i

✦ <u>い</u>いえ〔感嘆詞〕不、不是
iie

いいえ、わたし は せんせい ではない。【いいえ、私は先生ではない。】
iie　　　　　watashi wa sensei　　dewanai

不，我不是老師。

✦ いう【言う】 〔動詞〕說話、告知、叫做
iu

せんせい に いう。【先生に言う。】要跟老師說。
sensei　　ni iu

これ は しょうろんぽう と いう。【これは小籠包と言う。】這個叫小籠包。
kore　wa　shouronpou　　　　to iu

✦ いえ【家】 〔名詞〕家、房屋、房子
ie

いえにかえる【家に帰る。】回家。
ie　　ni kaeru

いえをかう【家を買う。】買房子。
ie　　o kau

✦ いか【烏賊】 〔名詞〕烏賊、魷魚
ika

いかやき を たべる。【イカ焼きを食べる。】吃烤魷魚。
ikayaki　　o taberu

✦ いく【行く】 〔動詞〕去、前往
iku

がっこう に いく【学校に行く。】去學校。
gakkou　　ni iku

💬 對話

おかあさん：きょうはどこにいく？　　媽媽：今天要去哪裏？
おとうさん：かいしゃ。　　　　　　　爸爸：公司。

お母さん：今日はどこに行く？
お父さん：会社。

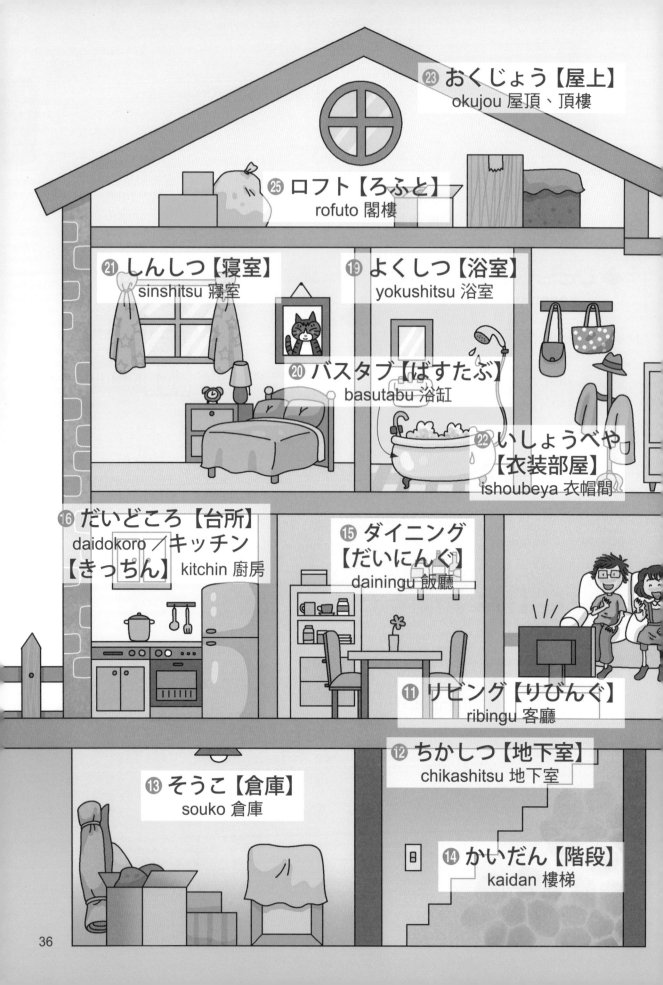

㉓ おくじょう【屋上】
okujou 屋頂、頂樓

㉕ ロフト【ろふと】
rofuto 閣樓

㉑ しんしつ【寝室】
sinshitsu 寢室

⑲ よくしつ【浴室】
yokushitsu 浴室

⑳ バスタブ【ばすたぶ】
basutabu 浴缸

㉒ いしょうべや
【衣装部屋】
ishoubeya 衣帽間

⑯ だいどころ【台所】
daidokoro／キッチン
【きっちん】 kitchin 廚房

⑮ ダイニング
【だいにんぐ】
dainingu 飯廳

⑪ リビング【りびんぐ】
ribingu 客廳

⑫ ちかしつ【地下室】
chikashitsu 地下室

⑬ そうこ【倉庫】
souko 倉庫

⑭ かいだん【階段】
kaidan 樓梯

01_21.MP3

㉔ せんたくもの【洗濯物】
sentakumono 清洗的衣物

⑰ こどもべや【子供部屋】
kodomobeya 兒童房

⑥ ベランダ【べらんだ】
beranda 陽台

⑦ ぼんさい【盆栽】
bonsai 盆栽

⑱ ほんだな【本棚】
hondana 書櫃

⑤ バスケ（ットボール）
【ばすけ（っとぼーる）】
basuke（ttobo-ru）籃球

⑩ げんかん【玄関】
genkan 玄關

③ しゃこ【車庫】
shako 車庫

④ くるま【車】
kuruma 車子

⑧ にわ【庭】
niwa 院子、庭院

⑨ さく【柵】
saku 圍欄

❶ もん【門】
mon 門

❷ ベル【べる】
beru 電鈴

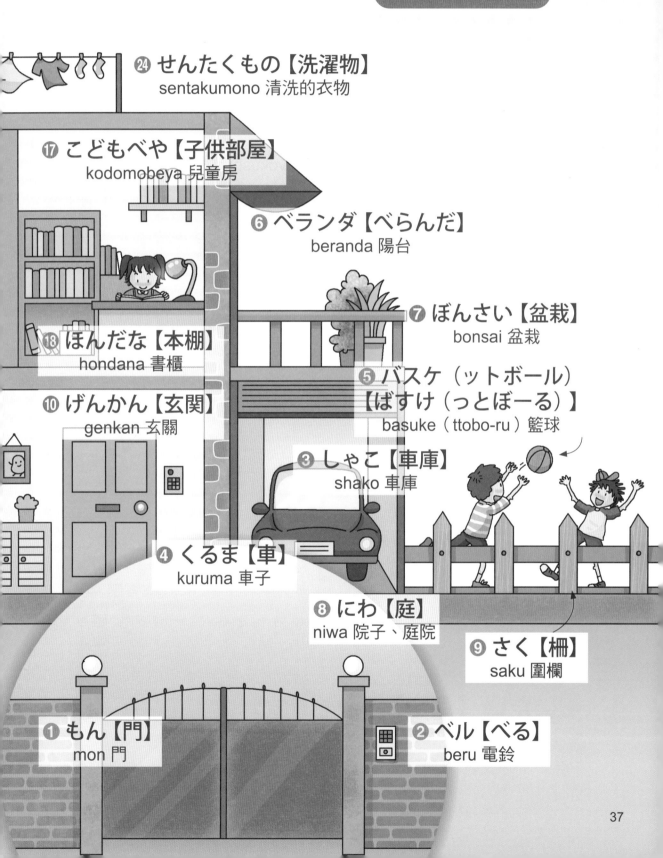

◆いくつ【幾つ】 〔名詞〕幾個、多少、幾歲
i ku tsu

いくつありますか？【いくつありますか？】有多少個？
ikutsu　arimasuka

おいくつですか？【おいくつですか？】你幾歲？
o　ikutsu　desuka

◆いくら 〔名詞〕（數量、重量、價錢）多少

これはいくらですか？【これはいくらですか？】這個多少錢？
kore　wa ikura　　desuka

◆いし【石】 〔名詞〕石頭
i shi

みちにいしがある。【道に石がある。】路上有石頭。
michi ni ishi　ga aru

◆いしゃ【医者】 〔名詞〕醫生
i sha

いしゃにみてもらう。【医者に診てもらう。】給醫生看診。
isha　　ni mite morau

◆いそがしい【忙しい】 〔形容詞〕忙碌的
i so ga shi i

しごとはいそがしい。【仕事は忙しい。】工作很忙。
shigoto wa isogashi

◆いたい【痛い】 〔形容詞〕疼痛的
i ta i

あたまがいたい。【頭が痛い。】頭痛。
atama　ga itai

💬 對話

おかあさん：どうした？　　　　媽媽：怎麼了？
こども：おなかがいたい。　　　小孩：肚子痛。

お母さん：どうした？
子供：お腹が痛い。

◆ いただく 【頂く】　〔動詞〕領受、享用
i ta da ku

いただきます。【頂きます。】我要開動了。
itadakimasu

◆ いちにち 【一日】　〔名詞〕一天、一整天
i chi ni chi

いちにち まっている。【一日待っている。】等了一整天。
ichinichi　　matteiru

◆ いちば 【市場】　〔名詞〕市場
i chi ba

いちば で かいもの する。【市場で買い物する。】在市場買東西。
ichiba　de kaimono　suru

◆ いちばん 【一番】　〔名詞〕第一、最好
i chi ba n

クラス の いちばん に なる。【クラスの一番になる。】
kurasu　no ichiban　　ni naru

成為班上第一名。

◆ いつ【何時】 〔代名詞〕何時、什麼時候
i tsu

いつ くる か？【何時来るか？】 什麼時候來？
itsu　kuru ka

【 いつ 的 相 關 用 語 】

いつか【何時か】 〔副詞〕早晚、總有一天
i tsu ka

いつか せいこう する。【いつか成功する。】 總有一天會成功。
itsuka　seikou　suru

いつまで【何時まで】 〔副詞〕到什麼時候？
i tsu ma de

とうきょう に いつまで いる か？【東京にいつまでいるか。】
tokyou　　　ni itsumade　iru　ka

會在東京待到什麼時候？

いつも【何時も】 〔副詞〕總是、老是
i tsu mo

いつも おそい。【いつも遅い。】 總是很慢。
itsumo　osoi

◆ いっしょ【一緒】 〔名詞、動詞〕一起、一樣
i ssho

いっしょ に こうえん に いく。【一緒に公園に行く。】 一起去公園。
issho　　ni　kouen　　ni iku

わたし の ふく も いっしょ です。【私の服も一緒です。】
watashi no fuku mo issho　　desu

我的衣服也是一樣的。

🗨 **對話**

| おかあさん：こうえんへいく？ | 媽媽：要去公園嗎？ |
| こども：いっしょにいこう。 | 小孩：一起去吧。 |

お母さん：公園へ行く？
子供：一緒に行こう。

◆いっしょうけんめい【一生懸命】 〔名詞、形容動詞〕
i ssho u ken me i

拚命、努力

いっしょうけんめい に べんきょう する。【一生懸命に勉強する。】
isshoukenmei　　　ni　benkyou　　suru

拚命地學習。

◆いっぱい【一杯】 〔名詞〕一碗、一杯；〔副詞〕滿了、飽了
i ppa i

おちゃ を いっぱい どうぞ。【お茶を一杯どうぞ。】請喝一杯茶。
ocha　o ippai　　douzo

おなか が いっぱい です。【お腹が一杯です。】肚子飽了。／我吃飽了。
onaka　ga ippai　　desu

◆いなか【田舎】 〔名詞〕鄉下、農村
i na ka

いなか に すむ。【田舎に住む。】住鄉下。
inaka　　ni　sumu

◆いま【今】 〔名詞〕現在、目前
i ma

いま は あさ です。【今は朝です。】現在是早上。
ima　wa asa　desu

【相關用語】

いままで【今まで】 〔副詞〕過去、到目前為止。
i ma ma de

💬 對話

こども：いまなんじですか？　　　小孩：現在幾點？

おかあさん：もうはちじだよ？　　媽媽：已經八點了。

子供：今何時ですか？

お母さん：もう八時だよ。

◆ <u>いみ</u>【意味】　〔名詞〕意思、意義
i mi

どう いう いみ ですか？【どういう意味ですか？】什麼意思？
dou iu   imi desuka

◆ <u>いや</u>【嫌】　〔形容動詞〕討厭、厭惡
i ya

がっこう が いや です。【学校が嫌です。】討厭上學。
gakkou   ga iya desu

◆ <u>いる</u>【居る】　〔動詞〕（人、跟動物使用）有、存在
i ru

へや に いぬ が いる。【部屋に犬がいる。】房間裡有狗。
heya ni inu ga iru

> 【存在與不存在的用語】
> **いる**【居る】〔動詞〕有、存在
> i ru
> **いない**【居ない】沒有、不存在
> i nai

💬 對話

わたし：せんせいはどこですか？　我：老師在哪裏？

ともだち：きょうしつにいる。　　朋友：在教室裡。

私：先生はどこですか？

友達：教室にいる。

✦ <u>い</u>ろ【色】 〔名詞〕顔色
i ro

いろん な いろ が あります。【色んな色があります。】有各種顔色。
iron　　na iro　　ga arimasu

【 各種顔色的用語 】

くろ【黒】 〔名詞〕黑色
ku ro

しろ【白】 〔名詞〕白色
shi ro

あか【赤】 〔名詞〕紅色
a ka

みどり【緑】 〔名詞〕綠色
mi do ri

あお【青】 〔名詞〕藍色
a o

むらさき【紫】 〔名詞〕紫色
mu ra sa ki

はいいろ【灰色】 〔名詞〕灰色
ha i i ro

ちゃいろ【茶色】 〔名詞〕褐色
cha i ro

ももいろ【桃色】 〔名詞〕桃紅色
mo mo i ro

きんいろ【金色】 〔名詞〕金色
kin i ro

ぎんいろ【銀色】 〔名詞〕銀色
gin i ro

💬 對話

おかあさん：どんないろがすき？　　媽媽：你喜歡哪種顏色？
こども：くろがすき。　　　　　　小孩：我喜歡黑色。

お母さん：どんな色が好き？
子供：黒が好き。

✦ <u>い</u>ろいろ【色々】 〔名詞、形容動詞〕各式各樣的
i ro i ro

いろいろ な はな です。【色々な花です。】各式各樣的花。
iroiro　　na hana desu

【 其他類似的用語 】

いろんな【色んな】 〔連體詞〕各式各樣的
i ron na

いろんな はな です。【色んな花です。】 各式各樣的花。
ironna　　hana desu

さまざま【様々】 〔名詞、形容動詞〕各式各樣的
sa ma za ma

你知道嗎？う是從中文這樣變來的：

爸爸媽媽可以這樣記假名

宇 → 宀 → う

跟孩子可以
這樣一起寫

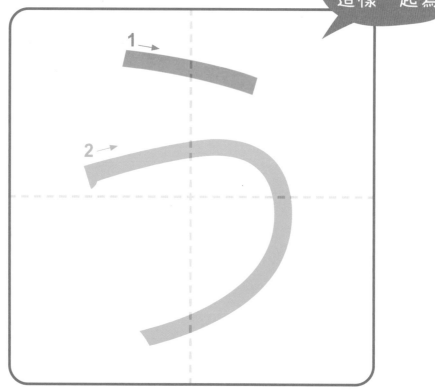

好好與您的孩子展開第一段的日語學習探索之旅吧！

你知道嗎？ウ是從中文這樣變來的：

爸爸媽媽可以這樣記假名

宇 → 宀 → ウ

跟孩子可以
這樣一起寫

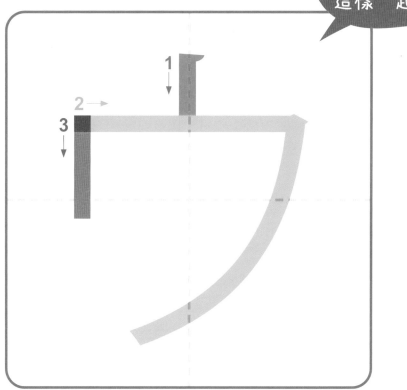

ウ　ウ　ウ　ウ　ウ

好好與您的孩子展開第一段的日語學習探索之旅吧！

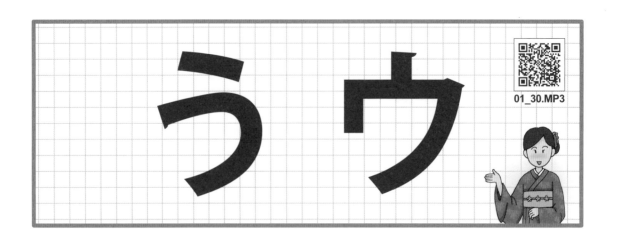

◆ <u>うえ</u>【上】 〔名詞〕上、上面
u e

やま の うえ には いえ が ある。 【山の上には家がある。】 山上有戶人家。
yama no ue   niwa ie   ga aru

> 【相反用語】
>
> した【下】 〔名詞〕下、下面
> shita
>
> やま の した には かわ が ある。 【山の下には川がある。】 山下有條河。
> yama no shita niwa kawa ga aru

◆ <u>うかぶ</u>【浮かぶ】 〔動詞〕漂、浮
u ka bu

くも が そら に うかぶ。 【雲が空に浮かぶ。】
kumo ga sora ni ukabu

雲飄在天空中。

◆ <u>ウイルス</u>【ういるす】 〔名詞〕病毒
u i ru su

ウイルス に かんせん した。 【ウイルスに感染した。】 感染了病毒。
uirusu   ni kansen   shita

✦ ウーロン茶【うーろんちゃ】 〔名詞〕烏龍茶
u- ron cha

ウーロンちゃ を のむ。【ウーロン茶を飲む。】喝烏龍茶。
u-roncha　　　o nomu

✦ うけつけ【受付】 〔名詞〕受理櫃檯
u ke tsu ke

みせ の うけつけ。【店の受付。】商店的櫃台。
mise no uketsuke

💬 對話

おきゃくさん：うけつけはどこですか？　　客人：櫃台在哪邊？
てんいん：あちらです。　　　　　　　　　店員：在那邊。

お客さん：受付はどこですか？
店員：あちらです。

✦ うごく【動く】 〔動詞〕（自己）移動
u go ku

かぜ で くも が うごく。【風で雲が動く。】因為風的關係雲會移動。
kaze de kumo ga ugoku

✦ うしろ【後ろ】 〔名詞〕後面
u shi ro

うしろ に やま が ある。【後ろに山がある。】後面有座山。
ushiro ni yama ga aru

✦ うすい【薄い】 〔形容詞〕厚度薄的、味道淡的
u su i

この かべ が うすい。【この壁が薄い。】這面牆壁很薄。（隔音不好）
kono kabe ga usui

このりょうりのあじがうすい。【この料理の味が薄い。】這道料理味道很淡。
kono ryouri　　no aji　ga usui

【 相反用語 】

うすい【薄い】〔形容詞〕薄的　　　　うすい【薄い】〔形容詞〕淡的
u su i　　　　　　　　　　　　　　u su i

あつい【厚い】〔形容詞〕厚的　　　　こい【濃い】〔形容詞〕濃的
a tsu i　　　　　　　　　　　　　　ko i

◆ うそ【うそ】〔名詞〕謊言、騙人
u so

うそ を つく。【嘘をつく。】説謊騙人。
uso　o　tsuku

💬 對話

ともだち：キムタクがきた。　　　　朋友：木村拓哉來了。
わたし：うそ！　　　　　　　　　　我：騙人！

友達：キムタクが来た。
私：嘘！

◆ うた【歌】〔名詞〕歌曲
u ta

たのしい うた。【楽しい歌。】快樂的歌曲。
tanoshii　　uta

【 相關用語 】

きょく【曲】〔名詞〕歌曲
kyo ku

◆ うたう【歌う】〔動詞〕唱歌
u ta u

うた を うたう。【歌を歌う。】唱歌。
uta　　o　utau

◆うち【内・家】 〔名詞〕裡面、家
u chi

うち から でる。【内から出る。】從裡面出來。
uchi kara deru

うち に あそび に くる。【家に遊びに来る。】到家裡來玩。
uchi ni asobi ni kuru

【 相 反 用 語 】

そと【外】〔名詞〕外面
so to

そと で しょくじ する。【外で食事する。】外食。
soto de shokuji suru

◆うちゅう【宇宙】 〔名詞〕宇宙
u chu u

うちゅう へ とぶ。【宇宙へ飛ぶ。】飛向宇宙。
uchuu he tobu

◆うつ【打つ】 〔動詞〕敲、打
u tsu

ボール を うつ。【ボールを打つ。】打球、擊球。
bo-ru o utsu

◆うつくしい【美しい】 〔形容詞〕美麗的、美妙的
u tsu ku shi i

うつくしい はな。【美しい花。】美麗的花朵。
utsukushii hana

【 相 反 用 語 】

みにくい【醜い】〔形容詞〕醜陋的、難看的
mi ni ku i

◆うで【腕】 〔名詞〕手臂、手腕、本事、能力
u de

うで が いたい。 【腕が痛い。】 手臂疼痛。
ude　ga itai

◆うまれる【生まれる】 〔動詞〕出生
u ma re ru

こども が うまれる。 【子供が生まれる。】 小孩出生了。
kodomo ga　umareru

💬 對話

ともだち：せんしゅうこどもがうまれた。　　朋友：上禮拜孩子出生了。
わたし：おめでとうございます。　　　　　　我：恭喜你。

友達：先週子供が生まれた。
私：おめでとうございます。

◆うら【裏】 〔名詞〕背面、反面、裡面、後面
u ra

カード の うら に ばんごう が かいて ある。
ka-do　no ura ni bangou　ga kaite　aru

【カードの裏に番号が書いてある。】 卡片背後寫著號碼。

【 相反用語 】

おもて【表】 〔名詞〕正面、表面、前面
o mo te

◆うらやましい【羨ましい】 〔形容詞〕令人羨慕的
u ra ya ma shi i

うらやましい せいかつ。 【羨ましい生活。】 令人稱羨的生活。
urayamashii　　seikatsu

◆ うる【売る】 〔動詞〕販賣
u ru

やさい を うる。【野菜を売る。】賣菜。
yasai　o　uru

◆ うるさい【煩い】 〔形容詞〕吵雜的、厭煩的
u ru sa i

そと の こうじ が うるさい。【外の工事がうるさい。】
soto　no　kouji　ga urusai

外面的工程很吵。

◆ うれしい【嬉しい】 〔形容詞〕高興的、歡喜的、開心的
u re shi i

うれしい ニュース。【嬉しいニュース。】開心的消息。
ureshii　　nyu-su

◆ うんどう【運動】 〔名詞、動詞〕運動
un dou

うんどう が すき です。【運動が好きです。】喜好運動。
undou　　ga suki desu

> 【 相反用語 】
>
> **スポーツ【すぽーつ】** 〔名詞〕運動、體育
> sup o-tsu
>
> **スポーツ が すき です。【スポーツが好きです。】** 愛好運動。
> supo-tsu　ga suki　desu

你知道嗎？え是從中文這樣變來的：

爸爸媽媽可以這樣記假名

衣 → え → え

跟孩子可以
這樣一起寫

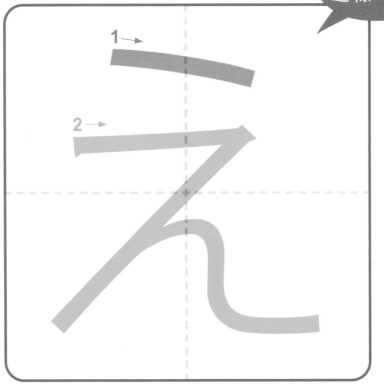

好好與您的孩子展開第一段的日語學習探索之旅吧！

你知道嗎？工是從中文這樣變來的：

爸爸媽媽可以這樣記假名

江 → 工

跟孩子可以這樣一起寫

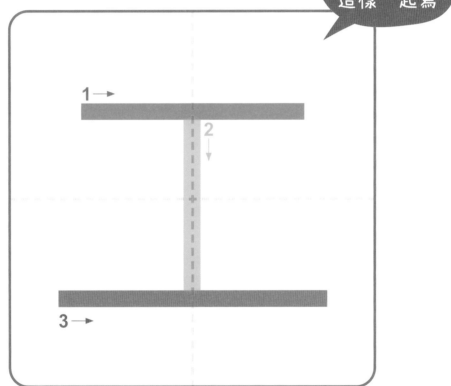

好好與您的孩子展開第一段的日語學習探索之旅吧！

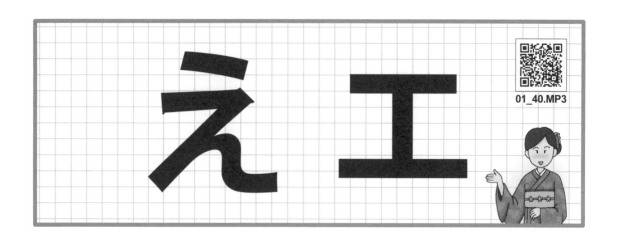

◆ <u>え</u>いが【映画】 〔名詞〕電影
eiga

えいが を みる。【映画を見る。】看電影。
eiga　　o miru

💬 對話

ともだち：いっしょにえいがをみにいかない？　　朋友：要不要一起去看電影？
わたし：いいよ。　　　　　　　　　　　　　　　我：好啊。

友達：一緒に映画を見に行かない？
私：いいよ。

◆ <u>え</u>いご【英語】 〔名詞〕英語
eigo

えいご を はなす。【英語を話す。】説英文。
eigo　　o hanasu

◆ <u>え</u>き【駅】 〔名詞〕車站
eki

えき まで おくる。【駅まで送る。】送到車站。
eki　　made okuru

✦ エスカレーター【えすかれーたー】 〔名詞〕電扶梯

e su ka re-ta-

エスカレーター に のる。【エスカレーターに乗る。】搭乘電扶梯。
esukare-ta-　　　ni noru

✦ エプロン【えぷろん】 〔名詞〕圍裙

e pu ron

エプロン を つける。【エプロンを付ける。】穿圍裙。
epuron　　o tsukeru

✦ えらい【偉い】 〔形容詞〕偉大、厲害、了不起

e ra i

えらい ひと に なる。【偉い人になる。】成為偉人。
erai　　hito　ni　naru

💬 對話

こども：しゅくだいができた。　　小孩：作業做完了。
おかあさん：えらい。　　　　　媽媽：了不起。

子供：宿題ができた。
お母さん：偉い。

✦ エレベーター【えれべーたー】 〔名詞〕電梯

e re be-ta-

エレベーター に のる。【エレベーターに乗る。】搭乘電梯。
erebe-ta-　　　ni　noru

✦ えんそく【遠足】 〔名詞〕遠足

en so ku

どうぶつえん へ えんそく に いく。【動物園へ遠足に行く。】
doubutsuen　　e ensoku　nu iku

去動物園遠足。

你知道嗎？お是從中文這樣變來的：

爸爸媽媽可以這樣記假名

於 → お → お

跟孩子可以
這樣一起寫

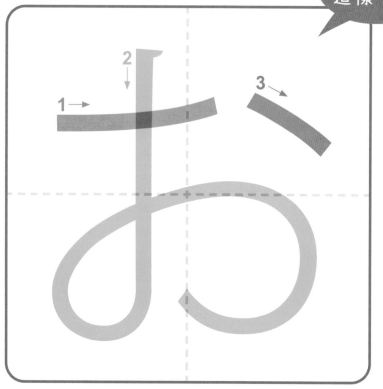

お　お　お　お　お

好好與您的孩子展開第一段的日語學習探索之旅吧！

你知道嗎？才是從中文這樣變來的：

爸爸媽媽可以這樣記假名

於 → 才 → オ

跟孩子可以
這樣一起寫

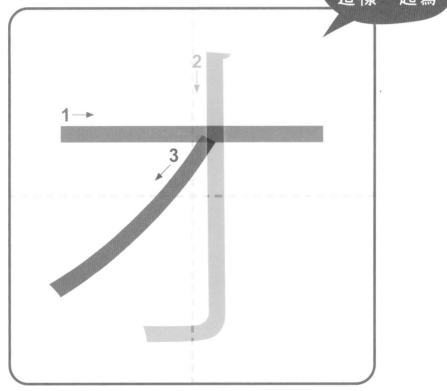

好好與您的孩子展開第一段的日語學習探索之旅吧！

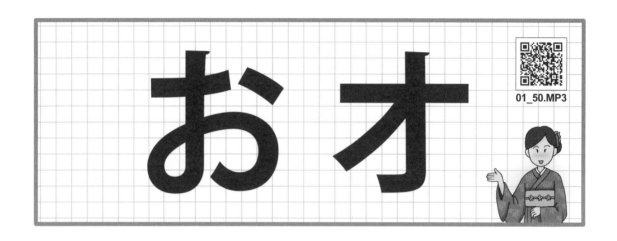

おオ

01_50.MP3

◆ **おう【追う】** 〔動詞〕追逐、追求
　ou

どろぼう を おう。【泥棒を追う。】追小偷。
dorobou　o　ou

◆ **おうさま【王様】** 〔名詞〕國王
　ou sa ma

おうさま に なる。【王様になる。】成為國王。
ousama　ni　naru

【 皇室相關用語 】

おうさま【王様】〔名詞〕國王
o u sa ma

おうじ【王子】〔名詞〕王子
o u ji

キング【きんぐ】〔名詞〕國王
kin gu

プリンス【ぷりんす】〔名詞〕王子
pu rin su

じょおう【女王】〔名詞〕女王
jo o u

おうじょ【王女】〔名詞〕公主
o u jo

クイーン【くいーん】〔名詞〕皇后
ku i-n

プリンセス【ぷりんせす】〔名詞〕公主
pu rin se su

◆ オーストラリア【おーすとらりあ】〔名詞〕
o-su to ra ri a
澳大利亞、澳洲

オーストラリア に コアラ が いる。 澳洲有無尾熊。
o-sutoraria　　　ni　koara　ga iru

◆ おうだん【横断】〔名詞、動詞〕横切、横跨
o u da n

おうだんほどう【横断歩道】〔名詞〕斑馬線
o u da n ho do u

◆ おおい【多い】〔形容詞〕多的
o o i

ひと が おおい。【人が多い。】人很多。
hito　ga ooi

> 【 相反用語 】
>
> **すくない【少ない】**〔形容詞〕少的、不夠
> su ku na i

💬 對話

ともだち：きょうのしゅくだいはおおい。　　　朋友：今天功課很多。
わたし：じかんもすくない。　　　　　　　　　我：時間也不夠。

友達：今日の宿題は多い。
私：時間も少ない。

◆ おおきい【大きい】〔形容詞〕大的
o o ki i

おおきい こうえん。【大きい公園。】很大的公園。
ooki　　　　kouen

◆ おかあさん【お母さん】 〔名詞〕母親、媽媽
o ka a sa n

おかあさん は いつも やさしい。【お母さはいつも優しい。】媽媽總是很溫柔。
okaasan　　wa itsumo　yasashii

◆ おかし【御菓子】 〔名詞〕點心、甜點
o ka shi

おかし が たべたい。【お菓子が食べたい。】想吃甜點。
okashi　　ga　tabetai

◆ おかしい【可笑しい】 〔形容詞〕可笑的、奇怪的、可疑的
o ka shi i

ともだち の ようす が おかしい。
tomodachi　no yousu　　ga okashii

【友達の様子がおかしい。】朋友的樣子有點奇怪。

◆おかゆ【お粥】　〔名詞〕粥、稀飯
o ka yu

おかゆ を たべる。【お粥を食べる。】吃粥。
okayu 　o 　taberu

◆おきる【起きる】　〔動詞〕起來、起床
o ki ru

まいにち しちじ に おきる。【毎日七時に起きる。】每天七點起床。
mainichi 　shichiji ni okiru

【 相關用語 】

おこす【起こす】〔動詞〕抬起、叫醒、引起
o ko su

おとうと を おこす。【弟を起こす。】叫弟弟起床。
otouto 　　　o 　okosu

かじ を おこした。【火事を起こした。】引起火災。
kaji 　o 　okoshita

◆おく【置く】　〔動詞〕放置
o ku

ほん を テーブル に おく。【本をテーブルに置く。】把書放在桌上。
hon 　o 　te-buru 　ni 　oku

◆おく【奥】　〔名詞〕深處、內部
o ku

やま の おく。【山の奥】深山裡。
yama no oku

◆おくる【送る】　〔動詞〕寄送、送別
o ku ru

てがみ を おくる。【手紙を送る。】寄信。
tegami 　o 　okuru

きゃく を えき まで おくる。【客を駅まで送る。】送客人到車站。
kyaku o eki made okuru

💬 對話

わたし：えきまでおくりましょう。　　　　我：我送您到車站吧。
おきゃくさん：ありがとう。　　　　　　　客人：謝謝。

私：駅まで送りましょう。
お客さん：ありがとう。

◆ おくれる【遅れる】〔動詞〕遲到、延誤
o ku re ru

がっこう に おくれた。【学校に遅れた。】上學遲到了。
gakkou ni okureta

◆ おこる【怒る】〔動詞〕生氣
o ko ru

おかあさん が おこる。【お母さんが怒る。】媽媽會生氣。
okaasan ga okoru

◆ おじいさん【お祖父さん・お爺さん】〔名詞〕爺爺
o ji i san

おじいさん は はちじゅっさい です。【お祖父さんは 80 歳です。】
ojiisan wa hachijussai desu

爺爺 80 歲了。

【 相關用語 】
おばあさん【お祖母さん・お婆さん】〔名詞〕奶奶
o ba a san

✦ おしえる【教える】 〔動詞〕教導、告知
o shi e ru

にほんご を おしえる。【日本語を教える。】教導日文。
nihongo　　o　oshieru

ひみつ を おしえる。【秘密を教える。】告知秘密。
himitsu　o　oshieru

✦ おしゃれ【お洒落】 〔名詞〕打扮（漂亮）
o sha re

おしゃれ して でかける。【お洒落して出掛ける。】
oshare　　shite dekakeru

打扮漂亮出門。

✦ おす【押す】 〔動詞〕推、按
o su

くるま を おす。【車を押す。】推車。
kuruma o　osu

ベル を おす。【ベルを押す】按門鈴。
beru　o　osu

> 【相反用語】
>
> **ひく【引く】** 〔動詞〕拉、拔
> hi ku
>
> **ひも を ひく。【ひもを引く。】** 拉繩子。
> himo　o　hiku

✦ おそい【遅い】 〔形容詞〕慢、晚
o so i

あし が おそい。【足が遅い】走路很慢。
ashi　ga osoi

じかん は もう おそい です。【時間はもう遅いです。】時間已經很晚了。
jikan　　wa mou osoi　　desu

【相反用語】

はやい【速い】 〔形容詞〕快的
ha ya i

くるま の スピード が はやい。【車のスピードが速い。】 車子的速度很快。
kuruma no supi-do ga hayai

はやい【早い】 〔形容詞〕早的
ha ya i

ことし の はる は はやい。【今年の春は早い。】 今年春天很早。
kotoshi no haru wa hayai

◆ おちる【落ちる】 〔動詞〕掉落、落下
o chi ru

さる が き から おちた。【猿が木から落ちた。】 猴子從樹上掉下來了。
saru ga ki kara ochita

【相關用語】

おとす【落とす】 〔動詞〕使掉落、弄下、弄丟
かばん を おとした。【鞄を落とした。】 弄丟了包包。
kaban o otoshita

◆ おっと【夫】 〔名詞〕丈夫
o tto

おっと が いる。【夫がいる。】 （結婚了）有丈夫。
otto ga iru

【相關用語】

つま【妻】 〔名詞〕妻子
tsu ma

◆ おと【音】 〔名詞〕聲音
o to

へん な おと が する。【変な音がする。】 有奇怪的聲音。
hen na oto ga suru

◆ おとこ【男】〔名詞〕男子
o to ko

おとこ は つらい。【男は辛い。】男人真命苦。
otoko　wa tsurai

> 【相關用語】
>
> **おんな【女】**〔名詞〕女子
> o n na

◆ おとな【大人】〔名詞〕大人、成人
o to na

おとな に なったら、こいがしたい。【大人になったら、恋がしたい。】
otona　ni nattara　koigashitai

長大後我想談戀愛。

> 【相關用語】
>
> **こども【子供】**〔名詞〕孩子、小孩
> ko do mo
>
> **こども が うまれた。【子供が生まれた。】**小孩出生了。
> kodomo ga umareta

💬 對話

こども：はやくおとなになりたい。　　小孩：我想快點長大。
おかあさん：こどものほうがいいよ。　媽媽：當小孩比較好喔。

子供：早く大人になりたい。
お母さん：子供の方がいいよ。

◆ おとなしい【大人しい】〔形容詞〕乖巧的、溫順的
o to na shi i

あの こ は おとなしい。【あの子は大人しい。】那個孩子很乖。
ano　ko wa otonashi

◆ おどる【踊る】 〔動詞〕跳舞
o do ru

ぶとうかい で おどる。【舞踏会で踊る。】
buioukai　　de odoru

在舞會上跳舞。

◆ おどろく【驚く】 〔動詞〕吃驚
o do ro ku

ニュース を みて、おどろいた。【ニュースを見て、驚いた。】
nyu-su　　o　mite odoroita

看了新聞大吃一驚。

◆ おなじ【同じ】 〔連體詞、形容動詞〕相同、一樣
o na ji

かばん は おなじ です。【鞄は同じです。】一樣的包包。
kaban　　wa onaji　　desu

🗨 對話

ともだち：わたしもおなじかばんを
　　　　　　もっている。　　　　　　　朋友：我也有個一樣的包包。
わたし：いろもおなじ？　　　　　　　我：顏色也一樣嗎？
ともだち：ぜんぶおなじだ。　　　　　朋友：全部一模一樣。

友達：私も同じかばんを持っている。
私：色も同じ？
友達：全部同じだ。

◆ おなら 〔名詞〕屁
o na ra

おなら を する。放屁。
onara　　o suru

66

✦ おに【鬼】〔名詞〕
o ni

鬼、日本長角妖怪、可怕的人

おに は こわい。【鬼は怖い。】鬼很可怕。
oni　wa kowai

✦ おにぎり【御握り】〔名詞〕飯糰
o ni gi ri

おにぎり を たべる。【おにぎりを食べる。】吃飯糰。
onigiri　　o taberu

✦ おばけ【お化け】〔名詞〕妖怪
o ba ke

おばけ が でた。【お化けが出た。】妖怪出來了。
obake　ga deta

✦ おぼえる【覚える】〔動詞〕記住、學會

かのじょ の でんわばんごう を おぼえた。【彼女の電話番号を覚えた。】
kanojo　　no denwabangou　　o　oboeta

記住女朋友的電話號碼了。

くるま の うんてん を おぼえた。【車の運転を覚えた。】學會開車了。
kuruma no unten　　o　oboeta

✦ おぼれる【溺れる】〔動詞〕溺水
o bo re ru

うみ で おぼれる。【海で溺れる。】在海裡溺水。
umi　de oboreru

✦ <u>おまけ</u>【御負け】 〔名詞〕附贈的商品、額外多送的
o ma ke

ざっし の おまけ。【雑誌のおまけ。】雜誌的附贈品。
zasshi　no　omake

💬 對話

| てんいん：これはおまけです。 | 店員：這是額外贈送的。 |
| わたし：ほんとう？ありがとう。 | 我：真的？謝謝。 |

店員：これはおまけです。
私：ほんとう？ありがとう。

✦ <u>おむつ</u> 〔名詞〕尿布
o mu tsu

おむつ を かえる。【おむつを替える。】換尿布。
omutsu　o　kaeru

✦ <u>おもい</u>【重い】 〔形容詞〕重的
o mo i

おもい にもつ。【重い荷物。】很重的行李。
omoi nimotsu

> ### 【 相反用語 】
> **かるい【軽い】**〔形容詞〕輕的
> ka ru i

✦ <u>おもう</u>【思う】 〔動詞〕想、認為、覺得
o mo u

こんかい の りょこう は きっと たのしい と おもう。
konkai　　no ryokou　　wa kitto　　tanoshi　　to omou

【今回の旅行はきっと楽しいと思う。】這次的旅行一定會很好玩。

✦おもしろい【面白い】 〔形容詞〕有趣的、有意思的
o mo shi ro i

おもしろい ドラマ。【面白いドラマ。】有趣的戲劇。
omoshiroi　　dorama

💬 對話

ともだち：きょうのえいがはおもしろかった。　朋友：今天的電影太有趣了。
わたし：もういっかいみたい。　　　　　　　　我：想要再看一次。

友達：今日の映画は面白かった。
私：もう一回見たい。

✦おや【親】 〔名詞〕父母、雙親
o ya

おや が きた。【親が來た。】父母來了。
oya　ga kita

【 相關用語 】

おやこ【親子】〔名詞〕親子
o ya ko

✦おやつ 〔名詞〕下午的點心
o ya tsu

ごご さんじ に おやつ を たべる。【午後三時におやつを食べる。】
gogo sanji　ni oyatsu　o　taberu

下午三點吃點心。

💬 對話

こども：きょうのおやつはなに？　小孩：今天的點心是什麼？
おかあさん：プリン。　　　　　　媽媽：布丁。

子供：今日のおやつは何？
お母さん：プリン。

おやつ
oyatsu 下午的點心

❶ チョコレート【ちょこれーと】 chokore-to 巧克力

❷ キャンディ【きゃんでぃ】 kyandi 糖果

❸ あめ【飴】 ame 糖果

❹ コーヒー【こーひー】 ko-hi- 咖啡

❺ みず【水】 mizu 水

❻ こおりみず【氷水】 koorimizu 冰水

❼ ケーキ【けーき】 ke-ki 蛋糕

❽ コーラ【こーら】 ko-ra 可樂

❾ パフェ【ぱふぇ】 pafe 聖代

❿ ジュース【じゅーす】 ju-su 果汁

⓫ こうちゃ【紅茶】 koucha 紅茶

⓬ ハチミツ【はちみつ】 hachimitsu 蜂蜜

⓭ ココア【ここあ】 kokoa 可可亞

⓮ フォーク【ふぉーく】 fo-ku 叉子

⓯ スプーン【すぷーん】 supu-n 湯匙

⓰ ペーパーナプキン【ぺーぱーなぷきん】 pe-pa-napukin 紙巾

㉒ げっぺい【月餅】
geppei 月餅

㉑ パイ【ぱい】
pai 派

新推出！
芝心月餅

㉒ アップルパイ
【あっぷるぱい】
appurupai 蘋果派

㉓ ドーナツ【どーなつ】
do-natsu 甜甜圈

㉔ しょくぱん【食パン】
shokupan 吐司

甜甜烘焙坊

㉕ ベーカリー【べーかりー】
be-kari- 烘焙坊

⑰ ソーダ【そーだ】
so-da 蘇打

⑱ ポップコーン【ぽっぷこーん】
poppuko-n 爆米花

⑲ ポテトチップス【ぽてとちっぷす】
potetochippusu 洋芋片

01_51.MP3

◆ およぐ【泳ぐ】 〔動詞〕游泳
o yo gu

プール で およぐ。【プールで泳ぐ。】在游泳池游泳。
pu-ru　de oyogu

◆ おりがみ【折り紙】 〔名詞〕摺紙
o ri ga mi

おりがみ を おる。【折り紙を折る。】折摺紙。
origami　o oru

◆ おりる【降りる】 〔動詞〕下來、下車
o ri ru

くるま を おりる。【車を降りる。】下車。
kuruma o oriru

【 相關用語 】

おろす【下す】 〔動詞〕放下、取下
o ro su

かみ を おろす。【髪を下す。】把頭髮放下來。
kami　o orosu

◆ オレンジ【おれんじ】 〔名詞〕橘子、橘色
o re n ji

オレンジ の はな。【オレンジの花。】橘色的花。
orenji　no hana

◆ おわる【終わる】 〔動詞〕結束、完畢
o wa ru

しごと は おわった。【仕事は終わった。】工作結束了。
shigoto wa owatta

💬 **對話**

おかあさん：しゅくだいは？　　　媽媽：作業呢？
こども：もうおわったよ。　　　　小孩：已經做完了喔。

お母さん：宿題は？
子供：もう終わったよ。

◆ <u>お</u>んがく【音楽】〔名詞〕音樂
on ga ku

おんがく を きく。【音楽を聴く。】聽音樂。
ongaku o kiku

◆ <u>お</u>んせん【温泉】〔名詞〕溫泉
o n se n

おんせん に はいる。【温泉に入る。】泡溫泉。
onsen　　ni　hairu

◆ <u>お</u>んど【温度】〔名詞〕溫度、氣溫
o n do

きょう の おんど は たかい。【今日の温度は高い。】今天的氣溫很高。
kyou　　no ondo　　wa takai

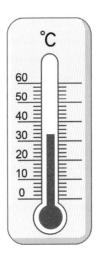

か行 ●●●●●
（か、き、く、け、こ）

02_00.MP3

か ka	把嘴巴張開，發出「喀（ㄎㄚ）」的音。	**かさ【傘】** 雨傘 ka sa	
き ki	把嘴巴微開，嘴角向左右伸展，發出「（ㄎㄧ）」的音。	**きりん【麒麟】** ki ri n 長頸鹿	
く ku	把嘴巴張開，嘴角向左右伸展，發出「哭（ㄎㄨ）」的音。	**くま【熊】** 熊 ku ma	
け ke	把嘴巴微開，發出英文字母「K（ㄎㄟ）」的音。	**けいさつ【警察】** ke i sa tsu 警察	
こ ko	把嘴巴張開，發出「摳（ㄎㄡ）」的音。	**こい【鯉】** 鯉魚 ko i	

カ行 ● ● ● ● ● （カ、キ、ク、ケ、コ）

カ ka	把嘴巴張開，發出「喀（ㄎㄚ）」的音。	カメラ 照相機 ka me ra	
キ ki	把嘴巴微開，嘴角向左右伸展，發出「（ㄎㄧ）」的音。	キウイ 奇異果 ki u i	
ク ku	把嘴巴張開，嘴角向左右伸展，發出「哭（ㄎㄨ）」的音。	クッキー 餅乾 ku kki-	
ケ ke	把嘴巴微開，發出英文字母「K（ㄎㄟ）」的音。	ケーキ 蛋糕 ke-ki	
コ ko	把嘴巴張開，發出「摳（ㄎㄡ）」的音。	コアラ 無尾熊 ko a ra	

你知道嗎？か是從中文這樣變來的：

爸爸媽媽可以這樣記假名

加 → 加 → か

跟孩子可以
這樣一起寫

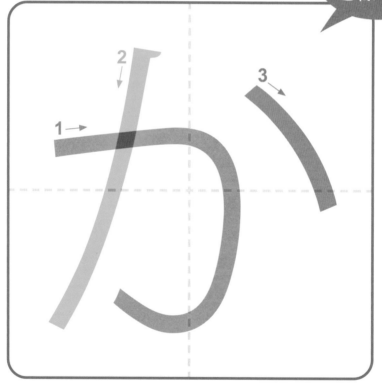

かかかかか

好好與您的孩子展開第一段的日語學習探索之旅吧！

你知道嗎？カ是從中文這樣變來的：

爸爸媽媽可以這樣記假名

加 → カ

跟孩子可以
這樣一起寫

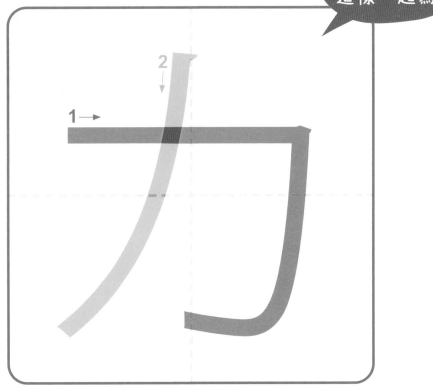

カ カ カ カ カ

好好與您的孩子展開第一段的日語學習探索之旅吧！

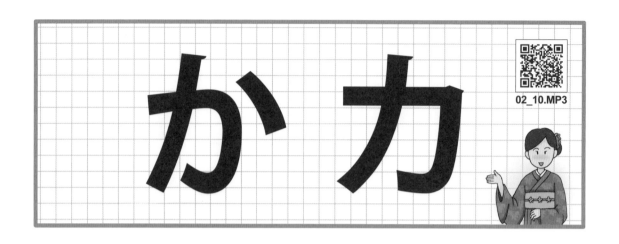

◆ **<u>カード</u>【かーど】** 〔名詞〕卡片
ka-do

カード を おくる。【カードを送る。】寄卡片。
ka-do　o okuru

◆ **<u>がいこく</u>【外国】** 〔名詞〕外國
ga i ko ku

がいこく へ いく。【外国へ行く。】去國外。
gaikoku　e iku

【 相關用語 】

がいこくご【外国語】 〔名詞〕外語
ga i ko ku go

がいこくじん【外国人】 〔名詞〕外國人
ga i ko ku ji n

💬 對話

ともだち：がいこくにいったことがある？　　朋友：有去過國外嗎？
わたし：ない。

友達：外国に行ったことがある？　　　　　　我：沒有。
私：ない。

◆ かいもの【買い物】 〔名詞、動詞〕買東西、購物
ka i mo no

デパート へ かいもの に いく。
depa-to　e　kaimono　ni iku

【デパートへ買い物に行く。】去百貨公司買東西。

💬 對話

おとうさん：ママは？	爸爸：媽媽呢？
こども：スーパーへかいものへいった。	小孩：去超市買東西了。

お父さん：ママは？
子供：スーパーへ買い物へ行った。

◆ かいさい【開催】 〔名詞、動詞〕舉辦、召開
ka i sa i

うんどうかい を かいさい する。【運動会を開催する。】舉辦運動會。
undoukai　　o　kaisai　　suru

◆ かいてん【回転】 〔名詞、動詞〕回轉
ka i ten

かいてん ずし。【回転寿司。】迴轉壽司。
kaiten　　zushi

💬 對話

おかあさん：きょうのばんごはんは　　がいしょくする。	媽媽：今天晚餐吃外面。
こども：やった。かいてんずしが　　いい。	小孩：太棒了。我想吃迴轉壽司。

お母さん：今日の晩御飯は外食する。
子供：やった。回転寿司がいい。

✦ <u>か</u>う【買う】 〔動詞〕買
ka u

チケット を かう。【チケットを買う。】買入場券。
chiketto o kau

✦ <u>か</u>う【飼う】 〔動詞〕養
ka u

ペット を かう。【ペットを飼う。】養寵物。
petto o kau

💬 對話

こども：ペットをかいたい。　　小孩：我想養寵物。
おかあさん：だめ。　　　　　　媽媽：不行。

子供：ペットを飼いたい。
お母さん：だめ。

✦ <u>か</u>える【替える】 〔動詞〕更換、替換
ka e ru

タイヤ を かえる【タイヤを替える。】換輪胎。
taiya o kaeru

【 相關用語 】

かわる【変わる】〔動詞〕變化、改變
ka wa ru

てんき が かわる。【天気が変わる。】變天。
tenki ga kawaru

✦ <u>か</u>える【帰る】 〔動詞〕回去
ka e ru

いえ に かえる。【家に帰る。】回家。
ie ni kaeru

✦ かお【顔】 〔名詞〕臉
ka o

かお を あらう。【顔を洗う。】 洗臉。
kao　o　arau

💬 對話

ともだち：だいじょうぶ？かおいろが　　　　朋友：沒事吧？你臉色不太好。
　　　　　わるいよ。
わたし：だいじょうぶ。　　　　　　　　　　我：沒事。

友達：大丈夫？顔色が悪いよ。
私：だいじょうぶ。

✦ かがみ【鏡】 〔名詞〕鏡子
ka ga mi

かがみ を みる。【鏡を見る。】 照鏡子。
kagami　o　miru

✦ かかる【掛かる】 〔動詞〕花費 (時間或金錢)
ka ka ru

おかね も じかん も かかる。【お金も時間も掛かる。】 既花錢也花時間。
okane　mo jikan　mo kakaru

【 相關用語 】

かける【掛ける】 〔動詞〕掛、沾、澆、打
ka ke ru

かべ に しゃしん を かける。【壁に写真を掛ける。】 把照片掛在牆上。
kabe ni shashin　o kakeru

しょうゆ を かけて たべる。【醬油を掛けてたべる。】 沾醬油吃。
shouyu　o kakete　taberu

ともだち に でんわ を かける。【友達に電話を掛ける。】 打電話給朋友。
tomodachi ni denwa　o kakeru

◆ かき【柿】〔名詞〕柿子
ka ki

あき の かき は おいしい。【秋の柿は美味しい。】秋天的柿子很好吃。
aki　no kaki　wa oishii

◆ かく【書く】〔動詞〕寫、書寫
ka ku

なまえ を かく。【名前を書く。】寫名字。
namae　o　kaku

◆ かく【描く】〔動詞〕畫
ka ku

え を かく。【絵を描く。】畫圖、畫畫。
e　o　kaku

◆ がくせい【学生】〔名詞〕學生
ga ku se i

わたし は がくせい です。【私は学生です。】我是學生。
watashi　wa gaksuei　　desu

【相關用語】

せんせい【先生】〔名詞、代名詞〕老師
se n se i

しょうがっこう の せんせい。【小学校の先生。】小學老師。
shougakkou　　　no sensei

💬 對話

がくせい：あなたはがくせいですか？　　　　學生：你是學生嗎？
せんせい：いいえ、わたしはせんせいです。　老師：不是，我是老師。

学生：あなたは学生ですか？
先生：いいえ、私は先生です。

✦ かげ【影】 〔名詞〕影子、形影
ka ge

かげ が うすい。【影が薄い。】存在感很薄弱。（形影薄弱。）
kage ga usui

✦ かご【籠】 〔名詞〕籠子、籃子
ka go

やさい を かご に いれる。【野菜をかごに入れる。】把菜放在籃子裡。
yasai　o kago ni ireru

✦ かじ【火事】 〔名詞〕火災
ka ji

かじ が おこる。【火事が起こる。】發生火災。
kaji　ga okoru

✦ かじ【家事】 〔名詞〕家事、家務
ka ji

かじ を する。【家事をする。】做家事。
kaji　o suru

✦ かしこい【賢い】 〔形容詞〕聰明的
ka shi ko i

いぬ は かしこい。【犬は賢い。】狗很聰明。
inu　wa kashikoi

✦ かす【貸す】 〔動詞〕借出
ka su

ともだち に ほん を かす。【友達に本を貸す。】
tomodachi ni hon　o kasu

借書給朋友。

【相反用語】

かりる【借りる】〔動詞〕借入
ka ri ru

ともだち から ほん を かりる。【友達から本を借りる。】 跟朋友借書。
tomodachi kara hon o kariru

💬 對話

ともだち：このほんをかりていい？　　　朋友：這本書可以借我嗎？
わたし：いいよ。かしてあげる。　　　　我：好啊，借你。

友達：この本を借りていい？
私：いいよ。貸してあげる。

◆ かず【数】 〔名詞〕數目、數量
ka zu

かず が おおい。【数が多い。】 數量很多。
kazu ga ooi

◆ かぜ【風邪】 〔名詞〕感冒
ka ze

かぜ を ひく。【風邪を引く。】 感冒。
kaze o hiku

💬 對話

こども：あたまがいたい。　　　小孩：頭好痛。
おかあさん：かぜかも。　　　　媽媽：也許是感冒了。

子供：頭が痛い。
お母さん：風邪かも。

◆ か<u>ぞ</u>く【家族】 〔名詞〕家族、家人
ka zo ku

かぞく は なんにん ですか？【家族は何人ですか？】
kazoku wa nannin desuka

你家有多少人？

◆ <u>か</u>た【肩】 〔名詞〕肩膀
ka ta

かた が いたい。【肩が痛い。】肩膀很痛。
kata ga itai

◆ <u>か</u>たい【堅い、硬い】 〔形容詞〕堅硬、堅固
ka ta i

いし は かたい。【石は硬い。】石頭很堅硬。
ishi wa katai

> 【相反用語】
> **やわらかい【柔らかい】**〔形容詞〕柔軟
> ya wa ra ka i

◆ <u>か</u>たち【形】 〔名詞〕形狀、樣子
ka ta chi

ハート の かたち の はっぱ が ある。【ハートの形の葉っぱがある。】
ha-to no katachi no happa ga aru

有愛心形狀的葉子。

◆ <u>か</u>たづける【片付ける】 〔動詞〕收拾、整理
ka ta zu ke ru

へや を かたづける。【部屋を片付ける。】打掃房間。
heya o katazukeru

❶ ドア【どあ】doa 門

❹ はな【花】hana 花

❺ ぼんさい【盆栽】bonsai 盆栽

❷ え【絵】e 畫

❻ くつばこ【靴箱】kutsubako 鞋櫃

❷3 けっこん【結婚】kekkon 結婚

❸ マット【まっと】matto 地墊

❶8 おとうさん【お父さん】otousan 爸爸

❶9 おかあさん【お母さん】okaasan 媽媽

❷2 あかちゃん【赤ちゃん】akachan 嬰兒

❷0 おにいさん【お兄さん】oniisan 哥哥

❷1 おねえさん【お姉さん】oneesan 姊姊

⑨ ポールハンガー【ぽーるはんがー】 po-ruhanga- 吊衣桿

かぞく【家族】
kazoku 家人

⑦ うわぎ【上着】 uwagi 上衣

02-11.MP3

⑧ かさ【傘】 kasa 傘

⑫ おばあさん【お祖母さん】 obaasan 奶奶

⑪ クッション【くっしょん】 kusshon 坐墊

⑮ コーヒー【こーひー】 ko-hi- 咖啡

⑩ ソファー【そふぁー】 sofa- 沙發

⑯ おちゃ【お茶】 ocha 茶

⑬ おじいさん【お祖父さん】 ojiisan 爺爺

⑭ コップ【こっぷ】 koppu 杯子

⑰ テーブル【てーぶる】 te-buru 桌子

㉕ うまれる【生まれる】 umareru 出生

㉔ にんしん【妊娠】 ninshin 懷孕

◆ かつ【勝つ】 〔動詞〕勝利
ka tsu

あいて に かつ。【相手に勝つ。】戰勝對手。
aite　ni　katsu

◆ がっかり 〔副詞、形容動詞、動詞〕沮喪、喪氣
ga kka ri

しあい に まけて がっかりでした。
shiai　ni　makete　gakkari deshita

【試合に負けてがっかりでした。】輸了比賽很沮喪。

◆ かっこう【格好】 〔名詞〕外表、形狀、打扮
ka kko u

おんな の かっこう を している。【女の格好をしている。】打扮成女生的樣子。
onna　no kakkou　o　shiteiru

◆ がっこう【学校】 〔名詞〕學校
ga kko u

がっこう に いく。【学校に行く。】去上學。
gakkou　ni　iku

💬 **對話**

ともだち：きょうはがっこうですか？　　朋友：今天要上課嗎？
わたし：きょうはやすみです。　　　　我：今天休假。

友達：今日は学校ですか？
私：今日は休みです。

◆ かって【勝手】 〔形容動詞〕隨便、任意、自私
ka tte

かって に はいらないで ください。【勝手に入らないでください。】
katte　ni　hairanaide　kudasai

請勿隨便進入。

◆かつら【鬘】〔名詞〕假髮
ka tsu ra

かつら を かぶる。【かつらを被る。】戴假髮。
katsura　o　kaburu

◆かてい【家庭】〔名詞〕家庭
ka te i

かていきょうし【家庭教師】〔名詞〕家教老師
kateikyoushi

◆かど【角】〔名詞〕角、轉角
ka do

つぎ の かど を みぎ へ まがる。【次の角を右へ曲がる。】在下一個轉角右轉。
tsugi　no kado　o　migi　e　magaru

◆かなう【叶う】〔動詞〕實現
ka na u

ゆめ が かなう。【夢がかなう。】夢想實現。
yume ga　kanau

◆かなしい【悲しい】〔形容詞〕悲傷、難過
ka na shi

かなしい おもいで。【悲しい思い出。】悲傷的回憶。
kanashii　　omoide

◆かならず【必ず】〔副詞〕一定、必定
ka na ra zu

かならず きて ください。【必ず来てください。】一定要來。
kanarazu　　kite　kudasai

がっこう【学校】
gakkou 學校

❶ ちゅうしゃじょう【駐車場】 chuushajou 停車場

❷ たいいくかん【体育館】 taiikukan 體育館

❸ こうどう【講堂】 koudou 禮堂

❶⑨ ぎゅうにゅう【牛乳】 gyuunyuu 牛奶

❹ こうもん【校門】 koumon 校門

㉓ けいびいん【警備員】 keibiin 警衛

㉒ じどう【児童】 jidou 兒童

⑫ きょうしつ【教室】 kyoushitsu 教室

⑪ としょかん【図書館】 toshokan 圖書館

❾ ばいてん【売店】 baiten 商店

⑳ おにぎり【御握り】 onigiri 飯糰

㉔ ポスター【ぽすたー】 posuta- 海報

㉑ きょうし【教師】 kyoushi 教師

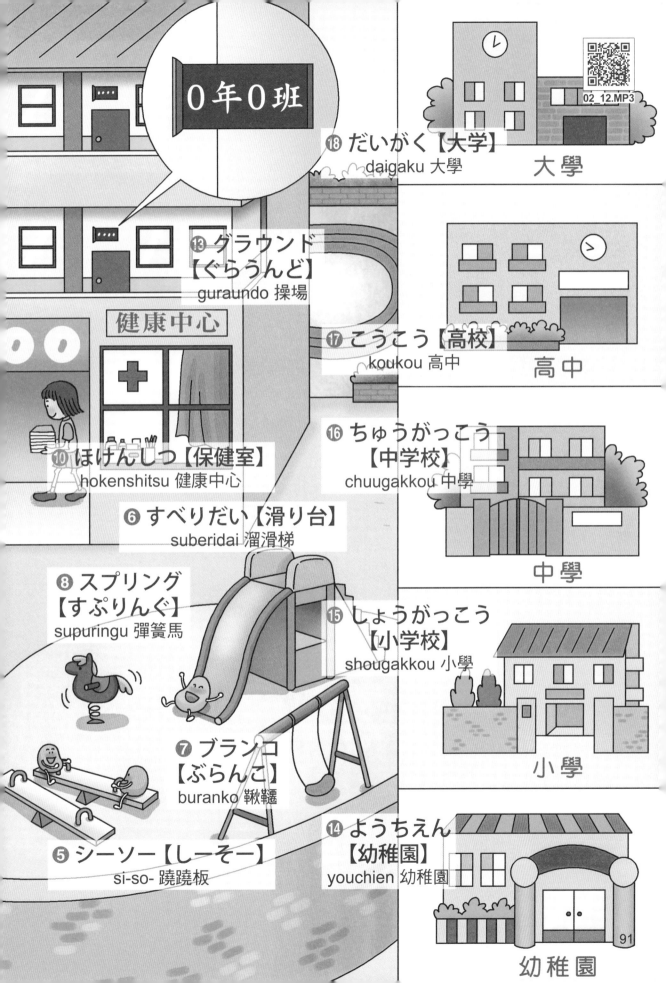

〇年〇班

⑱ だいがく【大学】
daigaku 大學

大學

⑬ グラウンド【ぐらうんど】
guraundo 操場

⑰ こうこう【高校】
koukou 高中

高中

健康中心

⑯ ちゅうがっこう【中学校】
chuugakkou 中學

中學

⑩ ほけんしつ【保健室】
hokenshitsu 健康中心

⑥ すべりだい【滑り台】
suberidai 溜滑梯

⑧ スプリング【すぷりんぐ】
supuringu 彈簧馬

⑮ しょうがっこう【小学校】
shougakkou 小學

小學

⑦ ブランコ【ぶらんこ】
buranko 鞦韆

⑤ シーソー【しーそー】
si-so- 蹺蹺板

⑭ ようちえん【幼稚園】
youchien 幼稚園

幼稚園

02_12.MP3

91

✦ かね【金】 〔名詞〕（常用「お金」的表現）金錢
ka ne

おかね が ない。【お金がない。】沒有錢。
okane　ga nai

✦ かばん【鞄】 〔名詞〕包包、皮包
ka ban

かばん を かう。【かばんを買う。】買包包。
kaban　o kau

✦ カフェ【かふぇ】 〔名詞〕咖啡、咖啡廳
ka fe

カフェ に いく。【カフェに行く。】去咖啡廳。
kafe　ni iku

✦ かぶる【被る】 〔動詞〕戴
ka bu ru

ぼうし を かぶる。【帽子を被る。】戴帽子。
boushi　o kaburu

✦ かべ【壁】 〔名詞〕牆壁
ka be

ポスター を かべ に はる。【ポスターを壁に貼る。】把海報貼在牆上。
posuta-　o kabe ni haru

✦ がまん【我慢】 〔名詞、動詞〕忍耐
ga man

いたみ を がまん する。【痛みを我慢する。】忍耐痛苦。
itami　o gaman suru

對話

> こども：おしっこしたい。
> おかあさん：ちょっとがまんして、
> 　　　　　　もうすぐいえだよ。
>
> 小孩：我想尿尿。
> 媽媽：稍微忍耐一下，就快到家了。
>
> 子供：おしっこしたい。
> お母さん：ちょっと我慢して、もうすぐ家だよ。

✦ かみ【紙】 〔名詞〕紙
ka mi

かみ に じ を かく。【紙に字を書く。】在紙上寫字。
kami ni ji o kaku

✦ かみ【髪】 〔名詞〕頭髮
ka mi

ながい かみ。【長い髪。】長髮。
nagai　kami

✦ かむ【噛む】 〔動詞〕咬
ka mu

いぬ に かまれた。【犬に噛まれた。】被狗咬了。
inu　ni　kamareta

✦ ガム【がむ】 〔名詞〕口香糖
ga mu

ガム を かむ。【ガムを噛む。】嚼口香糖。
gamu o kamu

✦ かゆい【痒い】 〔形容詞〕癢
ka yu i

からだ が かゆい。【体が痒い。】身體癢。
karada　ga kayui

💬 對話

こども：あしがかゆい。　　　　　　　　小孩：腳好癢。
おかあさん：はれている。むしに　　　　媽媽：腫起來了。有可能被蟲咬了。
　　　　　　さされたかも。

子供：足がかゆい。
お母さん：腫れている。虫に刺されたかも。

◆ <u>ガ</u>ラス【がらす】〔名詞〕玻璃
ga ra su

ガラス が われた。【ガラスが割れた。】玻璃破了。
garasu　ga　wareta

◆ <u>か</u>らだ【体】〔名詞〕身體
ka ra da

からだ が あつい。【体が熱い。】身體發熱。
karada　ga　atsui

◆ <u>カ</u>レー【かれー】〔名詞〕咖哩
ka re-

カレーライス【かれー らいす】〔名詞〕咖哩飯
ka re - ra i su

◆ <u>か</u>わ【川・河】〔名詞〕河川
ka wa

かわ を わたる。【川を渡る。】渡河。
kawa　o　wataru

◆ <u>か</u>わ【皮】〔名詞〕皮
ka wa

くだもの の かわをむく。【果物の皮を剥く。】剝水果皮。
kudamono no kawa o muku

✦ <u>か</u>わいい【可愛い】 〔形容詞〕可愛的
ka wa i i

かわいい こいぬ です。【可愛い子犬です。】可愛的小狗。
kawaii　　koinu　desu

✦ <u>か</u>んがえる【考える】 〔動詞〕思考、考慮
kan ga e ru

ちょっと かんがえる。【ちょっと考える。】考慮一下、想看看。
chotto　　kangaeru

✦ <u>か</u>んじ【感じ】 〔名詞〕感覺
kan ji

どんな かんじ ですか？【どんな感じですか？】什麼樣的感覺？／覺得怎樣？
donna　kanji　desuka

✦ <u>か</u>んたん【簡単】 〔名詞、形容動詞〕簡單
kan tan

きょう の テスト は かんたん です。【今日のテストは簡単です。】
kyou　no tesuto　wa kantan　　desu

今天的測驗很簡單。

💬 對話

おかあさん：きょうのテストはどう？　　媽媽：今天的考試怎麼樣？
こども：とてもかんたん。　　　　　　　小孩：非常簡單。

お母さん：今日のテストはどう？
子供：とても簡単。

✦ <u>か</u>んどう【感動】 〔名詞、動詞〕感動
kan do u

うた に かんどう しました。【歌に感動しました。】受歌曲感動。
uta　ni kandou　　shimashita

你知道嗎？き是從中文這樣變來的：

爸爸媽媽可以這樣記假名

幾 → ㇏ → き

跟孩子可以
這樣一起寫

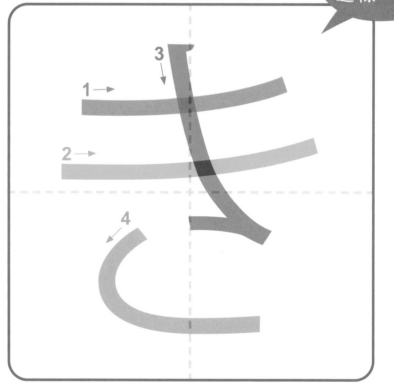

好好與您的孩子展開第一段的日語學習探索之旅吧！

你知道嗎？キ是從中文這樣變來的：

幾 → 幾 → 乡 → キ

跟孩子可以
這樣一起寫

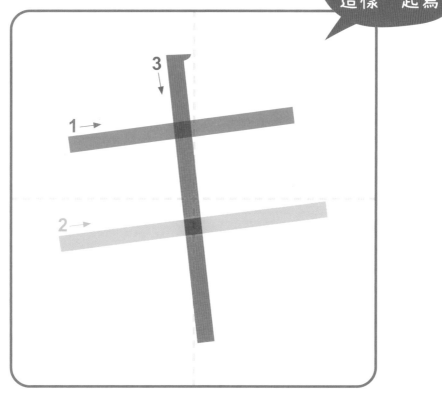

好好與您的孩子展開第一段的日語學習探索之旅吧！

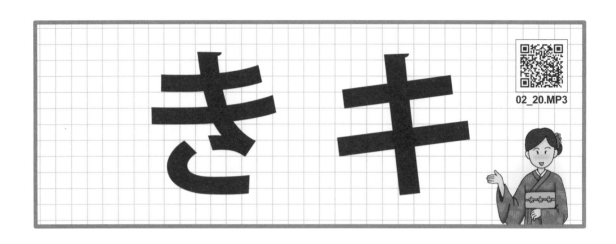

02_20.MP3

◆ <u>き</u>【木】 〔名詞〕樹木
ki

こうえんに き が たくさん ある。
kouen　　ni ki ga takusan　 aru

【公園に木がたくさんある。】在公園裡有很多樹木。

◆ <u>き</u>【気】 〔名詞〕呼吸、意識、心情、精神、注意、興趣
ki

き に なる。【気になる。】在意。
ki　ni　naru

き を つける。【気をつける。】小心、注意。
ki　o　tsukeru

🗨 對話

こども：いってきます。　　　　　小孩：我走了。
おかあさん：きをつけてね。　　　媽媽：路上小心。

子供：行ってきます。
お母さん：気をつけてね。

◆ きいろ【黄色】 〔名詞、形容動詞〕黄色
ki i ro

きいろ の くるま。【黄色の車。】黄色的車子。
kiiro   no kuruma

◆ キウイ【きうい】 〔名詞〕奇異果
ki u i

すっぱい キウイ。【酸っぱいキウイ。】很酸的奇異果。
suppai   kiui

◆ きえる【消える】 〔動詞〕消失、不見
ki e ru

あわ が きえる。【泡が消える。】泡泡消失。
awa ga kieru

◆ きがえる【着替える】 〔動詞〕換衣服
ki ga e ru

せいふく に きがえる。【制服に着替える。】換上制服。
seifuku   ni kigaeru

◆ きく【聞く】 〔動詞〕聽、問
ki ku

せんせい の はなし を きく。【先生の話を聞く。】聽老師的話。
sensei   no hanashi o kiku

みち を きく。【道を聞く。】問路。
michi o kiku

【相關用語】

きこえる【聞こえる】 〔動詞〕聽得見、聽得到
ki ko e ru

おんがく が きこえる。【音楽が聞こえる。】 聽得到音樂。
ongaku ga kikoeru

◆ きけん【危険】 〔名詞、形容動詞〕危險
ki ken

ろうか を はしる の は きけん です。 【廊下を走るのは危険です。】
rouka　o　hashiru　no wa　kiken　desu

在走廊上奔跑是很危險的。

◆ きず【傷】 〔名詞〕受傷、傷口
ki zu

きず が つく。 【傷がつく。】 受傷。
kizu　ga　tsuku

> 【 受傷的相關用語 】
>
> **けが【怪我】** 〔名詞、動詞〕受傷
> **ke ga**
>
> **けが を する。 【怪我をする。】** 受傷。
> **kega　o　suru**

◆ きた【北】 〔名詞〕北方
ki ta

きた から きた。 【北から来た。】 從北方來的。
kita　kara　kita

> 【 方向的相關用語 】
>
> **ひがし【東】** 〔名詞〕東方 　　　　**みなみ【南】** 〔名詞〕南方
> **hi ga shi** 　　　　　　　　　　　　　**mi na mi**
>
> **にし【西】** 〔名詞〕西方
> **ni shi**

◆ ギター【ぎたー】 〔名詞〕吉他
gi ta-

ギター を ひく。 【ギターを弾く。】 彈吉他。
gita-　　o　hiku

◆ きたない【汚い】 〔形容詞〕骯髒不乾淨的、汙穢的、字很醜
ki ta na i

かお が きたない。【顔が汚い。】臉很髒。
kao　ga kitanai

◆ きつい 〔形容詞〕吃力費力的、辛苦的
ki tsu i

しごと が きつい。【仕事がきつい。】工作很費力辛苦。
shigoto ga　kitsui

◆ きづく【気付く】 〔動詞〕察覺、發覺
ki zu ku

ミス に きづく。【ミスに気付く。】發覺錯誤。
misu　ni　kizuku

◆ きっぷ【切符】 〔名詞〕票、入場券
ki ppu

きっぷ を かう。【切符を買う。】買票。
kippu　　o kau

> 【票券的相同用語】
>
> **チケット【ticket】** 〔名詞〕票、入場券
> chi ke tto

◆ きのう【昨日】 〔名詞〕昨天、昨日
ki no u

きのう は やすみ でした。【昨日は休みでした。】昨天休息。
kinou　　wa yasumi　deshita

> 【昨天的相同用語】
>
> **さくじつ【昨日】** 〔名詞〕昨日、昨天
> sa ku ji tsu

✦ きびしい【厳しい】 〔形容詞〕嚴格的、嚴厲的
ki bi shi i

せんせい が きびしい。【先生が厳しい。】老師很嚴格。
sensei　　ga kibishi

✦ きぶん【気分】 〔名詞〕心情、身體狀況
ki bun

きぶん が わるい。【気分が悪い。】心情不好、身體不舒服。
kibun　　ga warui

> 【 心情的相關用語 】
>
> **きもち【気持ち】** 〔名詞〕心情、身體狀況
> ki mo chi
>
> **きもち がいい。【気持ちがいい。】** 很舒服、心情很好。
> kimochi ga ii

💬 對話

ともだち：だいじょうぶですか？　　　　朋友：沒事吧。
わたし：ちょっときもちがわるい。　　　我：有點不太舒服。

友達：大丈夫ですか？
私：ちゅっと気持ちが悪い。

✦ きめる【決める】 〔動詞〕決定、確定
ki me ru

しょうぶ を きめる。【勝負を決める。】決定勝敗。
shoubu　　o　kimeru

✦ きもの【着物】 〔名詞〕和服
ki mo no

きもの を きる。【着物を着る。】穿和服。
kimono　o　kiru

✦ きゃく【客】 〔名詞〕（常用「お客さん」）客人
kya ku

おきゃくさん が きた。【お客さんが来た。】客人來了。
okyakusan　　ga kita

✦ ぎゃく【逆】 〔名詞〕相反、顛倒
gya ku

さゆう が ぎゃく です。【左右が逆です。】左右相反。
sayuu　ga gyaku　desu

> ## 【 相反顛倒的相關用語 】
> **さかさま【逆様】** 〔名詞、形容動詞〕相反、顛倒
> sa ka sa ma
> **かべ の え が さかさま です。【壁の絵が逆様です。】**
> kabe no e ga sakasama desu
> 牆上的畫掛反了。

✦ キャベツ【きゃべつ】 〔名詞〕高麗菜
kya be tsu

キャベツ は とても おいしい。【キャベツはとても美味しい。】
kyabetsu wa totemo oishii

高麗菜非常美味。

✦ キャラメル【きゃらめる】 〔名詞〕牛奶糖
kya ra me ru

キャラメル は あまい。【キャラメルは甘い。】牛奶糖很甜。
kyarameru　wa amai

✦ キャンセル【きゃんせる】 〔名詞、動詞〕取消
kyan se ru

よやく を キャンセル する。【予約をキャンセルする。】取消預約。
yoyaku　o kyanseru　　suru

✦ きゅう【急】 〔名詞、形容動詞〕急、緊急、突然
kyu u

てんき は きゅうに かわる。【天気は急に変わる。】 天氣突然變化。
tenki　wa kyuuni　kawaru

✦ きゅうきゅう【救急】 〔名詞〕急救
kyu u kyu u

きゅうきゅうしゃ【救急車】〔名詞〕救護車
kyu u kyu u sha

✦ きゅうけい【休憩】 〔名詞、動詞〕休息
kyu u ke i

おひる の きゅうけい じかん。【お昼の休憩時間】 午休時間。
ohiru　no kyuukei　jikan

✦ きゅうじつ【休日】 〔名詞〕休息日、休假日
kyu u ji tsu

きょう は きょうじつ です。【今日は休日です。】 今天是休息日。
kyou　wa kyoujitsu　desu

✦ きゅうしょく【給食】 〔名詞〕營養午餐
kyu u sho ku

がっこう の きゅうしょく をたべる。【学校の給食を食べる。】
gakkou　no kyuushoku　wo taberu

吃學校的營養午餐。

✦ きょう【今日】 〔名詞〕今天
kyo u

きょう は あつい です。【今日は暑いです。】
kyou　wa atsui　desu

今天很熱。

【 今天的相關用語 】

ほんじつ【本日】 〔名詞〕今天
hon ji tsu

◆ **きょうかしょ【教科書】** 〔名詞〕教科書
kyo u ka sho

きょうかしょ を つかう。【教科書を使う。】使用教科書。
kyoukasho　　　o　tsukau

◆ **きょうしつ【教室】** 〔名詞〕教室
kyo u shi tsu

きょうしつ に はいる。【教室に入る。】進入教室。
kyoushitsu　　ni　hairu

◆ **きょうみ【興味】** 〔名詞〕興趣
kyo u mi

えいご に きょうみ が ある。【英語に興味がある。】對英文有興趣。
eigo　　ni　kyoumi　　ga aru

◆ **きょうりゅう【恐竜】** 〔名詞〕恐龍
kyo u ryu u

きょうりゅう の えいが を みる。【恐竜の映画を見る。】
kyouryuu　　　　no eiga　　o　miru

看恐龍的電影。

◆ **きょり【距離】** 〔名詞〕距離
kyo ri

きょり は ながい。【距離は長い。】距離很遠。
kyouri　　wa nagai

きょうしつ【教室】
kyoushitsu 教室

❶ カレンダー【かれんだー】
karenda- 月曆

❺ スクリーン【すくりーん】
sukuri-n 投影螢幕

❷ ちず【地図】
chizu 地圖

❹ こくばん【黒板】
kokuban 黑板

❼ チョーク【ちょーく】
cho-ku 粉筆

❸ きょうだん【教壇】
kyoudan 講台

㉔ マイク【まいく】
maiku 麥克風

❽ こくばんけし【黒板消し】
kokubankeshi 板擦

⓰ いろがみ【色紙】
irogami 色紙

❿ ノート【のーと】
no-to 筆記本

⓮ ノリ【のり】
nori 膠水

It's nice to meet you.
很好的

❻ プロジェクター【ぷろじぇくたー】
purojekuta- 投影機

❾ つくえ【机】
tsukue 桌子

⓫ えんぴつ【鉛筆】
enpitsu 鉛筆

⓬ けしごむ【消しゴム】
keshigomu 橡皮擦

㉓ ランドセル【らんどせる】
randoseru 書包

⓭ ふでばこ【筆箱】
fudebako 鉛筆盒

⓯ ハサミ【はさみ】
hasami 剪刀

㉒ きょうかしょ【教科書】
kyoukasho 教科書

⓳ ふうとう【封筒】
fuutou 信封

⓱ まんねんひつ【万年筆】
mannenhitsu 鋼筆

㉑ てがみ【手紙】
tegami 信

⓴ びんせん【便箋】
binsen 信紙

⓲ インク【いんく】
inku 墨水

◆ きらい【嫌い】 〔形容動詞〕討厭、不喜歡
ki ra i

やさい が きらい。【野菜が嫌い。】討厭蔬菜。
yasai　ga kirai desu

💬 對話

おとうさん：サラダをたのもうか？　　　　爸爸：點生菜沙拉吧。
こども：いや、やさいがきらい。　　　　　小孩：不要，我討厭蔬菜。

お父さん：サラダを頼もうか？
子供：嫌、野菜が嫌い。

◆ きりん【麒麟】 〔名詞〕長頸鹿
ki rin

きりん の くび が ながい。【きりんの首が長い。】
kirin　no kubi ga nagai

長頸鹿的脖子很長。

◆ きる【切る】 〔動詞〕切、砍、斷絕
ki ru

き を きる。【木を切る。】砍樹。
ki　o kiru

◆ きる【着る】 〔動詞〕穿
ki ru

ふく を きる。【服を着る。】穿衣服。
fuku　o kiru

◆ きれい【綺麗】 〔形容動詞〕美麗、漂亮、乾淨
ki re i

きれい な おんな。【きれいな女。】美麗的女人。
kirei　na onna

きれい な みず。【きれいな水。】乾淨的水。
kirei　　na mizu

◆<u>キ</u>ロ【きろ】〔名詞〕公里、公斤
ki ro

とうきょう まで にひゃく キロ も ある。【東京まで 200 キロもある。】
toukyou　　made nihyaku　kiro　mo aru

到東京有 200 公里。

◆<u>ぎ</u>んこう【銀行】〔名詞〕銀行
gin ko u

ぎんこう に いく。【銀行に行く。】去銀行。
ginkou　　ni iku

◆<u>き</u>んじょ【近所】〔名詞〕附近、鄰居
kin jo

この きじょ には、みせ が おおい。【この近所には、店が多い。】
kono kinjo　　niwa　　mise ga ooi

這附近有很多商店。

◆<u>き</u>んちょう【緊張】〔名詞、動詞〕緊張
kin cho u

しけん で きんちょう する。【試験で緊張する。】
shiken　de kinchou　　suru

因考試而緊張。

く

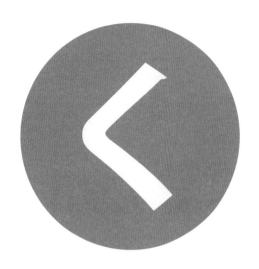

你知道嗎？く是從中文這樣變來的：

爸爸媽媽可以這樣記假名

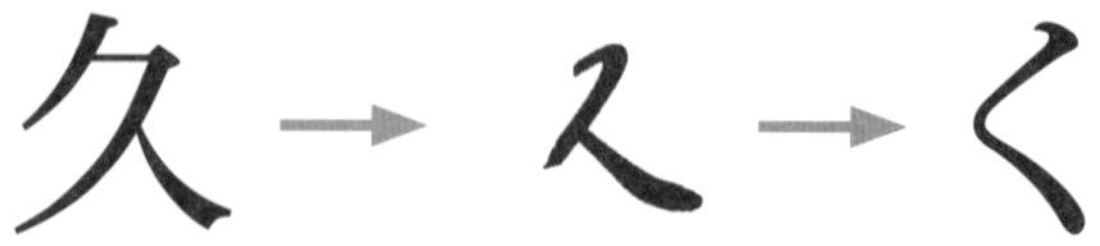

跟孩子可以
這樣一起寫

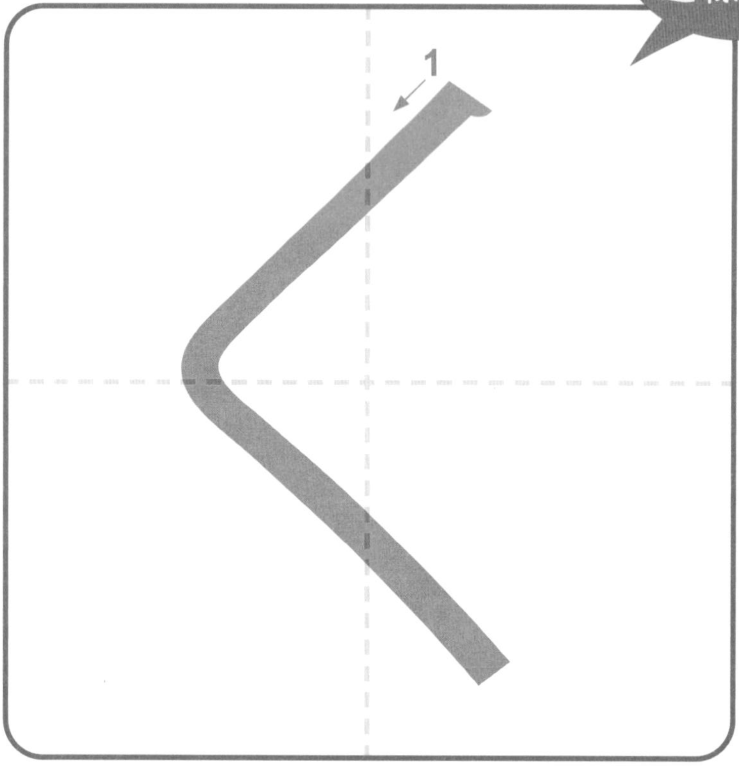

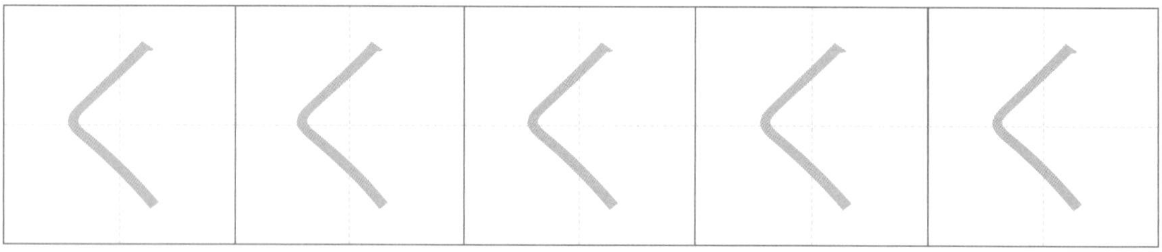

好好與您的孩子展開第一段的日語學習探索之旅吧！

你知道嗎？ク是從中文這樣變來的：

爸爸媽媽可以這樣記假名

久 → ク → ク

跟孩子可以
這樣一起寫

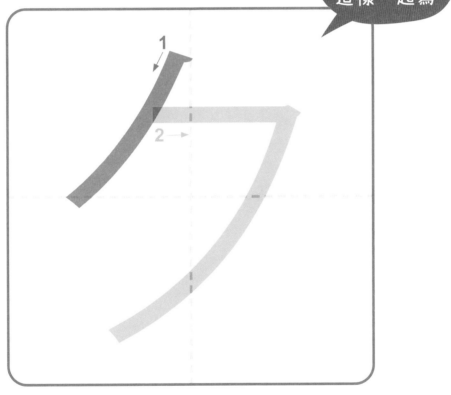

好好與您的孩子展開第一段的日語學習探索之旅吧！

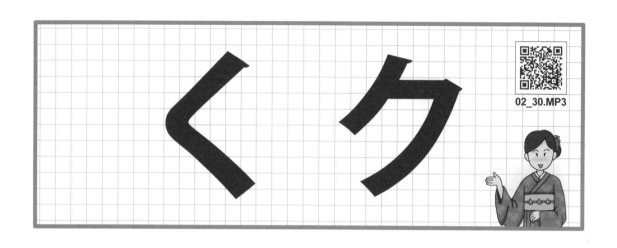

02_30.MP3

◆ <u>ク</u>イズ 【quiz】 〔名詞〕謎題、猜謎
ku i zu

クイズばんぐみ を みる。【クイズ番組を見る。】看猜謎節目。
kuizu bangumi　　o miru

◆ <u>く</u>うこう 【空港】 〔名詞〕機場
ku u ko u

くうこう に とうちゃく した。【空港に到着した。】抵達機場。
kuukou　　ni　touchaku　　shita

💬 對話

ともだち：くうこうについたら、 　　　　　れんらくしてください。	朋友：到了機場請通知我。
わたし：わかりました。	我：我知道了。
友達：空港に着いたら、連絡して 　　　下さい。	
私：分かりました。	

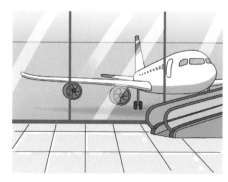

◆クーラー【くーらー】〔名詞〕冷氣
ku-ra-

クーラー をつける。開冷氣。
ku-ra-　　　o tsukeru

💬 對話

こども：ママ、あつい。　　　　小孩：媽媽，好熱。
おかあさん：クーラーをつけて。　媽媽：開冷氣。

子供：ママ、暑い。
お母さん：クーラーをつけて。

◆くさ【草】〔名詞〕草
ku sa

うし は くさ を たべる。【牛は草を食べる。】牛吃草。
ushi　wa　kusa　o taberu

◆くさい【臭い】〔形容詞〕臭的
ku sa i

ゴミ が くさい。【ゴミが臭い。】垃圾很臭。
gomi　ga　kusai

◆くさる【腐る】〔動詞〕腐爛、敗壞
ku sa ru

ぎゅうにゅう が くさる。【牛乳が腐る。】牛奶酸臭。
gyuunyuu　　　ga kusaru

◆くし【櫛】〔名詞〕梳子
ku shi

くし で かみ を とかす。【くしで髪をとかす。】用梳子梳頭髮。
kushi de kami o tokasu

◆ くすり【薬】〔名詞〕藥
ku su ri

くすり を のむ。【薬を飲む。】吃藥。
kusuri　o　nomu

◆ くそ【糞】〔名詞〕糞便
ku so

くそ を する。【糞をする。】大便。
kuso　o　ssuru

> 【 糞便的相關用語 】
>
> ふん【糞】〔名詞〕糞便
> fun
>
> うんこ〔名詞、動詞〕大便
> un ko
>
> うんち〔名詞、動詞〕大便
> un chi

◆ くだらない【下らない】〔形容詞〕無聊的、微不足道的
ku da ra na i

くだらない こと。無聊、微不足道的小事。
kudaranai　koto

> 【 相同用語 】
>
> つまらない〔形容詞〕無聊的、微不足道的
> tsu ma ra na i
>
> つまらない こと。無聊、微不足道的小事。
> tsumaranai koto

◆ くち【口】〔名詞〕口、嘴巴
ku chi

くち を あける。【口を開ける。】張開嘴巴。
kuchi o akeru

◆ くちびる【唇】〔名詞〕嘴唇
ku chi bi ru

くちびる を とがらす。【唇を尖らす。】嘟嘴生氣。
kuchibiru　o　togarasu

◆ くつ【靴】〔名詞〕鞋子
ku tsu

くつ を はく。【靴を履く。】穿鞋子。
kutsu o　haku

◆ クッキー【くっきー】〔名詞〕餅乾
ku kki-

クッキー を やく。【クッキーを焼く。】烤餅乾。
kukki-　　o　yaku

💬 對話

| ともだち：クッキーたべる？ | 朋友：要不要吃餅乾？ |
| わたし：ありがとう。 | 我：謝謝。 |

友達：クッキー食べる？
私：ありがとう。

◆ くつした【靴】〔名詞〕襪子
ku tsu shi ta

くつした を はく。【靴下を履く。】穿襪子。
kutsushita　o　haku

◆ くに【国】〔名詞〕國家
ku ni

ちがう くに に いって みたい。【違う国に行ってみたい。】想去不同國家看看。
chigau　kuni　ni　itte　　mitai

對話

がくせい：どこのくにからきましたか？　　學生：從哪個國家來的？
りゅうがくせい：たいわんです。　　留學生：台灣。

学生：どこの国から来ましたか？
留学生：台湾です。

◆ くび【首】　〔名詞〕脖頸、頭
ku bi

くび を きる。【首を切る。】斬首。
kubi　o　kiru

◆ くみ【組】　〔名詞〕班
ku mi

さんねんいちくみ【三年一組】三年一班
sannenichikumi

對話

せんせい：なんねんなんくみですか？　　老師：幾年幾班的？
がくせい：さんねんいちくみです。　　學生：三年一班。

先生：何年何組ですか？
学生：三年一組です。

◆ くもり【曇り】　〔名詞〕陰天
ku mo ri

きょう は くもり です。【今日は曇りです。】今天是陰天。
kyou　wa kumori desu

◆ くもる【曇る】　〔動詞〕天氣轉陰
ku mo ru

そら が くもる。【空が曇る。】天空變陰暗。
sora　ga　kumoru

◆ くやしい【悔しい】 〔形容詞〕悔恨、後悔的
ku ya shi i

しあい に まけて とても くやしい。【試合に負けてとても悔しい。】
shiai　ni makete totemo kuyashii

輸掉比賽非常懊悔。

◆ くらい【暗い】 〔形容詞〕暗的
ku ra i

へや は くらい。【部屋は暗い。】房間很暗。
heya wa kurai

◆ くらい【位】 〔助詞〕大約、左右
ku ra i

いちじかん くらい。【1時間くらい。】1小時左右。
ichijikan　　kurai

💬 對話

わたし：とうきょうまで、じかんはどのくらいかかりますか？
タクシーうんてんしゅ：いちじかんくらいです。

私：東京まで、時間はどのくらいかかりますか？
タクシー運転手：1時間くらいです。

我：到東京大概要花多久時間？
計程車司機：大概1小時。

◆ くらべる【比べる】 〔動詞〕比較
ku ra be ru

にほん と くらべる。【日本と比べる。】跟日本相比較。
nihon　to kuraberu

117

◆ くり【栗】 〔名詞〕栗子
ku ri

あきの くりは おいしい。【秋の栗は美味しい。】
aki　no kuri wa oishii

秋天的栗子很美味。

【 相同用語 】

マロン【まろん】 〔名詞〕栗子
ma ron

◆ クリーム【くりーむ】 〔名詞〕鮮奶油
ku ri-mu

ケーキに クリームを ぬる。【ケーキにクリームを塗る。】在蛋糕上塗鮮奶油。
ke-ki　ni kuri-mu　o nuru

◆ クリスマス【くりすます】 〔名詞〕聖誕、聖誕節
ku ri su ma su

クリスマスイブ【くりすますいぶ】 〔名詞〕聖誕夜
ku ri su ma su i bu

🗨 **對話**

ともだち：メリークリスマス。　　朋友：聖誕快樂。
わたし：メリークリスマス。　　我：聖誕快樂。

友達：メリークリスマス。
私：メリークリスマス。

◆ くる【来る】 〔動詞〕來
ku ru

よるが くる。【夜が来る。】夜晚來臨。
yoru ga kuru

◆ くるしい【苦しい】〔形容詞〕痛苦、難過
ku ru shi i

こころ が くるしい。【心が苦しい。】心裡很難過。
kokoro ga kurushii

◆ クレープ【くれーぷ】〔名詞〕可麗餅
ku re-pu

こども は クレープ が すき です。【子供はグレープが好きです。】
kodomo wa kure-pu　ga suki desu

小孩子喜歡可麗餅。

◆ クレヨン【くれよん】〔名詞〕蠟筆
ku re yon

クレヨン で え を かく。【クレヨンで絵を描く。】用蠟筆畫畫。
kureyon　de e　o kaku

◆ くろい【黒い】〔形容詞〕黑色的
ku ro i

くろい かさ。【黒い傘。】黑色的雨傘。
kuroi　kasa

◆ ぐんじん【軍人】〔名詞〕軍人
gun jin

ぐんじん に なる。【軍人になる。】從軍。

> 【 相似用語 】
>
> **へいし【兵士】**〔名詞〕士兵
> he i shi
>
> **ぐんたい【軍隊】**〔名詞〕軍隊
> gun ta i
>
> **へいたい【兵隊】**〔名詞〕軍隊
> he i ta i

你知道嗎？け是從中文這樣變來的：

計 → 訁十 → け

跟孩子可以
這樣一起寫

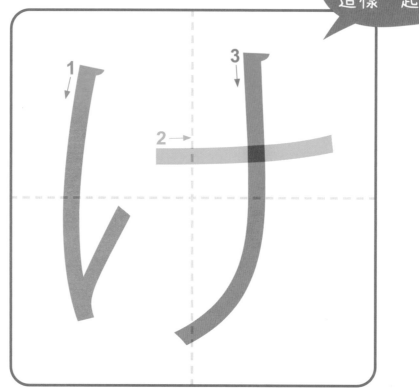

好好與您的孩子展開第一段的日語學習探索之旅吧！

你知道嗎？ケ是從中文這樣變來的：

爸爸媽媽可以這樣記假名

介 → ケ → 个 → ケ

跟孩子可以這樣一起寫

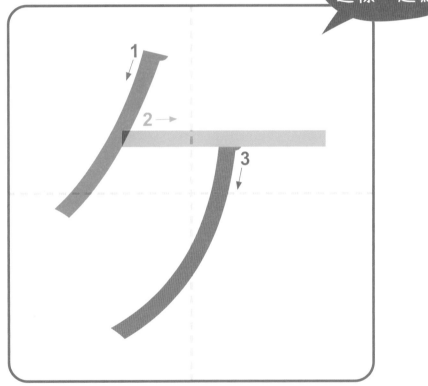

好好與您的孩子展開第一段的日語學習探索之旅吧！

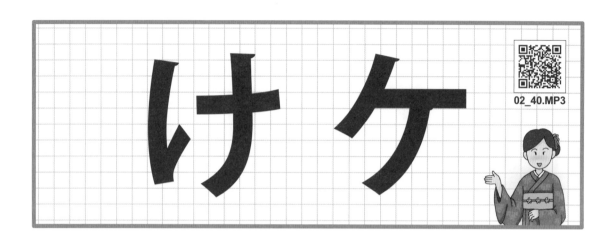

◆ <u>け</u>【毛】　〔名詞〕毛髮、頭髮
ke

かみ の け。【髪の毛。】頭髮。
kami no ke

◆ <u>けい</u>さつ【警察】　〔名詞〕警察
ke i sa tsu

けいさつ を よぶ。【警察を呼ぶ。】叫警察。
keisatsu　o　yobu

◆ <u>ゲー</u>ム【げーむ】　〔名詞〕遊戲、比賽
ge-mu

ゲーム を する。【ゲームをする。】玩遊戲、打電動。
ge-mu　o　suru

◆ <u>け</u>しき【景色】　〔名詞〕風景、景色
ke shi ki

けしき を みる。【景色を見る。】看風景。
keshiki　o　miru

◆ けしょう【化粧】 〔名詞、動詞〕化妝

ke sho u

パーティー の ために けしょう する。
pa-ti-　　　no tame ni keshou　　suru

【パーティーのために化粧する。】為了派對化妝打扮。

◆ けす【消す】 〔動詞〕關閉、消除、熄滅

ke su

でんき を けす。【電気を消す。】關電燈。
denki　o　kesu

ひ を けす。【火を消す。】滅火。
hi　o　kesu

◆ けずる【削る】 〔動詞〕削

ke zu ru

えんぴつ を けずる。【鉛筆を削る。】削鉛筆。
enpitsu　　o　kezuru

◆ けっこう【結構】 〔副詞、形容動詞〕滿、相當、好、足夠

ke kko u

けっこう おいしい。【結構美味しい。】滿好吃的。
kekkou　　oishii

💬 對話

ともだち：もういっぱいのみませんか？　朋友：要不要再喝一杯。
わたし：もうけっこうです。　　　　　我：已經夠了。

友達：もう一杯飲みませんか？
私：もう結構です。

✦ けっせき【欠席】 〔名詞、動詞〕缺席、缺課
ke sse ki

がっこう を けっせき する。【学校を欠席する。】沒去學校上課。
gakkou　o　kesseki　suru

✦ けむり【煙】 〔名詞〕煙、煙霧
ke mu ri

えんとつ から けむり が でる。【煙突から煙が出る。】從煙囪冒出煙來。
entotsu　kara kemuri ga deru

✦ けもの【獣】 〔名詞〕野獸
ke mo no

やま に けもの が いる。【山に獣がいる。】山裡有野獸。
yama ni kemono ga iru

✦ けんか【喧嘩】 〔名詞、動詞〕吵架、打架
ken ka

きょうだいけんか。【兄弟喧嘩。】兄弟姊妹吵架。
kyoudaikenka

✦ けんがく【見学】 〔名詞、動詞〕參觀學習
ken ga ku

こうじょう を けんがく する。【工場を見学する。】參觀工廠。
koujou　o　kengaku　suru

【 參觀的用語 】

けんぶつ【見物】〔名詞、動詞〕參觀、遊覽
ken bu tsu

はくぶつかん へ けんぶつ に いく。【博物館へ見物に行く。】
hakubutsukan　e kenbutsu　ni iku

去博物館參觀遊覽。

◆ げんかん【玄関】 〔名詞〕玄關
gen kan

げんかん から いえ に はいる。【玄関から家に入る。】從玄關進到家裡。
genkan　　kara　ie　　ni　hairu

◆ げんき【元気】 〔名詞、形容動詞〕精神
gen ki

げんき な こ。【元気な子。】有精神的小孩。
genki　　na　ko

げんき が ない。【元気がない。】沒有精神。
genki　　ga　nai

💬 對話

ともだち：おげんきですか？　　　朋友：你好嗎？
わたし：げんきです。　　　　　我：我很好。

友達：お元気ですか？
私：元気です。

◆ げんきん【現金】 〔名詞〕現金
gen kin

げんきん で しはらう。【現金で支払う。】用現金支付。
genkin　　de　shiharau

◆ けんこう【健康】 〔名詞、形容動詞〕健康
ken ko u

けんこう な からだ。【健康な体。】健康的身體。
kenkou　　na　karada

125

你知道嗎？こ是從中文這樣變來的：

己 → 乚 → こ

跟孩子可以
這樣一起寫

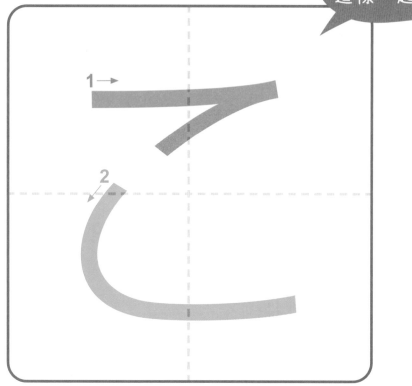

好好與您的孩子展開第一段的日語學習探索之旅吧！

你知道嗎？コ是從中文這樣變來的：

爸爸媽媽可以這樣記假名

己 → コ

跟孩子可以這樣一起寫

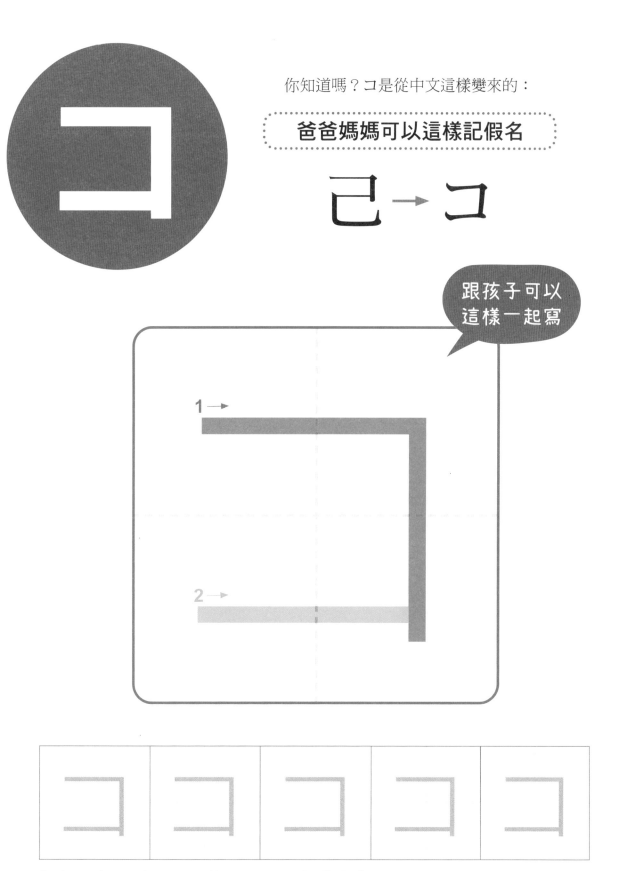

好好與您的孩子展開第一段的日語學習探索之旅吧！

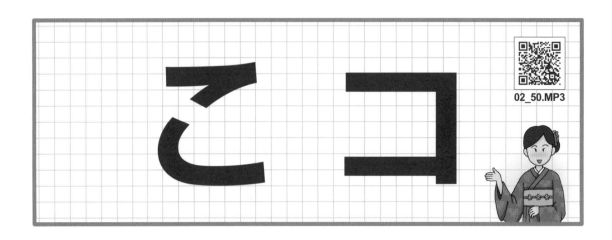

◆ こ【子】 〔名詞〕小孩、孩子
ko

こ を うむ。【子を産む。】生小孩。
ko o umu

◆ こども【子供】 〔名詞〕小孩、孩子、兒童
ko do mo

こども が うまれる。【子供が生まれる。】小孩要出生了。
kodomo ga umareru

◆ こう【斯う】 〔副詞〕這麼
ko u

わたし は こう おもう。【私はこう思う。】我是這麼想。
watashi wa kou omou

【相關用語】

そう 〔副詞〕那樣
so u

わたしも そう おもう。【私もそう思う。】我也是那樣想。
watashi mo sou omou

✦ ごう【号】 〔名詞〕號
go u

たいふう ごごう。【台風５号。】５號颱風。
taifu　　　gogou

✦ ごうかく【合格】 〔名詞、動詞〕合格、及格
go u ka ku

しけん に ごうかく した。【試験に合格した。】考試及格了。
shiken　ni　goukaku　shita

✦ こうかん【交換】 〔名詞、動詞〕交換
ko u kan

プレゼント を こうかん する。【プレゼントを交換する。】交換禮物。
purezento　　o　koukan　　suru

✦ こうじ【工事】 〔名詞、動詞〕工程、施工
ko u ji

こうじちゅう【工事中】施工中
koujichuu

✦ こうそく【校則】 〔名詞〕校規
ko u so ku

こうそく を まもる。【校則を守る。】遵守校規。
kousoku　　o　mamoru

✦ こうつう【交通】 〔名詞、動詞〕交通
ko u tsu u

こうつうじこ【交通事故】車禍
koutsuu jiko

◆ こうどう【行動】 〔名詞、動詞〕行動
ko u do u

じゆうこうどう【自由行動】自由活動
jiyuukoudou

◆ こえ【声】 〔名詞〕（人或動物的）聲音
ko e

おとうさん の こえ が きこえる。【お父さんの声が聞こえる。】
otousan　　no koe　ga kikoeru

聽見爸爸的聲音。

◆ こえる【越える】 〔動詞〕越過、渡過
ko e ru

やま を こえる。【山を越える。】越過山峰。
yama o　koeru

◆ コーチ【こーち】 〔名詞〕教練
ko-chi

すいえい の コーチ。【水泳のコーチ。】游泳教練。
suiei　　no ko-chi

◆ こおり【氷】 〔名詞〕冰、冰塊
ko o ri

こおり は とける。【氷は解ける。】冰會溶化。
koori　　wa tokeru

◆ ゴール【ごーる】 〔名詞〕終點
go-ru

ゴール に つく。【ゴールに着く。】抵達終點。
go-ru　　ni tsuku

✦ <u>コ</u>ーン【こーん】〔名詞〕玉米
ko-n

コーン は あまくて おいしい。【コーンは甘くて美味しい。】玉米香甜美味。
ko-n　 wa amakute　oishii

✦ <u>こ</u>ぐ【漕ぐ】〔動詞〕划（船）、踩（腳踏車）
ko gu

じてんしゃ を こぐ。【自転車を漕ぐ。】踩腳踏車。
jitensha　　 o　kogu

✦ <u>こ</u>くご【国語】〔名詞〕國語、本國語言
ko ku go

こくご の きょうかしょ。【国語の教科書。】國語教科書。
kokugo no kyoukasho

✦ <u>こ</u>ける〔動詞〕跌倒
ko ke ru

いえ の まえ で こけた。【家の前でこけた。】在家門前跌倒了。
ie　　 no mae　de koketa

✦ <u>こ</u>げる【焦げる】〔動詞〕燒焦
ko ge ru

にく が こげた。【肉が焦げた。】肉燒焦了。
niku　ga kogeta

✦ <u>こ</u>こ【此処】〔代名詞〕這裡
ko ko

ここ は きょうしつ です。【ここは教室です。】這裡是教室。
koko wa kyoushitsu　 desu

【 表示所在地方的相關用語 】

ここ【此処】〔代名詞〕這裡
ko ko

あそこ〔代名詞〕遠方的那裡
a so ko

こちら【此方】〔代名詞〕這裡
ko chi ra

あちら【彼方】〔代名詞〕遠方的那裡
a chi ra

こっち〔代名詞〕這裡
ko tchi

あっち〔代名詞〕遠方的那裡
a tchi

そこ【其処】〔代名詞〕那裡
so ko

どこ【何処】〔代名詞〕哪裡
do ko

そちら【其方】〔代名詞〕那裡
so chi ra

どちら【何方】〔代名詞〕哪裡
do chi ra

そっち〔代名詞〕那裡
so tchi

どっち〔代名詞〕哪裡
do tchi

◆ ごご【午後】〔名詞〕下午
go go

ごご は やすみ です。【午後は休みです。】 下午休息。
gogo wa yasumi desu

【 相關用語 】

ごぜん【午前】〔名詞〕上午
go zen

💬 對話

ともだち：あしたはだいじょうぶ？ 　　朋友：明天可以嗎？
わたし：ごぜんはがっこう、ごごは 　　我：早上要上學，下午可以。
　　　　だいじょうぶ。

友達：明日は大丈夫？
私：午前は学校、午後は大丈夫。

◆ ココア【ここあ】〔名詞〕可可亞
ko ko a

あたたかい ココア を のむ。【温かいココアを飲む。】
atatakai kokoa o nomu

喝杯熱可可。

✦ <u>こ</u>ころ【心】 〔名詞〕心、內心、真心
ko ko ro

こころ から かんしゃ する。【心から感謝する。】由衷感謝。
kokoro kara kansha suru

✦ <u>こ</u>し【腰】 〔名詞〕腰
ko shi

こし が いたい。【腰が痛い。】腰痛。
koshi ga itai

✦ <u>こ</u>しょう【故障】 〔名詞、動詞〕故障
ko sho u

くるま が こしょう した。【車が故障した。】車子壞了。
kuruma ga koshou shita

✦ <u>こ</u>たえる【答える】 〔動詞〕回答
ko ta e ru

せんせい の しつもん に こたえる。【先生の質問に答える。】
sensei no shitsumon ni kotaeru

回答老師的問題。

✦ <u>こ</u>づかい【小遣い】 〔名詞〕零用錢
ko zu ka i

おかあさん が こづかい を くれた。
okaasan ga kozukai o kureta

【お母さんが小遣いをくれた。】媽媽給我零用錢。

✦ <u>こ</u>っそり 〔副詞〕偷偷地、悄悄地
ko ssori

こっそり にげた。【こっそり逃げた。】偷偷地逃走了。
kossori nigeta

◆ こと【事】 〔名詞〕事、事情
ko to

きのう いろいろ な こと が あった。【昨日いろいろなことがあった。】
kinou   iroiro   na koto ga atta

昨天發生了各種事情。

◆ ことし【今年】 〔名詞〕今年
ko to shi

ことし は とても さむい。【今年はとても寒い。】 今年很冷。
kotoshi wa totemo samui

> 【 年的相關用語 】
>
> **きょねん【去年】**〔名詞〕去年　　　　**らいねん【来年】**〔名詞〕明年
> kyo nen　　　　　　　　　　　　　　　　ra i nen

◆ ことば【言葉】 〔名詞〕語言、字詞、話
ko to ba

ことば に できない。【言葉にできない。】 無法用言語形容。
kotoba   ni dekinai

◆ この【此の】 〔連體詞〕這、這個
ko no

この ほん。【この本。】 這本書。
kono hon

> 【 其他相關用語 】
>
> **その【其の】**〔連體詞〕那、那個　　　　**あの ほん。【あの本。】** 那本書。
> so no　　　　　　　　　　　　　　　　　　ano hon
>
> **その ほん。【その本。】** 那本書。　　　**どの【何の】**〔連體詞〕哪、哪個
> sono hon　　　　　　　　　　　　　　　　do no
>
> **あの**〔連體詞〕較遠的那、那個　　　　**どの ほん。【どの本。】** 哪本書？
> a no　　　　　　　　　　　　　　　　　　dono hon

✦ ごはん【御飯】〔名詞〕飯
go han

ごはん を たべる。【ご飯を食べる。】吃飯。
gohan　o　taberu

【相同用語】

めし【飯】〔名詞〕飯
me shi

【各餐相關用語】

めし【飯】〔名詞〕飯　　　　　　ひるめし【昼飯】〔名詞〕午飯
me shi　　　　　　　　　　　　hi ru me shi

あさごはん【朝ご飯】〔名詞〕早飯　　ばんごはん【晩ご飯】〔名詞〕晩飯
a sa go han　　　　　　　　　　ban go han

あさめし【朝飯】〔名詞〕早飯　　　　ばんめし【晩飯】〔名詞〕晩飯
a sa me shi　　　　　　　　　　ban me shi

ひるごはん【昼ご飯】〔名詞〕午飯
hi ru go han

💬 對話

おかあさん：ごはんできたよ。　　媽媽：飯做好了。
こども：はい、たべる。　　　　　小孩：好，我要吃。

お母さん：ご飯できたよ。
子供：はい、食べる。

✦ コピー【こぴー】〔名詞〕拷貝、影印
ko pi-

しょるい を コピー する。【書類をコピーする。】影印文件。
shorui　　o　kopi-　suru

✦ こぼす【零す】〔動詞〕使灑出、使溢出、使翻倒

ミルク を こぼした。【ミルクをこぼした。】打翻了牛奶。
miruku　o　koboshita

【相關用語】

こぼれる【零れる】 〔動詞〕灑出、溢出、翻倒
ko bo re ru

ミルク が こぼれた。【ミルクがこぼれた。】 牛奶打翻了。
miruku　ga koboreta

💬 **對話**

おかあさん：あっ、ミルクがこぼれた。　　媽媽：啊，你把咖啡灑出來了。
こども：ごめんなさい。　　　　　　　　小孩：媽媽對不起。

お母さん：あっ、ミルクがこぼれた。
子供：ごめんなさい。

◆ こまかい【細かい】 〔形容詞〕細小的、零碎的
ko ma kai

こまかい じ【細かい字】 細小的字
komakai　ji

こまかい かね【細かい金】 零錢。
komakai　kane

◆ こまる【困る】 〔動詞〕困擾、煩惱
ko ma ru

せいかつ に こまる。【生活に困る。】 為生活所困。
seikatsu　ni komaru

◆ ごみ 〔名詞〕垃圾
go mi

ごみ を すてる。【ごみを捨てる。】 丟垃圾。
gomi o suteru

◆ こむ【込む・混む】〔動詞〕擁擠

ko mu

でんしゃ が こむ。【電車が混む。】電車很擁擠。
densha ga komu

◆ こむぎ【小麦】〔名詞〕小麥

ko mu gi

こむぎこ。【小麦粉】麵粉。
komugiko

◆ こめ【米】〔名詞〕（多用「お米」）稻米

ko me

にほん の おこめ が おいしい。【日本のお米が美味しい。】日本的稻米很好吃。
nihon no okome ga oishii

◆ コロッケ【ころっけ】〔名詞〕可樂餅

ko ro kke

この みせ の コロッケ は ゆうめい です。【この店のコロッケは有名です。】
kono mise no korokke wa yuumei desu

這家店的可樂餅很有名。

◆ ころぶ【転ぶ】〔動詞〕跌倒

ko ro bu

こども が ころんだ。【子供が転んだ。】小孩子跌倒了。
kotoma ga koronda

💬 對話

こども：いえのまえでころんだ。　　　　小孩：在家門前跌倒了。
おかあさん：だいじょうぶ？けがは？　　媽媽：沒事吧？有沒有受傷？

子供：家の前で転んだ。
お母さん：大丈夫？怪我は？

◆ こわい【怖い】 〔形容詞〕可怕的、害怕的
ko wa i

おばけ が こわい。【お化けが怖い。】害怕妖怪。
oboke　ga　kowai

> 【 相同用語 】
>
> **おそろしい【恐ろしい】**〔形容詞〕可怕的、驚人的、嚇人的
> o so ro shi i
>
> **おそろしい ニュース。【恐ろしいニュース。】** 驚人的新聞消息。
> osoroshii nyu-su

◆ こわす【壊す】 〔動詞〕弄壞
ko wa su

おもちゃ を こわした。【玩具を壊した。】弄壞了玩具。
omocha　　o　kowashita

◆ こわれる【壊れる】 〔動詞〕壞掉
ko wa re ru

おもちゃ が こわれた。【玩具が壊れた。】玩具壞掉了。
omocha　　ga　kowareta

💬 對話

こども：おもちゃがこわれた。	小孩：玩具壞了。
おかあさん：みせて。	媽媽：讓我看看。
子供：おもちゃが壊れた。	
お母さん：見せて。	

◆ コンサート【こんさーと】 〔名詞〕音樂會、演唱會
kon sa-to

すき な かしゅ の コンサート に いく。
suki na kashu no konsa-to　 ni iku

【好きな歌手のコンサートに行く。】去喜歡歌手的演唱會。

◆ こんど【今度】〔名詞〕這次、下次
kon do

こんど は ゆるす。【今度は許す。】這次就原諒你。
kondo wa yurusu

こんど は いっしょ に いく。【今度は一緒に行く。】下次一起去。
kondo wa issho ni iku

◆ こんな〔連體詞〕這樣的
kon na

こんな りょうり は はじめて です。【こんな料理は初めてです。】
konna ryouri wa hajimete desu

這樣的菜是第一次吃到。

【 其他的相關用語 】

こんな〔連體詞〕這樣的 kon na	**あんな**〔連體詞〕那樣的 an na
こんなに〔副詞〕這樣地 kon na	**あんなに**〔副詞〕那樣地 an na
そんな〔連體詞〕那樣的 son na	**どんな**〔連體詞〕怎樣的 don na
そんなに〔副詞〕那樣地 son na	**どんなに**〔副詞〕怎樣地 don na

◆ コンビニ【こんびに】〔名詞〕便利商店
kon bi ni

コンビニ へ かいもの に いく。【コンビニへ買い物に行く。】
konbini e kaimono ni iku

去便利商店買東西。

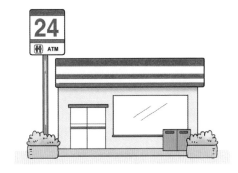

さ行 ●●●●● （さ、し、す、せ、そ）

03_00.MP3

さ sa	把嘴巴張開，發出「撒（ㄙㄚ）」的音。	**さる【猿】** 猴子 sa ru	
し shi	把嘴巴微開，嘴角向左右伸展，發出「西（ㄒㄧ）」的音。	**しか【鹿】** 鹿 shi ka	
す su	把嘴巴張開，嘴角向左右伸展，發出「蘇（ㄙㄨ）」的音。	**すし【寿司】** 壽司 su shi	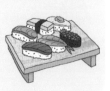
せ se	把嘴巴微開，發出「（ㄙㄟ）」的音。	**せみ【蝉】** 蟬 se mi	
そ so	把嘴巴張開，發出「搜（ㄙㄡ）」的音。	**そうじ【掃除】** 打掃 so u ji	

サ行 （サ、シ、ス、セ、ソ）

サ sa	把嘴巴張開，發出「撒（ㄙㄚ）」的音。	サボテン 仙人掌 sa bo ten	
シ shi	把嘴巴微開，嘴角向左右伸展，發出「西（ㄒㄧ）」的音。	シーソー 蹺蹺板 shi-so-	
ス su	把嘴巴張開，嘴角向左右伸展，發出「蘇（ㄙㄨ）」的音。	スカート 裙子 su ka-to	
セ se	把嘴巴微開，發出「（ㄙㄟ）」的音。	セール 特價拍賣 se-ru	
ソ so	把嘴巴張開，發出「搜（ㄙㄡ）」的音。	ソファー 沙發 so fa-	

你知道嗎？さ是從中文這樣變來的：

爸爸媽媽可以這樣記假名

左 → 𠂇 → さ

跟孩子可以
這樣一起寫

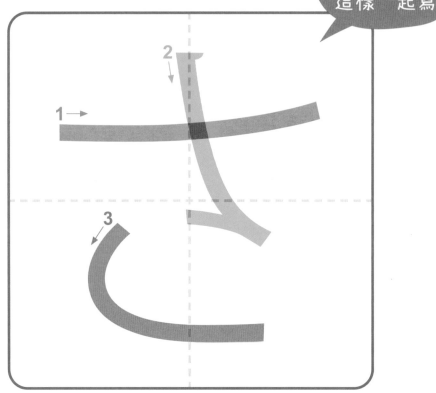

さ	さ	さ	さ	さ

好好與您的孩子展開第一段的日語學習探索之旅吧！

你知道嗎？サ是從中文這樣變來的：

爸爸媽媽可以這樣記假名

散 → 昔 → 艹 → サ

跟孩子可以
這樣一起寫

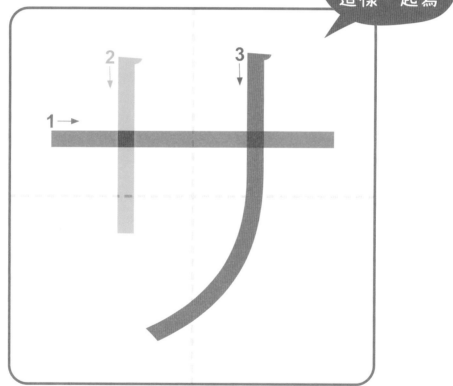

サ	サ	サ	サ	サ

好好與您的孩子展開第一段的日語學習探索之旅吧！

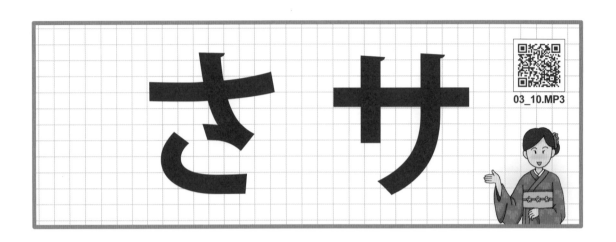

03_10.MP3

◆ サーカス【さーかす】 〔名詞〕馬戲團
sa- ka su

サーカス は おもしろい。【サーカスは面白い。】 馬戲團很有趣。
sa-kasu　　wa omoshiroi

◆ サークル【さーくる】 〔名詞〕社團
sa- ku ru

サークル に はいる。【サークルに入る。】 加入社團。
sa-kuru　　ni　hairu

◆ サービス【さーびす】 〔名詞、動詞〕
sa-bi su
服務、優惠、優待、免費贈送

サービス が いい みせ です。【サービスがいい店です。】 服務很好的店家。
sa-bisu　　ga ii　　mise desu

これ は サービス です。【これはサービスです。】
kore wa sa-bisu　　desu

這個不用錢免費贈送。

◆ さいご【最後】 〔名詞〕最後、最終、結局
sai go

これ が さいご だよ。【これが最後だよ。】 這是最後一次。（沒有下一次了。）
kore ga saigo dayo

えいが の さいご。【映画の最後。】 電影的結局。
eiga no saigo

【 相 反 用 語 】

さいしょ【最初】 〔名詞〕最初、剛開始
sai sho

さいしょ は しらなかった。【最初は知らなかった。】
saisho wa shiranakatta

起初不知道。（後來才發覺。）

◆ さいこう【最高】 〔名詞、形容動詞〕最多、最高、最棒
sai ko u

さいこう です。【最高です。】 超讚的。
saikou desu

【 相 反 用 語 】

さいてい【最低】 〔名詞、形容動詞〕最低、最少、最差勁
sai te i

さいてい です。【最低です。】 超爛的。
saitei desu

◆ さいちゅう【最中】 〔名詞〕正在進行中、正精彩、最高潮
sai chu u

しあい の さいちゅう に、あめ が ふりだした。
shiai no saichuu ni ame ga furidashita

【試合の最中に、雨が降り出した。】

比賽正精采時竟下起雨來了。

◆ さいふ【財布】 〔名詞〕錢包
sa i fu

さいふ を おとした。【財布を落とした。】弄丟了錢包。
saifu　o　otoshita

◆ サイン【さいん】 〔名詞、動詞〕簽名
sa in

ここ に サイン してください。請在這裡簽名。
koko ni sain shitekudasai

◆ さか【坂】 〔名詞〕坡道、斜坡
sa ka

さか を のぼる。【坂を上る。】爬坡。
saka　o　noboru

◆ さがす【探す、捜す】 〔動詞〕尋找
sa ga su

まいご を さがす。【迷子を捜す。】找迷路的孩子。
maiko　o　sagasu

💬 **對話**

> こども：さいふがない。　　　　小孩：錢包找不到。
> おかあさん：さがしてみて。　　媽媽：找找看。
>
> 子供：財布がない。
> お母さん：探してみて。

◆ さき【先】 〔名詞〕早、先
sa ki

おさき に どうぞ。【お先にどうぞ。】您先請。
osaki　ni　douzo

◆さく【咲く】〔動詞〕開花
sa ku

はな が さく。【花が咲く。】開花。
hana ga saku

◆さくぶん【作文】〔名詞〕作文
sa ku bun

さくぶん を かく。【作文を書く。】寫作文。
sakubun　o　kaku

💬 對話

こども：さくぶんはむずかしい。　　小孩：作文很難。
おかあさん：がんばって。　　　　　媽媽：加油。

子供：作文は難しい。
お母さん：頑張って。

◆さくら【桜】〔名詞〕櫻花
sa ku ra

さくら が さく。【桜が咲く。】櫻花開花。
sakura　ga　saku

◆さけ【酒】〔名詞〕酒
sa ke

さけ を のむ。【酒を飲む。】喝酒。
sake　o　nomu

◆さけぶ【叫ぶ】〔動詞〕叫、大叫
sa ke bu

おおきい こえ で さけぶ。【大きな声で叫ぶ。】大聲叫。
ookii　　koe　de　sakebu

✦ さしみ【刺身】 〔名詞〕生魚片
sa shi mi

さしみ が にがて です。【刺身が苦手です。】不敢吃生魚片。
sashimi ga nigate desu

💬 對話

おかあさん：ばんごはんはさしみでいい？　　媽媽：晚餐吃生魚片好嗎？
こども：だいすき。　　　　　　　　　　　小孩：我最喜歡了。

お母さん：晚ご飯は刺身でいい？
子供：大好き。

✦ さす【刺す】 〔動詞〕刺
sa su

はり で さす。【針で刺す。】用針刺。
hari de sasu

✦ さす【指す】 〔動詞〕指出、指向
sa su

ちず を さして せつめい する。【地図を指して説明する。】指著地圖説明。
chizu o sashite setsumei suru

✦ さす【差す】 〔動詞〕照射
sa su

ひかり が さす。【光が差す。】光線照射。
hikari ga sasu

✦ さそう【誘う】 〔動詞〕邀請
sa so u

ともだち を えいが に さそう。【友達を映画に誘う。】邀朋友去看電影。
tomodachi o eiga ni sasou

◆ <u>さ</u>っき 〔副詞〕剛剛
sa kki

ごはん は さっき たべた。【ご飯はさっき食べた。】剛剛吃過飯了。
gohan　wa sakki　tabeta

💬 對話

おかあさん：おふろは？　　　　　媽媽：洗澡呢？
こども：さっきはいった。　　　　小孩：剛剛洗了。

お母さん：お風呂は？
子供：さっき入った。

◆ サ<u>ツ</u>マイモ【さつまいも】 〔名詞〕地瓜
sa tsu ma i mo

サツマイモ は とても あまい。【さつまいもはとても甘い。】地瓜非常甜。
satsumaimo　wa totemo amai

◆ <u>さ</u>とう【砂糖】 〔名詞〕砂糖
sa to u

コーヒー に さとう を いれる。【コーヒーに砂糖を入れる。】咖啡加糖。
ko-hi-　　ni satou　o ireru

◆ <u>さ</u>びしい【寂しい】 〔形容詞〕寂寞的、孤單的
sa bi shi i

ひとり で さびしい。【一人で寂しい。】孤單一人感到寂寞。
hitori　de sabishii

◆ <u>さ</u>め【鮫】 〔名詞〕鯊魚
sa me

さめ が こわい。【鮫が怖い。】鯊魚很可怕。
same ga kowai

◆ さめる【冷める】 〔動詞〕變冷、變淡
sa me ru

コーヒー が さめた。【コーヒーが冷めた。】咖啡冷掉了。
ko-hi-　　ga sameta

◆ さめる【覚める】 〔動詞〕醒、清醒、覺醒
sa me ru

め が さめた。【目が覚めた。】醒來。
me ga sameta

◆ サラダ【さらだ】 〔名詞〕沙拉
sa ra da

しんせん な サラダ。【新鮮なサラダ。】新鮮的沙拉。
shisen　　na sarada

◆ さわる【触る】 〔動詞〕觸摸、碰觸
sa wa ru

て で さわるな。【手で触るな。】別用手碰。
te de sawaruna

◆ さんか【参加】 〔名詞、動詞〕參加
san ka

えんそく に さんか する。【遠足に参加する。】參加遠足。
ensoku　　ni sanka suru

◆ さんかく【三角】 〔名詞〕三角形
san ka ku

さんかく の おにぎり。【三角のおにぎり。】三角飯糰。
sankaku　　no onigiri

◆ さんすう【算数】 〔名詞〕算數、數學
san su u

さんすう が きらい。【算数が嫌い。】討厭數學。
sansuu   ga kirai

◆ サンダル【さんだる】 〔名詞〕涼鞋
san da ru

さんだる を はく。【サンダルを履く。】穿涼鞋。
sandaru   o haku

◆ サンドイッチ【さんどいっち】 〔名詞〕三明治
san do i tchi

ハム の サンドイッチ が すき です。【ハムのサンドイッチが好きです。】
hamu no sandoitchi   ga suki desu

喜歡火腿三明治。

◆ ざんねん【残念】 〔形容動詞〕遺憾、可惜、悔恨
zan nen

しあいに まけて、すごく ざんねん です。【試合に負けてすごく残念です。】
shiai   ni makete sugoku zannen   desu

比賽輸了很懊悔。

💬 對話

こども：しあいまけた。   小孩：比賽輸了。
おかあさん：ざんねんですね。   媽媽：真是遺憾。

子供：試合負けた。
お母さん：残念ですね。

你知道嗎？し是從中文這樣變來的：

之 → ㇌ → し

跟孩子可以這樣一起寫

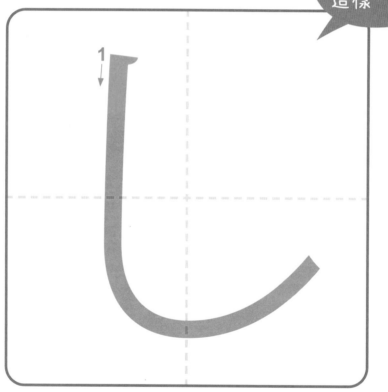

好好與您的孩子展開第一段的日語學習探索之旅吧！

你知道嗎？シ是從中文這樣變來的：

爸爸媽媽可以這樣記假名

之 → 丶丶 → シ

跟孩子可以這樣一起寫

好好與您的孩子展開第一段的日語學習探索之旅吧！

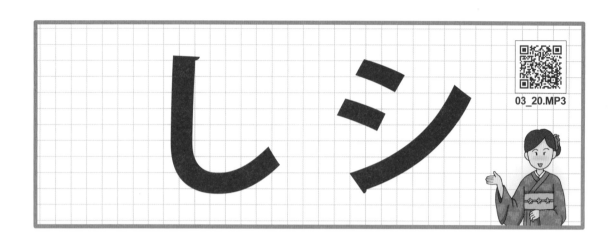

◆ しあい【試合】 〔名詞〕比賽
shi a i

しあい に でる。【試合に出る。】參加比賽。
shiai　　ni　deru

◆ しあわせ【幸せ】 〔名詞、形容動詞〕幸福
shi a wa se

しあわせ な せいかつ。【幸せな生活。】幸福的生活。
shiawase　　na seikatsu

◆ シール【しーる】 〔名詞〕貼紙
shi-ru

シール を はる。【シールを張る。】貼貼紙。
shi-ru　　o　haru

💬 **對話**

こども：シールをれいぞうこにはっても　　　小孩：貼紙可以貼在冰箱上嗎？
　　　　いい？
おかあさん：だめです。　　　　　　　　　　媽媽：不可以。

子供：シールを冷蔵庫にはってもいい？
お母さん：だめです。

◆ シェア【しぇあ】 〔動詞〕分享、分擔
she a

ケーキ を シェア する。【ケーキをシェアする。】分享蛋糕。
ek-ki　o she　suru

◆ しか 〔助詞〕（句尾為否定表現）只有、只能
shi ka

やる しか ない です。只能做了。
yaru　shika nai　desu

◆ しかし【然し】 〔接續詞〕但是、可是
shi ka shi

わたし は にほん の たべもの が すき です。しかし、なっとう は だめ です。
watashi wa nihon　no tabemono ga suki　desu　shikashi　nattou　wa dame desu

【私はの日本の食べ物が好きです。しかし、納豆は駄目です。】

我喜歡日本的食物，但是納豆不行。

◆ しかた【仕方】 〔名詞〕方法、手段
shi ka ta

しかた が ない です。【仕方がないです。】沒有辦法。
shikata　ga nai　desu

◆ じかん【時間】 〔名詞〕時間
ji kan

もう じかん が ない です。【もう時間がないです。】已經沒時間了。
mou　jikan　ga nai　desu

💬 對話

こども：トイレいく。　　　　　　　　小孩：我去廁所。
おかあさん：はやく、もうじかんない。　媽媽：快點，沒時間了。

子供：トイレ行く。
お母さん：速く、もう時間ない。

◆じこ【事故】〔名詞〕事故、車禍
ji ko

じこ で おくれた。【事故で遅れた。】因為車禍而遲到了。
jiko　de okureta

◆しごと【仕事】〔名詞〕工作、職業
shi go to

ちちの しごと は けいさつ です。
chichi no　shigoto wa keisatsu　desu

【父の仕事は警察です。】爸爸的工作是警察。

◆じしょ【辞書】〔名詞〕字典
ji sho

じしょ を ひく。【辞書を引く。】查字典。
jisho　　o　hiku

◆しずか【静か】〔形容動詞〕安靜
shi zu ka

そと は しずか です。【外は静かです。】外面很安靜。
soto　wa shizuka desu

💬 對話

おかあさん：うるさいよ。しずかにして。　　　　媽媽：太吵了，安靜一點。
こども：ごめんなさい。　　　　　　　　　　　　小孩：對不起。

お母さん：うすさいよ。静かにして。
子供：ごめんなさい。

◆しずむ【沈む】〔動詞〕沉沒
shi zu mu

ふね は しずむ。【船は沈む。】船會沉沒。
fune　wa shizumu

◆ しぜん【自然】 〔名詞〕自然
shi ze n

しぜん を まもる。【自然を守る。】保護大自然。
shizen　o　mamoru

◆ しっかり【確り】 〔副詞〕好好地、牢牢地
shi kka ri

しっかり つかんで ください。【しっかり掴んで下さい。】好好地抓牢。
shikkari　tsukande　kudasai

◆ しっこ 〔名詞〕小便
shi kko

しっこ を する。小便。尿尿。
shikko　o suru

> 【相同用語】
> **しょうべん【小便】** 〔名詞、動詞〕小便
> sho u ben
>
> **しょうべん を する。【小便をする。】** 小便。
> shouben　　o　suru

◆ しつれい【失礼】 〔名詞、形容動詞、動詞〕
shi tsu re i
失禮、沒禮貌、告辭、失陪

かって に さわる の は しつれい だ。【勝手に触るのは失礼だ。】
katte　ni sawaru no wa shitsurei　da

隨便碰觸是很沒有禮貌的。

◆ しぬ【死ぬ】 〔動詞〕死、死亡
shi bu

ひと は しぬ。【人は死ぬ。】人難免一死。
hito　wa shinu

❶ ゆき【雪】
yuki 雪

❷ やま【山】
yama 山

❸ もり【森】
mori 森林

❹ いわ【岩】
iwa 岩石

❺ き【木】
ki 樹木

❻ はな【花】
hana 花

❼ いけ【池】
ike 池子

❽ みずうみ【湖】
mizuumi 湖

❾ うみ【海】
umi 海

❿ はまべ【浜辺】
hamabe 海邊

㉒ たいよう【太陽】
taiyou 太陽

㉔ つき【月】
tsuki 月亮

㉕ ちきゅう【地球】
chikyuu 地球

しぜん【自然】
shizen 自然

03_21.MP3

㉓ ほし【星】
hoshi 星星

⑲ くも【雲】
kumo 雲

⑳ かぜ【風】
kaze 風

⑱ にじ【虹】
niji 彩虹

⑯ ふんせん【噴泉】
funsen 噴泉

㉑ たいふう【台風】
taifuu 颱風

⑰ たき【滝】
taki 瀑布

⑭ ちねつ【地熱】
chinetsu 地熱

⑮ おんせん【温泉】
onsen 溫泉

⑬ せきゆ【石油】
sekiyu 石油

⑪ さばく【砂漠】
sabaku 沙漠

⑫ かざん【火山】
kazan 火山

✦ しはらう【支払う】 〔動詞〕支付
shi ha ra u

おかね を しはらう。【お金を支払う。】付錢。
okane　o　shiharau

✦ しびれる【痺れる】 〔動詞〕麻、發麻
shi bi re ru

あし が しびれた。【足がしびれた。】腳麻了。
ashi　ga　shibireru

✦ じぶん【自分】 〔名詞〕自己
ji bun

じぶん で みて ください。【自分で見てください。】你自己看看。
jibun　de mite　kudasai

✦ しまう【仕舞う】 〔動詞〕收拾、收起來
shi ma u

おもちゃ を しまう。【玩具を仕舞う。】把玩具收好。
omocha　o　shimau

✦ しみ【染み】 〔名詞〕汙垢、污漬
shi mi

ふく に しみ が つく。【服に染みがつく。】
fuku　ni　shimi ga tsuku

衣服沾染污漬。

✦ じみ【地味】 〔名詞、形容動詞〕樸素
ji mi

じみ な いろ。【地味な色】樸素的顏色。
jimi　na iro

160

【相反用語】

はで【派手】〔名詞、形容動詞〕華麗
ha de

はで な かっこう。【派手な格好。】華麗的裝扮。
hade na kakkou

◆**しゃしん【写真】**〔名詞〕照片
sha shin

しゃしん を とる。【写真を撮る。】拍照。
shashin o toru

◆**じゃま【邪魔】**〔名詞、形容動詞、動詞〕妨礙、礙事、打擾
ja ma

おじゃま します。【お邪魔します。】打擾了。
ojama shimasu

◆**じゃんけん**〔名詞〕猜拳
jan ken

じゃんけん で きめる。【じゃんけんで決まる。】用猜拳來決定。
janken de kimeru

◆**シャンプー【しゃんぷー】**〔名詞〕洗髮精
shan pu

シャンプー で かみ を あらう。【シャンプで髪を洗う。】用洗髮精洗頭。
shanpu- de kami o arau

◆**ジャンプ【じゃんぷ】**〔名詞、動詞〕跳躍
jan pu

ジャンプ して ボール を とる。【ジャンプしてボールを捕る。】
janpu shite bo-ru o toru

跳起來接球。

✦ じゆう【自由】 〔名詞、形容動詞〕自由
ji yuu

じゆう に つかって ください。【自由に使って下さい。】請自由使用。
jiyuu　ni tsukatte　kudasa

✦ しゅうごう【集合】 〔名詞、動詞〕集合
shu u go u

いちじ に しゅうごう して ください。
ichiji　ni shuugou　shite kudasai

【1時に集合してください。】請在1點集合。

✦ じゅうしょ【住所】 〔名詞〕住址
ju u sho

じゅしょ は どこ ですか？【住所はどこですか？】住在哪裏？
juusho　wa doko desuka

✦ じゅうぶん【十分、充分】 〔副詞、形容動詞〕充足、足夠
juubun

100えん で じゅうぶん です。【100円で十分です。】100日圓就夠了。
hyakuen　de juubun　desu

✦ しゅうまつ【週末】 〔名詞〕週末
shu u ma tsu

しゅうまつ は プール に いく。【週末はプールに行く。】週末要去游泳。
shumatsu　wa pu-ru　ni iku

💬 對話

おかあさん：しゅうまつはどこへいきたい？　　媽媽：週末想去哪裏？
こども：ゆうえんちへいきたい。　　　　　　　小孩：想去遊樂園。

お母さん：週末はどこへ行きたい？
子供：遊園地へ行きたい。

✦ じゅぎょう【授業】 〔名詞〕課程、上課
ju gyo u

きょう じゅぎょう は ありません。
kyou　　jugyou　　wa arimasen

【今日授業はありません。】今天不用上課。

✦ しゅくだい【宿題】 〔名詞〕作業
shu ku da i

しゅくだい を する。【宿題をする。】做作業。
shukudai　　o suru

💬 對話

> こども：しゅくだいがむずかしい。　　小孩：作業好難。
> おとうさん：おしえてやるよ。　　爸爸：我來教你吧。
>
> 子供：宿題が難しい。
> おとうさん：教えてやるよ。

✦ しゅっぱつ【出発】 〔名詞、動詞〕出發
shu ppa tsu

りょこう に しゅっぱつ した。【旅行に出発した。】出發去旅行了。
ryokou　　ni shuppatsu　　shita

✦ しゅみ【趣味】 〔名詞〕興趣、嗜好、愛好
shu mi

わたし の しゅみ は うんどう です。【私の趣味は運動です。】我的興趣是運動。
watashi no shumi wa undou　　desu

💬 對話

> ともだち：しゅみはなんですか？　朋友：你的嗜好是什麼？
> わたし：スポーツです。　　　　我：運動。
>
> 友達：趣味は何ですか？
> 私：スポーツです。

◆ じゅんばん【順番】 〔名詞〕順序
jun ban

じゅんばん を まつ。【順番を待つ。】
jyunban　　o　matsu

排隊等候。等候叫號。

💬 **對話**

こども：はやくあそびたい。　　　　小孩：好想快點玩到。

おかあさん：じゅんばん。　　　　　媽媽：要排隊。

子供：速く遊びたい。

お母さん：順番。

◆ じゅんび【準備】 〔名詞、動詞〕準備
jun bi

おでかけ の じゅんび を する。【お出掛けの準備をする。】做出門的準備。
odekake　no junbi　　o　suru

💬 **對話**

おかあさん：でかけのじゅんびは？　　　媽媽：出門的準備好了嗎？

こども：できた。　　　　　　　　　　　小孩：好了。

お母さん：出掛けの準備は？

子供：できた。

◆ しょうかい【紹介】 〔名詞、動詞〕介紹
sho u ka i

じこしょうかいをする。【自己紹介をする。】做自我介紹。
jiko shoukai　　o　suru

✦ しょうがつ【正月】〔名詞〕
sho u ga tsu

（常以「お正月」表示）正月、新年

おしょうがつ を むかえる。【お正月を迎える。】迎接新年。
oshougatsu　　o　mukaeru

✦ しょうがっこう【小学校】〔名詞〕小學
sho u ga kko u

しょうがっこう に にゅうがく する。【小学校に入学する。】進小學就讀。
shougakkou　　　ni　nyuugaku　　suru

✦ しょうじき【正直】〔名詞、形容動詞〕誠實、老實
sho u ji ki

しょうじき な ひと。【正直な人。】誠實的人。
shojiki　　　na　hito

✦ じょうしき【常識】〔名詞〕常識
jo u shi ki

じょうしき が ない。【常識がない。】沒有常識。
joushiki　　　ga nai

✦ じょうず【上手】〔名詞、形容動詞〕擅長、高明
jo u zu

りょうり が じょうず です。【料理が上手です。】很會做菜。
ryouri　　　ga　jouzu

【相反用語】

へた【下手】〔名詞、形容動詞〕不擅長、笨拙
he ta

にほんご が へた です。【日本語が下手です。】不太會講日文。
nihongo　　ga heta　desu

こども：みて、できたよ。　　　　小孩：快看，我做好了。
おかあさん：おじょうず。　　　　媽媽：好棒喔。

子供：みて、できたよ。
お母さん：お上手。

◆ じょうだん【冗談】〔名詞〕玩笑
jo u dan

じょうだん を いう。【冗談を言う。】開玩笑。
joudan 　　　o iu

◆ じょうぶ【丈夫】〔名詞、形容動詞〕健康；堅固
jo u bu

じょうぶ な つくえ。【丈夫な机。】堅固的桌子。
joubu 　　na tsukue

【 相關用語 】

だいじょうぶ【大丈夫】〔名詞、形容動詞〕沒問題、不要緊
da i jou bu

たいふう が きても、だいじょうぶ です。【台風が来ても、大丈夫です。】
taifuu 　　ga kitemo 　daijoubu 　　　desu

即使颱風來了，也沒問題。

◆ しょうべん【小便】〔名詞、動詞〕小便
sho u ben

しょうべん を する。【小便をする。】小便。
shouben 　　o suru

◆ しょうみきげん【賞味期限】 〔名詞〕

sho u mi ki gen

最佳品嘗期限、保存期限

しょうみきげん が きれた。【賞味期限が切れた。】超過品嘗期限。
shoumikigen　　　ga　kireta

◆ しょうらい【将来】 〔名詞、副詞〕將來

sho u ra i

しょうらい は えらい ひと になる。【将来は偉い人になる。】
shourai　　　wa　erai　　hito　ninaru

將來會成為偉人。

◆ ショー【しょー】 〔名詞〕表演

sho-

ショー を み に いく。【ショーを見に行く。】去看表演。
sho-　　o　mi　ni　iku

◆ しょくじ【食事】 〔名詞、動詞〕吃飯

sho ku ji

しょくどう【食堂】〔名詞〕餐廳
sho ku do u

しょくどう で しょくじ を する。【食堂で食事をする。】在餐廳吃飯。
shokudou　　de shokuji　　o　suru

◆ しょくぶつ【植物】 〔名詞〕植物

sho ku bu tsu

しょくぶつえん。【植物園。】植物園。
shokubutsuen

◆ じょし【女子】 〔名詞〕女子
jo shi

じょしだいせい。【女子大生。】女大學生。
joshidaisei

【 性別的相關用語 】

だんし【男子】 〔名詞〕男生、男性
dan shi

じょせい【女性】 〔名詞〕女性
jo se i

だんせい【男性】 〔名詞〕男性
dan se i

◆ ショック【しょっく】 〔名詞〕打擊、震驚
sho kku

ショックを うける。【ショックを受ける。】受到打擊。
shokku   o   ukeru

◆ しょっちゅう 〔副詞〕經常、常常
sho tchu u

しょっちゅう ちこく する。【しょっちゅう遅刻する。】經常遲到。
shotchuu   chikoku suru

◆ しょっぱい 〔形容詞〕很鹹的
sho ppa i

この みそしる は しょっぱい。【このみそ汁はしょっぱい。】這個味噌湯很鹹。
kono misoshiru wa shoppai

💬 對話

おかあさん：みそしるおいしい？　媽媽：味噌湯好喝嗎？
こども：ちょっとしょっぱい。　　小孩：有點鹹。

お母さん：みそ汁美味しい？
子供：ちょっとしょっぱい。

✦ しり【尻】 〔名詞〕屁股、臀部
shi ri

おしり が いたい。【お尻が痛い。】屁股很痛。
oshiri　ga itai

✦ しる【知る】 〔動詞〕知道
shi ru

それ は テレビ で しった。【それはテレビで知った。】看電視才知道那件事。
sore　wa terebi　de shitta

それ は しらない。【それは知らない。】我不知道那件事。
sore　wa shiranai

💬 對話

おかあさん：かぎはどこ？	媽媽：鑰匙在哪？
こども：しらない。	小孩：我不知道。
お母さん：鍵はどこ？	
子供：知らない。	

✦ しろ【城】 〔名詞〕城堡
shi ro

やま の うえ に しろ が ある。【山の上に城がある。】
yama no ue　ni　shiro ga aru

山上有座城堡。

✦ シロップ【しろっぷ】 〔名詞〕果糖、糖漿
shi ro ppu

コーヒー に シロップ を いれる。【コーヒーにシロップを入れる。】
ko-hi-　　ni shiroppu　o ireru

在咖啡裡加果糖。

◆ しんかんせん【新幹線】 〔名詞〕新幹線
shin kan sen

しんかんせん で とうきょう に いく。【新幹線で東京に行く。】
shinkansen　de toukyou　ni iku

坐新幹線去東京。

◆ じんしゃ【神社】 〔名詞〕神社
jin ja

じんしゃ に まいる。【神社に参る。】参拝神社。
jinja　ni mairu

◆ しんじる【信じる】 〔動詞〕相信
shin ji ru

ともだち の いう こと を しんじる。【友達の言うことを信じる。】
tomodachi no iu　koto o shinjiru

相信朋友所説的事情。

💬 **對話**

> わたし：うそでしょう？　　　　　我：騙人的吧。
> ともだち：ほんとう。しんじてください。　朋友：真的，請相信我。
>
> 私：嘘でしょう。
> 友達：本当。信じてください。

◆ しんせつ【親切】 〔名詞、形容動詞〕親切、熱情
shin se tsu

たいわんじん は がいこくじん に しんせつ です。
taiwanjin　wa gaikokujin　ni shinsetsu desu

【台湾人は外国人に親切です。】

台灣人對外國人很親切。

◆ しんせん【新鮮】 〔形容動詞〕新鮮
shin sen

しんせん な ジュース。【新鮮なジュース。】
shinsen　na ju-su

新鮮的果汁。

◆ しんぱい【心配】 〔名詞、形容動詞、動詞〕擔心、不放心
shin pai

こども が しんぱい です。【子供が心配です。】擔心孩子。
kodomo ga shin bai　desu

💬 對話

おかあさん：どこいった？しんぱいだよ。　　媽媽：你去哪了？我很擔心。
こども：ごめんなさい。　　　　　　　　　小孩：對不起。

お母さん：どこ行った？心配だよ。
子供：ごめんなさい。

◆ しんぶん【新聞】 〔名詞〕報紙
shin bun

しんぶん を よむ。【新聞を読む。】看報紙。
shinbun　　o　yomu

◆ しんや【深夜】 〔名詞〕深夜、半夜
shin ya

しんや まで べんきょう する。【深夜まで勉強する。】看
shinya　made benkyou　　　suru

念書到深夜。

你知道嗎？す是從中文這樣變來的：

爸爸媽媽可以這樣記假名

寸 → す → す

跟孩子可以
這樣一起寫

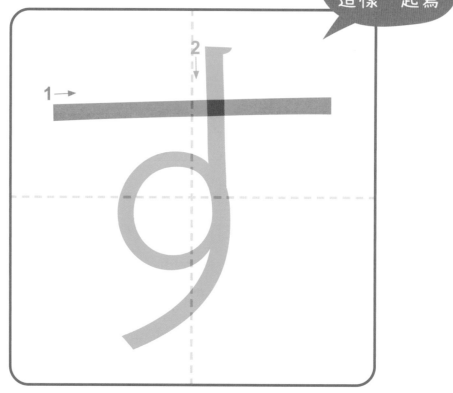

す	す	す	す	す

好好與您的孩子展開第一段的日語學習探索之旅吧！

你知道嗎？ス是從中文這樣變來的：

爸爸媽媽可以這樣記假名

須 → 頁 → ニ → ス

跟孩子可以這樣一起寫

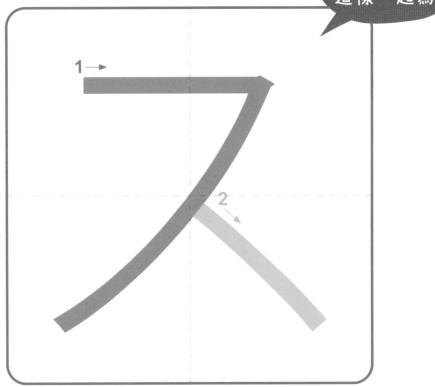

好好與您的孩子展開第一段的日語學習探索之旅吧！

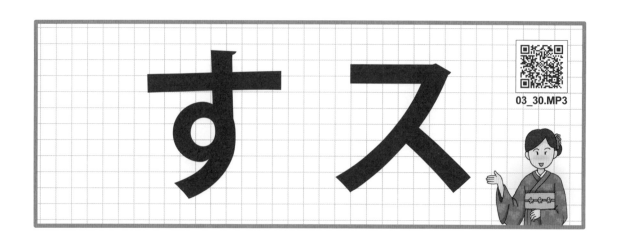

◆ スイッチ【すいっち】 〔名詞〕開關
su i tchi

スイッチ を いれる。【スイッチを入れる。】開開關。
suitchi　　o　ireru

スイッチ を きる。【スイッチを切る。】關開關。
suitchi　　o　kiru

◆ すいどうすい【水道水】 〔名詞〕自來水
su i do u

すいどうすい で やさい を あらう。【水道水で野菜を洗う。】
suidousui　　de yasai　o　arau

用自來水來洗菜。

◆ すう【吸う】 〔動詞〕吸、吸入
su u

たばこ を すう。【煙草を吸う。】抽菸、吸菸。
tabako　o　suu

◆ すき【好き】 〔名詞、形容動詞〕喜歡、喜好
su ki

りょうり が すき です。【料理が好きです。】喜歡做菜。
ryouri　　ga suki　desu

💬 對話

こども：ママがつくったりょうりがすき。　　　小孩：我喜歡媽媽做的菜。
おかあさん：ありがとう。うれしい。　　　　媽媽：謝謝。我很開心。

子供：ママが作った料理が好き。
お母さん：ありがとう。嬉しい。

◆ すく【空く】〔動詞〕空
su ku

おなか が すいた。【お腹が空いた。】肚子餓了。
onaka　　ga suita

💬 對話

こども：おなかがすいた。　　　　　　小孩：我肚子餓了。
おかあさん：まって、すぐつくるね。　　媽媽：等一下，我馬上做飯。

子供：お腹が空いた。
お母さん：待って、すぐ作るね。

◆ すぐ【直ぐ】〔副詞〕馬上、立刻
su gu

しごと が おわったら、すぐ かえる。【仕事が終わったら、すぐ帰る。】
shigoto　ga owattara　　　sugu　kaeru

一下班就馬上回去。

◆ すくない【少ない】〔形容詞〕少、很少的
su ku na i

じかん が すくない。【時間が少ない。】時間很少。時間不夠。
jikan　　ga sukunai

◆ すごい【凄い】 〔形容詞〕厲害、可怕、驚人
su go i

あめ が すごい。【雨が凄い。】雨下得很大。
ame　ga　sugoi

◆ すこし【少し】 〔副詞〕稍微、一點點
su ko shi

すこし さむい。【少し寒い。】有一點點冷。
sukoshi　samui

💬 對話

おかあさん：さむくない？　　　　媽媽：冷不冷？
こども：すこし。　　　　　　　　小孩：一點點。

お母さん：寒くない？
子供：少し。

◆ すし【寿司】 〔名詞〕壽司
su shi

すし が だいすき です。【寿司が大好きです。】最喜歡壽司了。
sushi ga daisuki　　desu

◆ すずしい【涼しい】 〔形容詞〕涼快的、涼爽的
su zu shi i

あき は すずしい。【秋は涼しい。】秋天很涼爽。
aki　wa suzushi

◆ スター【すたー】 〔名詞〕明星
su ta-

スター に なりたい。【スターになりたい。】想成為明星。
suta-　ni naritai

✦ スタート【すたーと】 〔名詞、動詞〕開始、出發
su ta-to

スタート を きる。【スタートを切る。】開始。
suta-to　o　kiru

【相反用語】

ストップ【すとっぷ】 〔名詞、動詞〕停止、中止
su to ppu

じこ で でんしゃ が ストップ した。【事故で電車がストップした。】
jiko　de densha　ga sutoppu　shita

電車因事故而停駛了。

✦ すっかり 〔副詞〕完全地
su kka ri

しゅくだい を すっかり わすれた。【宿題をすっかり忘れた。】
shukudai　o　sukkari　wasureta

把作業忘得一乾二淨。

💬 對話

おかあさん：あしたはテストでしょう？　　媽媽：明天要考試吧。
こども：すっかりわすれた。　　　　　　小孩：我完全忘了。

お母さん：明日はテストでしょう？
子供：すっかり忘れた。

✦ ずっと 〔副詞〕很、一直
zu tto

あめ は ずっと ふっている。
ame　wa zutto　futteiru

【雨はずっと降っている。】雨一直下個不停。

◆ すてき【素敵】 〔形容動詞〕很好的、很漂亮的
su te ki

すてき な かっこう。【素敵な格好。】很漂亮的裝扮。
suteki　na kakkou

💬 對話

ともだち：きょうのかっこうはどう？　　　朋友：我今天的打扮如何？
わたし：すてき。　　　　　　　　　　　　我：很漂亮。

友達：今日の格好はどう？
私：素敵。

◆ すてる【捨てる】 〔動詞〕丟棄、丟掉
su te ru

ごみ を すてる。【ごみを捨てる。】丟垃圾。
gomi　o　suteru

◆ ストーリー【すとーりー】 〔名詞〕故事、小說
su to- ri-

ストーリー を よむ。【ストーリーを読む。】看小説。
suto-ri-　　　o　yomu

◆ すな【砂】 〔名詞〕沙子
su na

め に すな が はいった。【目に砂が入った。】沙子跑進眼睛裡了。
me ni　suna　ga　haitta

◆ すばらしい【素晴らしい】 〔形容詞〕很棒、很優秀
su ba ra shi i

すばらしい けしき です。【素晴らしい景色です。】很棒很美的風景。
subarashi　　keshiki　desu

💬 **對話**

ともだち：ここのけしきはきれいでしょう？　　朋友：這邊風景很美吧？
わたし：すばらしい。　　　　　　　　　　　　我：太棒了。

友達：ここの景色は綺麗でしょう？
私：素晴らしい。

◆ スピーチ【すぴーち】 〔名詞〕演說、演講

su pi- chi

こうちょうせんせい の スピーチ は ながい。
kouchou sensei　　no supi-chi　wa nagai

【校長先生のスピーチは長い。】校長的演說很久。

◆ スピード【すぴーど】 〔名詞〕速度

su pi- do

スピード が はやい。【スピードが速い。】速度很快。
supi-do　　ga hayai

◆ スペース【すぺーす】 〔名詞〕空間

su pe- su

スペース が 足りない。【スペースが足りない。】空間不夠。
supe-su　　ga tarinai

◆ すべて【全て】 〔名詞、副詞〕全部

su be te

すべて わすれた。【全て忘れた。】全忘光了。
subete　　wasureta

┌─────────────────────────────────┐
│ 【 相關用語 】
│
│ **ぜんぶ【全部】** 〔名詞〕全部、一切
│ zen bu
│
│ **ぜんぶ わすれた。【全部忘れた。】** 全忘光了。
│ zenbu　　wasureta
└─────────────────────────────────┘

◆ すべる【滑る】 〔動詞〕滑
su be ru

すべって ころんだ。【滑って転んだ。】滑倒了。
subette koronda

◆ スポーツ【すぽーつ】 〔名詞〕運動、體育
su po- tsu

スポーツ が すき です。【スポーツが好きです。】愛好運動。
supo-tsu　ga suki desu

◆ ズボン【ずぼん】 〔名詞〕褲子
zu bon

ズボン を ぬぐ。【ズボンを脱ぐ。】脱褲子。
zubon　o nuku

◆ すむ【住む】 〔動詞〕居住
su mu

とうきょう に すむ。【東京に住む。】住在東京。
toukyou　　ni sumu

💬 對話

> ともだち：いまはどこにすんでいる？　　　朋友：你現在住哪裏？
> わたし：おおさか。　　　　　　　　　　我：大阪。
>
> 友達：今はどこに住んでいる？
> 私：大阪。

◆ すもう【相撲】 〔名詞〕相撲
su mou

すもう を みる。【相撲を見る。】觀賞相撲。
sumou　o miru

◆する〔動詞〕做
su ru

かいもの を する。【買い物をする。】買東西。
kaimono　o　suru

しごと を する。【仕事をする。】工作。
shigoto　o　suru

◆ずるい【狡い】〔形容詞〕奸詐的、狡猾的
zu ru i

ずるい やつ。【狡い奴。】奸詐的傢伙。
zurui　yatsu

◆すわる【座る】〔動詞〕坐
su wa ru

いす に すわる。【椅子に座る。】坐在椅子上。
isu　ni suwaru

你知道嗎？せ是從中文這樣變來的：

爸爸媽媽可以這樣記假名

世 → 也 → せ

跟孩子可以
這樣一起寫

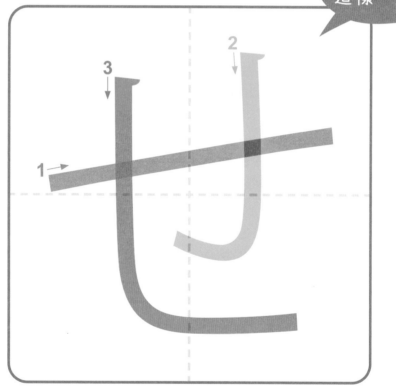

好好與您的孩子展開第一段的日語學習探索之旅吧！

你知道嗎？セ是從中文這樣變來的：

爸爸媽媽可以這樣記假名

世 → セ → セ

跟孩子可以
這樣一起寫

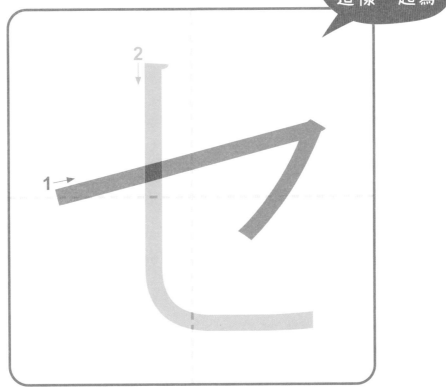

好好與您的孩子展開第一段的日語學習探索之旅吧！

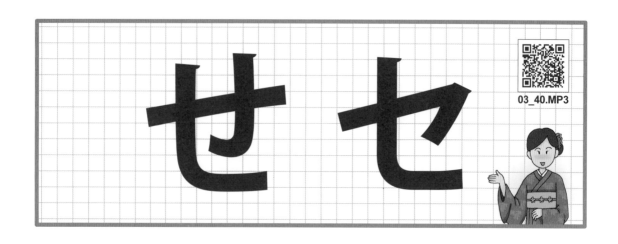

せ セ

03_40.MP3

◆ <u>せ</u>【背】〔名詞〕背、背部
se

せ が たかい。【背が高い。】身高很高。
se ga takai

◆ <u>せいかく</u>【性格】〔名詞〕性格、個性
se i ka ku

せいかく が わるい。【性格が悪い。】個性很差。
seikaku ga warui

◆ <u>せいかつ</u>【生活】〔名詞、動詞〕生活
se i ka tsu

にほん で せいかつ する。【日本で生活する。】在日本生活。
nihon de seikatsu suru

◆ <u>せいこう</u>【成功】〔名詞、動詞〕成功
se i ko u

じっけん に せいこう した。【実験に成功した。】實驗成功了。
jikken ni seikou shita

【相反用語】

しっぱい【失敗】〔名詞、動詞〕失敗
shi ppai

じっけん に しっぱい した。【実験に失敗した。】實驗失敗了。
jikken　ni　shippai　shita

◆ ぜいたく【贅沢】〔名詞、形容動詞〕奢侈
ze i ta ku

ぜいたく な せいかつ。【贅沢な生活。】奢侈的生活。
zeitaku　na seikatsu

◆ せいちょう【成長】〔名詞、動詞〕成長
se i cho u

こども の せいちょう は はやい。【子供の成長は速い。】小孩的成長是很快的。
kodomo　no seichou　wa hayai

◆ せいふく【制服】〔名詞〕制服

がっこう の せいふく。【学校の制服。】學校的制服。
gakkou　no seifuku

💬 對話

こども：わたしのせいふくは？　　小孩：我的制服呢？
おかあさん：あらったよ。　　　　媽媽：洗好了。

子供：私の制服は？
お母さん：洗ったよ。

◆ せいほうけい【正方形】〔名詞〕正方形
se i ho u ke i

せいほうけい の はこ が ある【正方形の箱がある。】有正方形的箱子。
seihoukei　no hako ga aru

◆ せいり【整理】 〔名詞、動詞〕整理
se i ri

にもつ を せいり して しゅっぱつ する。【荷物を整理して出発する。】
nimotsu o seiri　shite shuppatsu　suru

整理行李出發。

◆ セール【せーる】 〔名詞〕特價、特賣
se-ru

バーゲンセール【ばーげんせーる】特賣會
ba-gen se-ru

◆ せかい【世界】 〔名詞〕世界
se ka i

せかい いっしゅう りょこう。【世界一周旅行。】環遊世界之旅。
sekai　isshuu　　ryokou

◆ せき【席】 〔名詞〕座位
se ki

せき を さがす。【席を探す。】找座位。
seki　o　sagasu

◆ せっかく【折角】 〔副詞〕特地、特意、好不容易、難得
se kka ku

せっかく いった のに、あめ だった。【折角行ったのに、雨だった。】
sekkaku　itta　　noni　ame data

難得去一趟卻遇到下雨。

◆ せっけん【石鹼】 〔名詞〕肥皂
se kke n

せっけん で て を あらう。【石けんで手を洗う。】用肥皂洗手。
sekken　　de te o arau

◆ ぜったい【絶対】 〔名詞、副詞〕絶對、一定、千萬
ze tta i

ぜったい いく。【絶対行く。】一定要去。
zettai iku

◆ セット【せっと】 〔名詞、動詞〕整套、成套、套餐、梳整髮型
se tto

セット で かう。【セットで買う。】整套購入。
setto   de kau

◆ せまい【狭い】 〔形容詞〕狹窄的、擁擠的
se ma i

へや は せまい。【部屋は狭い。】房間很小。
heya wa semai

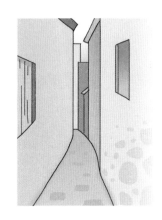

【 相 反 用 語 】

ひろい【広い】〔形容詞〕寬廣的
hi ro i

へや は ひろい。【部屋は広い。】 房間很大。
heya wa hiroi

◆ セミ【せみ】 〔名詞〕蟬
se mi

なつは セミ が なく。【夏は蝉が鳴く。】夏天多蟬鳴。
natsuwa semi ga naku.

◆ せわ【世話】 〔名詞、動詞〕照顧、關照、幫助
se wa

おせわ に なりました。【お世話になりました。】承蒙您關照了。
osewa   ni narimashita

對話

きゃく：おせわになりました。　　　　客人：受您照顧了。
オーナー：こちらこそ、　　　　　　老闆：彼此彼此，
　　　　　　おせわになりました。　　　　　我才一直都受您惠顧。

客：お世話になりました。
オーナー：こちらこそ、お世話になりました。

◆ せんじつ【先日】〔名詞〕前幾天
sen ji tsu

せんじつ は ありがとう ございました。【先日はありがとうございました。】
senjitsu　wa arigatou　gozaimashita

前幾天太感謝您了。

◆ せんせい【先生】〔名詞、代名詞〕老師
sen se i

しょうがっこう の せんせい。【小学校の先生。】小學老師。
shougakkou　　　no sensei

對話

おかあさん：おとなになったら、　　　　媽媽：長大以後想當什麼？
　　　　　　　なにになりたい？
こども：せんせいになりたい。　　　　　小孩：我想當老師。

お母さん：大人になったら、何になりたい？
子供：先生になりたい。

◆ ぜんぜん【全然】〔副詞〕完全、一點也（下接否定）
zen zen

ぜんぜん しらない。【全然知らない。】完全不知道。
zenzen　　shiranai

✦せんたく【洗濯】 〔名詞、動詞〕洗衣
sen ta ku

せんたくき【洗濯機】 〔名詞〕洗衣機
sentakuki

✦センチ【せんち】 〔名詞〕公分
sen chi

こども の しんちょう は 80 センチ です。
kodomo no shincho wa 80senchi desu

【子供もの身長は 80 センチです。】 小孩的身高是 80 公分。

✦せんぱい【先輩】 〔名詞〕前輩、學長、學姊
sen pa i

だいがく の せんぱい。【大学の先輩。】
daigaku no senpai

大學學長（學姊）。

✦ぜんぶ【全部】 〔名詞、副詞〕全部
zen bu

ぜんぶ で 100 えん。【全部で 100 円。】 全部 100 日圓。
zenbu de hyakuen

💬 對話

かいて：ぜんぶいくらですか。　　賣家：全部要多少錢呢？
うりて：せんえんです。　　　　　買家：1000 日元。

買い手：全部いくらですか。
売り手：千円です。

你知道嗎？そ是從中文這樣變來的：

曾 → そ → そ

跟孩子可以
這樣一起寫

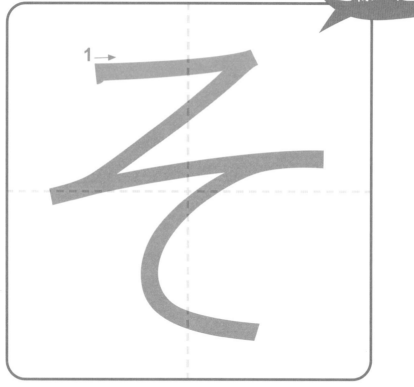

1→

そ　そ　そ　そ　そ

好好與您的孩子展開第一段的日語學習探索之旅吧！

你知道嗎？ソ是從中文這樣變來的：

爸爸媽媽可以這樣記假名

曽 → 丶丿 → ソ

跟孩子可以這樣一起寫

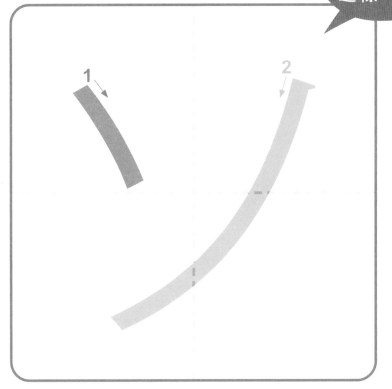

好好與您的孩子展開第一段的日語學習探索之旅吧！

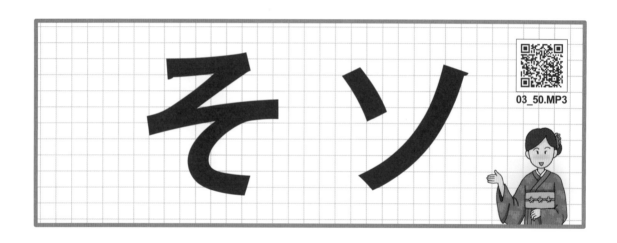

そ ソ

03_50.MP3

◆ そう 〔副詞〕那樣
so u

わたし も そう おもう。【私もそう思う。】我也是那樣想。
watashi mo sou omou

◆ ぞうきん【雑巾】 〔名詞〕抹布
zo u kin

ぞうきん で ふく。【雑巾で拭く。】用抹布擦拭。
zoukin de fuku

◆ そうじ【掃除】 〔名詞、動詞〕打掃
so u ji

へや を そうじ する。【部屋を掃除する。】打掃房間。
heya o souji suru

◆ そうだん【相談】 〔名詞、動詞〕商量
so u dan

せんせい に そうだん する。【先生に相談する。】找老師商量。
senei ni soudan suru

◆ソーダ【そーだ】 〔名詞〕蘇打汽水
so-da

ソーダ を のむ。【ソーダを飲む。】喝蘇打汽水。
so-da　o　nomu

◆そだつ【育つ】 〔動詞〕成長、長大
so da tsu

こども が そだつ。【子供が育つ。】小孩成長長大。
kodomo ga　sodatsu

◆そだてる【育てる】 〔動詞〕養育、栽培
so da te ru

こども を そだてる。【子供を育てる。】養育小孩。
kodomo　o　sodateru

◆そつぎょう【卒業】 〔名詞、動詞〕畢業
so tsu gyo u

だいがく を そつぎょう した。【大学を卒業した。】
daigaku　　o　sotsugyou　　shita

大學畢業了。

◆そで【袖】 〔名詞〕袖子
so de

きもの の そで。【着物の袖。】和服的袖子。
kimono　no　sode

◆そと【そと】 〔名詞〕外面
so to

そと で しょくじ する。【外で食事する。】外食。
soto　de　shokuji　　suru

◆ そば【傍】 〔名詞〕旁邊、附近
so ba

えき の そば に みせ が ある。【駅のそばに店がある。】 車站旁有間商店。
eki　no soba ni mise ga aru

◆ そば【蕎麦】 〔名詞〕蕎麥麵
so ba

そば を たべる。【そばを食べる。】 吃蕎麥麵。
soba　o　taberu

◆ ソファー【そふぁー】 〔名詞〕沙發
so fa-

ソファー に すわる。【ソファーに座る。】 坐在沙發上。
sofa-　　ni suwaru

◆ ソフト【そふと】 〔形容動詞〕柔軟的、〔名詞〕軟體
so fu to

ソフト な かんじ。【ソフトな感じ。】 觸感柔軟。
sofuto　na kanji

> 【 相關用語 】
>
> **ソフトクリーム【そふとくりーむ】** 〔名詞〕霜淇淋
> sofuto kuri-mu
>
> **ソフトドリンク【すふとどりんく】** 〔名詞〕無酒精飲料
> sofuto dorinku

◆ そら【空】 〔名詞〕天空
so ra

そら が あおい。【空が青い。】 天空很藍。
sora　ga aoi

✦ それぞれ 〔名詞、副詞〕各個、各自
so re zo re

それぞれ の いけん。【それぞれの意見。】各自的意見。
sorezore no iken

✦ それでも 〔接続詞〕儘管如此、即是
so re de mo

それでも、にほん に いきたい。【それでも、日本に行きたい。】
soredemo nihon ni ikitai

儘管如此還是想要去日本。

✦ それでは 〔接続詞〕那麼、那樣的話
so re de wa

それでは、はじめ ましょう。【それでは、始めましょう。】那麼就開始吧。
soredewa　hajime　mashou

✦ それとも 〔接続詞〕或、還是
so re to mo

おちゃ ですか？ それとも コーヒー ですか？
ocha　desuka　soretomo　ko-hi-　desuka

【お茶ですか？それともコーヒーですか？】要喝茶還是咖啡？

た行 （た、ち、つ、て、と）

た ta	把嘴巴張開，發出 「塌（ㄊㄚ）」的 音。	たまご【卵】蛋 ta ma go	
ち chi	把嘴巴微開，嘴角向 左右伸展，發出「七 （ㄑㄧ）」的音。	ちず【地図】 chi zu 地圖	
つ tsu	把嘴巴張開，嘴角向 左右伸展，發出「粗 （ㄘㄨ）」的音。	つる【鶴】鶴 tsu ru	
て te	把嘴巴微開，發出 「（ㄊㄟ）」的音。	て【手】手 te	
と to	把嘴巴張開，發出 「偷（ㄊㄡ）」的 音。	とら【虎】老虎 to ra	

タ行 （タ、チ、ツ、テ、ト）

タ ta	把嘴巴張開，發出「塌（ㄊㄚ）」的音。	タクシー 計程車 ta ku shi- 
チ chi	把嘴巴微開，嘴角向左右伸展，發出「七（ㄑㄧ）」的音。	チーズ 起司 chi-zu 
ツ tsu	把嘴巴張開，嘴角向左右伸展，發出「粗（ㄘㄨ）」的音。	ツアー 觀光旅行 tsu a- 
テ te	把嘴巴微開，發出「（ㄊㄟ）」的音。	テレビ 電視 te re bi 
ト to	把嘴巴張開，發出「偷（ㄊㄡ）」的音。	トマト 番茄 to ma to

你知道嗎？た是從中文這樣變來的：

爸爸媽媽可以這樣記假名

太 → 太 → た

跟孩子可以
這樣一起寫

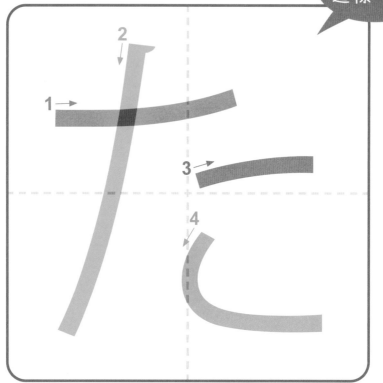

た た た た た

好好與您的孩子展開第一段的日語學習探索之旅吧！

你知道嗎？タ是從中文這樣變來的：

爸爸媽媽可以這樣記假名

多 → タ

跟孩子可以
這樣一起寫

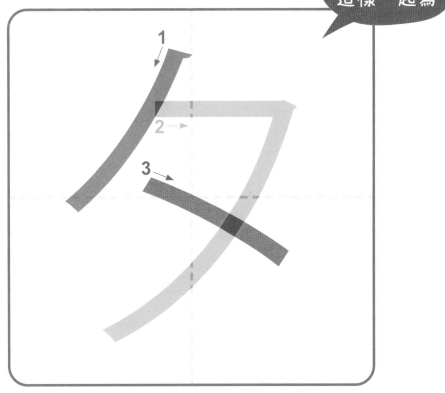

好好與您的孩子展開第一段的日語學習探索之旅吧！

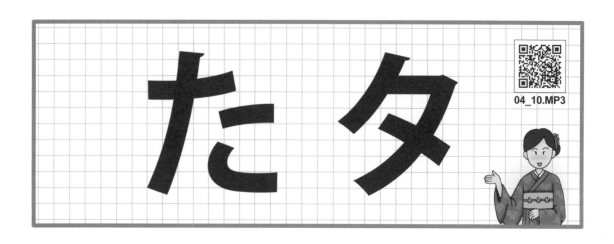

◆ たいいく【体育】〔名詞〕體育
taiiku

たいいく の じゅぎょう。【体育の授業。】體育課。
taiiku　　no jugyou

◆ たいくつ【退屈】〔名詞、動詞、形容動詞〕無聊
taikutsu

すること が なくて、たいくつ です。【することがなくて、退屈です。】
surukoto　ga nakute　taikutsu　desu

無事可做很無聊。

◆ だいこん【大根】〔名詞〕蘿蔔
daikon

だいこん の りょうり は おいしい。【大根の料理は美味しい。】
daikon　　no ryouri　　wa oishii

用蘿蔔做的菜很好吃。

◆ だいじ【大事】 〔名詞、形容動詞〕重要、珍惜
da i ji

じかん を だいじ に する。【時間を大事にする。】珍惜時間。
jikan　o daiji　ni suru

◆ だいじょうぶ【大丈夫】 〔名詞、形容動詞〕
da i jo u bu
不要緊、沒問題、沒關係

そうじ しなくても、だいじょうぶ です。【掃除しなくても大丈夫です。】
souji　shinakutemo　daijoubu　desu

不用打掃也沒關係。

💬 對話

おかあさん：だいじょぶ？　　　媽媽：沒事吧？
こども：だいじょうぶ。　　　　小孩：沒事。

お母さん：大丈夫？
子供：大丈夫。

◆ たいせつ【大切】 〔形容動詞〕重要
ta i se tsu

けんこう は たいせつ です。【健康は大切です。】身體健康很重要。
kenkou　wa taisetsu　desu

◆ たいど【態度】 〔名詞〕態度
ta i do

たいど が わるい。【態度が悪い。】態度不佳。
taido　ga warui

たいいく【体育】
taiiku 體育

❶ フリスビー【ふりすびー】
furisubi- 飛盤

❸ ヨット【よっと】
yotto 帆船

❺ ジョギング【じょぎんぐ】
jogingu 慢跑

❷ スキー【すきー】
suki- 滑雪

❹ サーフィン【さーふぃん】
sa-fin 衝浪

❻ やきゅう【野球】
yakyuu 棒球

❽ アメフト【あめふと】
amefuto 美式足球

⑳ スケートボード【すけーとぼーど】
suke-tobo-do 滑板

㉑ ローラースケート【ろーらースケート】
ro-ra-suke-to 滑輪溜冰

❼ キャッチボール【きゃっちぼーる】
kyatchibo-ru 傳接球

202

⑫ ボウリング【ぼうりんぐ】
bouringu 保齡球

⑬ ゴルフ【ごるふ】
gorufu 高爾夫

⑭ バスケ【ばすけ】
basuke 籃球

⑮ たっきゅう【卓球】
takkyuu 桌球

⑯ テニス【てにす】
tenisu 網球

⑰ すいえい【水泳】
suiei 游泳

⑱ バトミントン【ばとみんとん】
batominton 羽毛球

⑲ バレー【ばれー】
bare- 排球

㉒ チャンピオン【ちゃんぴおん】
chanpion 冠軍

⑪ チアガール【ちあがーる】
chiaga-ru 啦啦隊女孩

⑩ きょうそう【競走】
kyousou 賽跑

⑨ サッカー【さっかー】
sakka- 足球

✦ だいどころ【台所】 〔名詞〕廚房
da i do ko ro

だいどころ で りょうり を つくる。【台所で料理を作る。】 在廚房做料理。
daido　　　de ryouri　　o tsukuru

✦ だいなし【台無し】 〔名詞〕可惜、浪費、泡湯
da i na shi

あめ で けいかく が だいなし です。【雨で計画が台無しです。】
ame　de keikaku　ga dainashi　desu

因為下雨計畫泡湯了。

✦ たいへん【大変】 〔名詞、副詞、形容動詞〕
ta i hen

　　　非常、驚人、嚴重、辛苦

たいへん しつれい しました。【大変失礼しました。】 非常抱歉。
taihen　　　shitsurei　shimashita

たいふう が きて、たいへん だった。【台風が来て、大変だった。】
taifuu　　　ga kite　taihen　　data

颱風來了，非常嚴重。

💬 對話

わたし：あめがすごい。 　　　　　　　　　　我：雨下好大
ともだち：たいふうがきたから、たいへん。 　朋友：颱風來了，很嚴重。

私：雨が凄い。
友達：台風が来たから、大変。

✦ たかい【高い】 〔形容詞〕高的、貴的
ta ka i

その みせ は たかい。【その店は高い。】 那間店很貴。
sono　mise　wa takai

その やま は たかい。【その山は高い。】 那座山很高。
sono　yama　wa takai

💬 **對話**

おかあさん：きょうのやさいはたかい。　　　媽媽：今天的蔬菜很貴。

おとうさん：たいふうのせいでたかくなった。　爸爸：因為颱風的關係變貴了。

お母さん：今日の野菜は高い。

お父さん：台風のせいで高くなった。

◆たからもの【宝物】 〔名詞〕寶物、財寶
ta ka ra mo no

たからもの を はっけん した。【宝物を発見した。】發現寶物。
takaramono o hakken shita

◆たくさん【沢山】 〔副詞、名詞、形容動詞〕很多、足夠了
ta ku san

やること は たくさん ある。【やる事はたくさんある。】
yarukoto wa takusan aru

要做的工作很多。

❹ こしょう【胡椒】
koshou 胡椒

❻ す【酢】
su 醋

❽ せんざい【洗剤】
senzai 洗碗精

❺ しょうゆ【醤油】
shouyu 醤油

❼ かんづめ【缶詰】
kanzume 罐頭

❾ ながしだい【流し台】
nagashidai 流理台

⓱ でんしれんじ【電子レンジ】
denshirenji 微波爐

⓯ バケツ【ばけつ】
baketsu 水桶

⓴ (お)ちゃわん【(お)茶碗】
(o)chawan 碗

㉑ はし【箸】
hashi 筷子

⓲ しょっき【食器】
shokki 餐具

❷ しお【塩】
shio 鹽

⓳ おさら【お皿】
osara 盤子

❸ さとう【砂糖】
satou 糖

砂糖

⑬ おたま【お玉】
otma 勺子

⑩ ほうちょう【包丁】
houchou 菜刀

⑫ なべ【鍋】
nabe 鍋子；火鍋

⑯ ガスコンロ【がすこんろ】
gasukonro 瓦斯爐

⑪ まないた【まな板】
manaita 砧板

⑭ れいぞうこ【冷蔵庫】
reizouko 冰箱

04_12.MP3

だいどころ【台所】
daidokoro 廚房

㉓ バター【ばたー】
bata- 奶油

㉒ こむぎこ【小麦粉】
komugiko 麵粉

❶ ジャム【じゃむ】
jamu 果醬

㉕ オーブン【おーぶん】
o-bun 烤爐

㉔ ぎゅうにゅう【牛乳】
gyuunyuu 牛奶

◆ だけ 〔助詞〕只有、只能
da ke

きょう の しゅくだい は さくぶん だけ です。
kyou　no shukudai　wa sakubun　dake desu

【今日の宿題は作文だけです。】今天的作業只有作文而已。

💬 對話

おかあさん：きょうのしゅくだいはおおい？　　媽媽：今天功課多嗎？
こども：これだけ。　　　　　　　　　　　　　小孩：只有這個而已。

お母さん：今日の宿題は多い？
子供：これだけ。

◆ たす【足す】 〔動詞〕加、補
ta su

いち たす に は さん です。【一足す二は三です。】一加二等於三。
ichi　tasu　ni　wa san　desu

◆ だす【出す】 〔動詞〕拿出、提出、寄出
da su

てがみ を だす。【手紙を出す。】寄信。
tegami　o　dasu

◆ たすける【助ける】 〔動詞〕幫助、救助
ta su ke ru

けが した ひと を たすける。【怪我した人を助ける
kega　shita　hito　o　tasukeru

幫助受傷的人。

💬 對話

じょせい：たすけて！　　　　　　　女人：救命啊！
だんせい：どうした？だいじょうぶ？　男人：怎麼了？沒事吧？

女性：助けて！
男性：どうした？大丈夫？

◆ <u>た</u>だ 〔名詞〕免費、一般、普通
ta da

ただ で にゅうじょう できる。【ただで入場できる。】免費入場。
tada　de nyuujou　　dekiru

なかみ は ただ の みず です。【中身はただの水です。】內容物只是一般的水。
nakami　wa tada　no mizu desu

◆ <u>た</u>たく【叩く】 〔動詞〕打、拍
ta ta ku

かた を たたく。【肩を叩く。】拍肩膀。
kata　o　tataku

◆ <u>た</u>だしい【正しい】 〔形容詞〕正確的
ta da shi i

ただしい つかいかた。【正しい使い方。】正確的使用方法。
tadashii　　tsukaikata

◆ <u>た</u>つ【立つ】 〔動詞〕站、站立
ta tsu

みせ の まえ に たつ。【店の前に立つ。】站在店門前。
mise　no mae　ni tatsu

◆ だっこ【抱っこ】〔名詞、動詞〕抱（小孩）
da kko

こども を だっこ する。【子供を抱っこする。】抱小孩。
kodomo o dakko suru

💬 對話

こども：こわいから、だっこして。　　小孩：好可怕，我要抱抱。
おかあさん：はい。だいじょうぶ？　　媽媽：好，沒事吧？

子供：怖いから、抱っこして。
お母さん：はい、大丈夫？

◆ たっぷり〔副詞〕充足、足夠
ta ppu ri

たっぷり たべた。【たっぷり食べた。】吃得很飽。
tappuri tabeta

◆ たてもの【建物】〔名詞〕建築物
ta te mo no

がっこう の まえ に たてもの が ある。
gakkou no mae ni tatemono ga aru

【学校の前に建物がある。】學校前面有棟建築物。

◆ たてる【建てる】〔動詞〕建立、成立
ta te ru

かいしゃ を たてる。【会社を建てる。】成立公司。
kaisha o tateru

◆ たね【種】〔名詞〕種子、果核
ta ne

すいか の たね。【すいかの種。】西瓜的種子。
suika no tane

✦ たのしい【楽しい】 〔形容詞〕快樂、開心、好玩
ta no shi i

ゆうえんち は たのしい。【遊園地は楽しい。】
yuenchi　　wa tanoshii

遊樂園很好玩。

💬 對話

おかあさん：きょうのえんそくはどう？　　媽媽：今天的遠足怎麼樣？
こども：たのしかった。　　　　　　　　　小孩：很好玩。

お母さん：今日の遠足はどう？
子供：楽しかった。

✦ たのしみ【楽しみ】 〔名詞〕樂趣、期待
ta no shi mi

りょこう を たのしみに している。【旅行を楽しみにしている。】
ryokou　　o tanoshimini　　shiteiru

很期待去旅行。

💬 對話

おとうさん：らいしゅうはりょこうだね。　　爸爸：下週要去旅行呢。
こども：たのしみ。　　　　　　　　　　　小孩：好期待。

お父さん：来週は旅行だね。
子供：楽しみ。

✦ たのむ【頼む】 〔動詞〕拜託、要求、請託

るす を たのむ。【留守を頼む。】拜託你看家。
rusu　o tanomu

◆ たばこ【煙草】 〔名詞〕香菸
ta ba ko

たばこ を やめる。 【煙草を止める。】 戒菸。
tabako　o　yameru

◆ たび【旅】 〔名詞〕旅行、旅程
ta bi

たび に でる。 【旅に出る。】 出去旅行。
tabi　ni　deru

◆ たぶん【多分】 〔副詞〕大概、可能、應該
ta bun

たぶん いえ に いる。 【多分家にいる。】 大概在家。
tabun　ie　ni　iru

◆ たべもの【食べ物】 〔名詞〕食物
ta be mo no

たべもの を かう。 【食べ物を買う。】 買食物。
tabemono　o　kau

◆ たべる【食べる】 〔動詞〕吃
ta be ru

ごはん を たべる。 【ご飯を食べる。】 吃飯。
gohan　o　taberu

◆ たま【玉・球】 〔名詞〕寶石、球、子彈
ta ma

たま を なげる。 【球を投げる。】 丟球、投球。
tama　o　nageru

◆ だます【騙す】 〔動詞〕欺騙、哄騙
da ma su

こども を だまして ねかせる。【子供を騙して寝かせる。】哄小孩子睡覺。
kodomo o damashite nekaseru

◆ だめ【駄目】 〔形容動詞〕沒用、不行、不可以（禁止）
da me

くすり を のんでも だめ だ。【薬を飲んでもだめだ。】吃藥也沒用。
kusuri o nondemo dame da

たばこ は だめ だ。【たばこはだめだ。】不可以抽菸。
tabako wa dame da

◆ ためす【試す】 〔動詞〕嘗試、試驗
ta me su

ためして みて。【試してみて。】試看看。
tameshite mite

◆ たよる【頼る】 〔動詞〕借助、依賴
ta yo ru

ちず に たよって、やま に のぼる。【地図に頼って山に登る。】
chizu ni tayotte yama ni noboru

靠地圖來爬山。

◆ だらけ 〔接尾詞〕滿是、全身是
da ra ke

きずだらけ【傷だらけ】滿身是傷
kizu darake

ちだらけ【血だらけ】滿身是血
chi darake

どろだらけ【泥だらけ】滿身泥濘
doro darake

① アイスクリーム【あいすくりーむ】 aisukuri-mu 冰淇淋

⑤ ファストフード【ふぁすとふーど】 fasutofu-do 速食

③ コーラ【こーら】 ko-ra 可樂

④ フライドポテト【ふらいどぽてと】 furaidopoteto 炸薯條

⑱ ピザ【ぴざ】 piza 披薩

② チキンフライ【ちきんふらい】 chikinfurai 炸雞

⑳ ハンバーガー【はんばーがー】 hanba-ga- 漢堡

⑬ サラダ【さらだ】 sarada 沙拉

⑦ やさい【野菜】 yasai 蔬菜

⑭ パン【ぱん】 pan 麵包

⑫ スープ【すーぷ】 su-pu 湯

⑮ ハム【はむ】 hamu 火腿

⑰ サンドイッチ【さんどいっち】 sandoitchi 三明治

⑯ ベーコン【べーこん】 be-kon 培根

⑲ パスタ【ぱすた】 pasuta 義大利麵

㉓ シチュー【しちゅー】 shichu- 濃湯

㉑ ステーキ【すてーき】 sute-ki 牛排

㉒ やきざかな【焼き魚】 yakizakana 烤魚

たべもの【食べ物】
tabemono 食物

❻ にく【肉】 niku 肉類

❾ とうふ【豆腐】 doufu 豆腐

❿ たまご【卵】 tamago 蛋

❽ まめ【豆】 mame 豆類 豆子

⓫ カップラーメン【かっぷらーめん】 kappura-men 杯麺

㉔ しょくパン【食パン】 shokupan 吐司

㉕ ラーメン【らーめん】 ra-men 拉麺

04_13.MP3

✦ <u>た</u>りる【足りる】 〔動詞〕足夠
ta ri ru

100 えん が あれば たりる。【100 円があれば足りる。】有 100 日圓就夠了。
hyakuen　ga　areba　tariru

おかね が たりない。【お金が足りない。】錢不夠。
okane　ga　tarinai

✦ <u>だ</u>れ【誰】 〔代名詞〕誰、任何人
da re

だれ も しらない。【誰も知らない。】沒人知道。
dare　mo shiranai

✦ <u>た</u>んき【短気】 〔名詞、形容動詞〕急躁、沒耐性
tan ki

たんき な ひと。【短気な人。】個性急躁的人。
tanki　na hito

✦ <u>だ</u>んし【男子】 〔名詞〕男生、男性
dan shi

だんしせいと【男子生徒。】男學生。
danshi seito

✦ <u>た</u>んしょ【短所】 〔名詞〕缺點
tan sho

たんしょ が おおい ひと。【短所が多い人。】缺點很多的人。
tansho ga ooi hito

> 【相反用語】
> **ちょうしょ【長所】** 〔名詞〕優點
> cho u sho

◆ ダンス 【だんす】 〔名詞、動詞〕舞蹈、跳舞
dan su

ダンス を おどる。 【ダンスを踊る。】 跳舞。
dansu　o　odoru

◆ だんだん 【段々】 〔副詞〕逐漸、漸漸地
dan dan

だんだん おおきく なった。 【段々大きくなった。】 漸漸變大了。
dandan　ookiku　natta

◆ だんぼう 【暖房】 〔名詞、動詞〕暖氣
dan bo u

だんぼう が あたたかい。 【暖房が温かい。】
danbou　ga atatakai

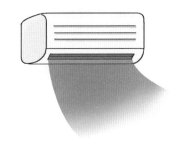

暖氣很暖和。

> 【 相反用語 】
> れいぼう 【冷房】 〔名詞、動詞〕冷氣
> re i bo u

💬 對話

こども：へやがさむい。　　　　　小孩：房間好冷。
おかあさん：だんぼうをつけよう。　媽媽：開暖氣吧。

子供：部屋が寒い。
お母さん：暖房をつけよう。

◆ だんボール 【段ボール】 〔名詞〕瓦楞紙箱
da n bo – ru

だんぼーる の なか に いれる。 【段ボールの中に入れる。】 放進瓦楞紙箱裡。
danbo– ru　no naka ni ireru

你知道嗎？ち是從中文這樣變來的：

知 → れ → れ → ち

跟孩子可以
這樣一起寫

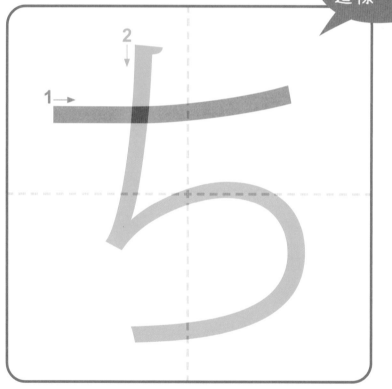

好好與您的孩子展開第一段的日語學習探索之旅吧！

你知道嗎？チ是從中文這樣變來的：

爸爸媽媽可以這樣記假名

千 → チ

跟孩子可以這樣一起寫

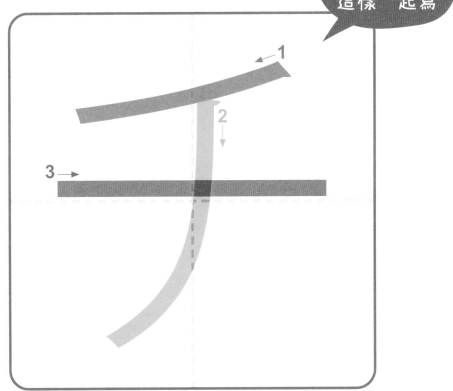

チ チ チ チ チ

好好與您的孩子展開第一段的日語學習探索之旅吧！

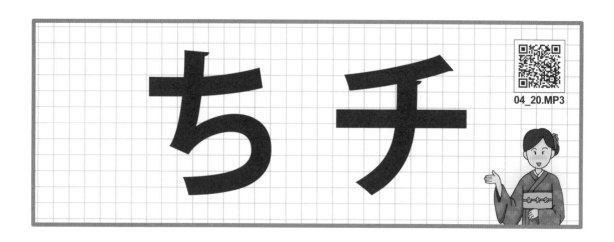

◆ ち【血】 〔名詞〕血
chi

ち が でる。【血が出る。】流血。
chi ga deru

◆ ちいさい【小さい】 〔形容詞〕小的
chi i sa i

ちいさい こ。【小さい子。】小朋友。
chiisai ko

◆ チェンジ【ちぇんじ】 〔名詞、動詞〕交換、兌換
chen ji

さつ を こぜに に チェンジ する。【札を小銭にチェンジする。】
satsu o kozeni chenji suru

把鈔票換成零錢。

◆ ちかい【近い】 〔形容詞〕近的
chi ka i

がっこう が ちかい。【学校が近い。】學校很近。
gakkou ga chikai

220

【相反用語】

とおい【遠い】 〔形容詞〕遠的
to o i

がっこう が とおい。 【学校が遠い。】 學校很遠。
gakkou　　ga tooi

【相關用語】

ちかく【近く】 〔名詞〕附近
chi ka ku

いえ の ちかく に こうえん が ある。 【家の近くに公園がある。】
ie　　no chikaku　ni kouen　　ga aru

我家附近有公園。

💬 對話

ともだち：こどものがっこうはいえからちかい？ 朋友：孩子的學校離家近嗎？
わたし：いいえ、ちょっととおい。 我：不，有一點遠。

友達：子供の学校は家から近い？
私：いいえ、ちょっと遠い。

◆ちがい【違い】 〔名詞〕差異、不同、錯誤
chi ga i

たいわん と にほん の ちがい。 【台湾と日本の違い。】 台灣與日本的差異。
taiwan　　to nihon　no chigai

◆ちがう【違う】 〔動詞〕不同、不一樣、不對
chi ga u

ぶんか が ちがう。 【文化が違う。】 文化不同。
bunka　ga chigau

💬 對話

おかあさん：これですか？ 媽媽：是這個嗎？
こども：ちがう。 小孩：不對。

お母さん：これですか？
子供：違う。

◆ ちから【力】 〔名詞〕力量、力氣
chi ka ra

かぜ で ちから が ない。【風邪で力がない。】因為感冒沒有力氣。
kaze de chikara ga nai

◆ チキン【ちきん】 〔名詞〕雞、雞肉
chi kin

チキン カレー。雞肉咖哩。
chikin kare-

◆ ちこく【遲刻】 〔名詞、動詞〕遲到
chi ko ku

がっこう に ちこく する。【学校に遅刻する。】上學遲到。
gakkou ni chikoku suru

◆ チャージ【ちゃーじ】 〔名詞、動詞〕充電、儲值
cha-ji

おかね を チャージ する。【お金をチャージする。】儲值。
okane o cha-ji suru

◆ チャイム【ちゃいむ】 〔名詞〕鐘、鐘聲
cha i mu

がっこう の チャイム が なる。【学校のチャイムが鳴る。】學校的鐘聲響。
gakkou no chaimu ga naru

◆ チャック【ちゃっく】 〔名詞〕拉鍊
cha kku

チャック が あいている。【チャックが開いている。】拉鍊沒拉。
chakku ga aiteiru

【相同用語】

ファスナー【ファスナー】〔名詞〕拉鍊
fa su na-

ファスナー を しめる。【ファスナーを閉める。】拉拉鍊。
fasuna-　　o　shimeru

💬 對話

ともだち：チャックがあいているよ。　　　朋友：你拉鍊沒拉。

わたし：うそ！　　　　　　　　　　　　我：騙人！

友達：チャックが開いているよ。

私：噓！

◆ <u>**ちゃんと**</u>〔副詞〕好好地、規規矩矩地、整整齊齊地
chan to

ちゃんと かたづけ なさい。【ちゃんと片付けなさい。】好好收拾乾淨。
chanto　　katazuke　nasai

◆ **チャンネル【ちゃんねる】**〔名詞〕電視頻道
chan ne ru

チャンネル を かえる。【チャンネルを変える。】轉台。
channeru　　o　kaeru

◆ <u>**ちゅうい**</u>**【注意】**〔名詞、動詞〕注意、小心、警告
chu u i

けんこう に ちゅうい する。【健康に注意する。】注意健康。
kenkou　　ni　chuui　　suru

◆ <u>**ちゅうごく**</u>**【中国】**〔名詞〕中國
chu u go ku

ちゅうごく に いく。【中国に行く。】去中國。
chuugoku　　ni　iku

◆ ちゅうしゃ 【注射】 〔名詞、動詞〕打針
chu u sha

ワクチン を ちゅうしゃ する。【ワクチンを注射する。】注射疫苗。
wakuchin　o　chuusha　suru

◆ ちゅうしゃ 【駐車】 〔名詞、動詞〕停車
chu u sha

ちゅうしゃじょう【駐車場】停車場
chuushajou

ちゅうしゃきんし【駐車禁止】禁止停車
chuusha kinshi

◆ ちゅうどく 【中毒】 〔名詞、動詞〕中毒
chu u do ku

しょくちゅうどく【食中毒】食物中毒
shokuchuudoku

◆ ちゅうもん 【注文】 〔名詞、動詞〕訂購、訂貨、點餐、要求
chu u mon

りょうり を ちゅうもん する。【料理を注文する。】點菜。
ryouri　o　chuumon　suru

💬 對話

わたし：ちゅうもんおねがいします。　　　我：麻煩點餐。
てんいん：しょうしょうおまちください。　店員：請稍等一下。

私：注文お願いします。
店員：少々お待ちください。

◆ ちょうし【調子】 〔名詞〕狀態、狀況
cho u shi

ちょうし が いい。【調子がいい。】狀態很好。
choushi　ga ii

◆ ちょうど【丁度】 〔副詞〕剛好、恰好
cho u do

ちょうど いちじ に なった。【丁度一時になった。】剛好一點了。
choudo　ichiji　ni　natta

◆ ちょきん【貯金】 〔名詞、動詞〕存錢、儲蓄
cho kin

ぎんこう に ちょきん する。【銀行に貯金する。】把錢存到銀行。
ginkou　ni chokin　suru

◆ ちょっと 〔副詞〕稍微、一點、一下子
cho tto

ちょっと まって ください。【ちょっと待ってください。】請等一下。
chotto　matte　kudasai

💬 對話

おとうさん：もういくよ。　　爸爸：要走了喔。
こども：ちょっとまって。　　小孩：等一下。

お父さん：もう行くよ。
子供：ちょっと待って。

◆ ちる【散る】 〔動詞〕凋謝
chi ru

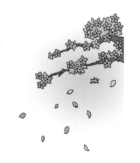

はな が ちる。【花が散る。】花謝。
hana ga chiru

你知道嗎？つ是從中文這樣變來的：

爸爸媽媽可以這樣記假名

川 → 川 → つ → つ

跟孩子可以這樣一起寫

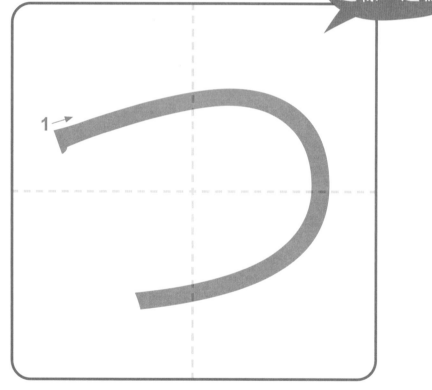

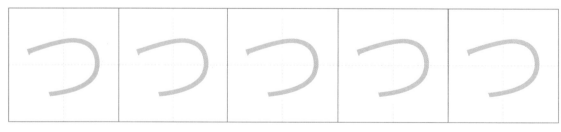

好好與您的孩子展開第一段的日語學習探索之旅吧！

你知道嗎？ツ是從中文這樣變來的：

川 → 川 → ツ

跟孩子可以
這樣一起寫

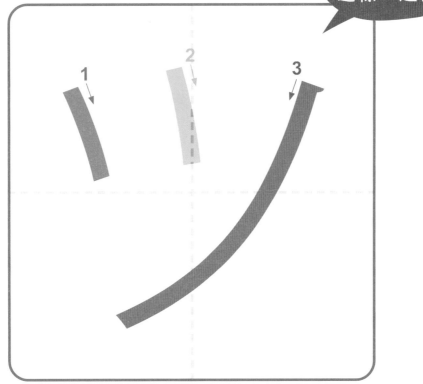

ツ	ツ	ツ	ツ	ツ

好好與您的孩子展開第一段的日語學習探索之旅吧！

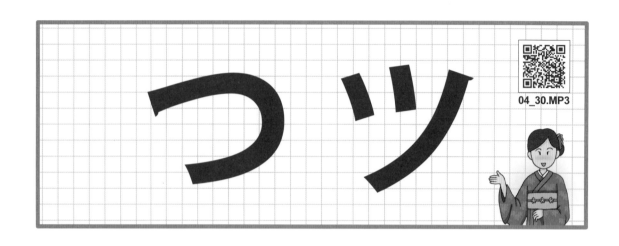

◆つうち【通知】〔名詞、動詞〕通知
tsu u chi

つうち を うける。【通知を受ける。】接到通知。
tsuuchi o ukeru

◆つかい【使い】〔名詞〕（常用「お使い」）跑腿、辦事
tsu ka i

おつかい に いく。【お使いに行く。】去跑腿買東西。
otsukai   ni iku

◆つかう【使う】〔動詞〕使用、利用
tsu ka u

カード を つかって しはらう。【カードを使って支払う。】使用信用卡付款。
ka-do o tsukatte   shiharau

◆つかれる【疲れる】〔動詞〕累、疲勞
tsu ka re ru

しごと で つかれた。【仕事で疲れた。】因為工作累壞了。
shigoto   de tsukareta

💬 對話

おとうさん：つかれた。	爸爸：好累。
おかあさん：おつかれ。	媽媽：辛苦了。

お父さん：疲れた。
お母さん：お疲れ。

◆つき【月】〔名詞〕月亮
tsu ki

つき が でた。【月が出た。】月亮出來了。
tsuki ga deta

◆つぎ【次】〔名詞〕下一個
tsu gi

つぎ は だれ だ？【次は誰だ？】下一個是誰？
tsugi wa dare da

◆つく【付く】〔動詞〕沾上、附著、附帶、點亮
tsu ku

ふく に どろ が つく。【服に泥が付く。】衣服會沾上泥土。
fuku ni doro ga tsuku

でんき が つく。【電気が付く。】電燈亮了。
denki   ga tsu ku

【相關用語】

つける【付ける】〔動詞〕塗抹、附加
tsu ke ru

パン に ジャム を つける。【パンにジャムを付ける。】麵包塗上果醬。
pan ni jamu   o tsukeru

つける〔動詞〕開
tsu ke ru

でんき を つける【電気をつける。】開電燈。
denki   o tsukeru

こども：へやがくらい。　　　　小孩：房間好暗。
おかあさん：でんきをつけて。　　媽媽：把燈打開。

子供：部屋が暗い。
お母さん：電気をつけて。

◆つく【着く】 〔動詞〕到、抵達
tsu ku

いちじ に とうきょう に つく。【1時に東京に着く。】在1點時會抵達東京。
ichiji　ni　toukyou　　ni　tsuku

◆つくる【作る】 〔動詞〕製作、創造
tsu ku ru

ケーキ を つくる。【ケーキを作る。】做蛋糕。
okashi　o　tsukuru

◆つたえる【伝える】 〔動詞〕傳達、轉知
tsu ta e ru

メッセージ を つたえる。【メッセージを伝える。】轉達留言。
messe-ji　　o　tsutaeru

◆つづく【続く】 〔動詞〕持續
tsu zu ku

あめ が つづく。【雨が続く。】雨下不停。
ame　ga tsuzuku

◆つづける【続ける】 〔動詞〕繼續
tsu zu ke ru

しごと を つづける。【仕事を続ける。】繼續工作。
shigoto　o　tsuzukeru

◆ つとめる【勤める】 〔動詞〕工作、服務
tsu to me ru

がっこう に つとめている。【学校に勤めている。】 在學校工作。
gakkou　　ni tsutometeiru

◆ つぶ【粒】 〔名詞〕顆粒
tsu bu

こめ の つぶ。【米の粒。】 米粒。
koem no tsubu

◆ つま【妻】 〔名詞〕妻子
tsu ma

つま が いる。【妻がいる。】 結婚有妻子。
tsuma ga iru

◆ つまらない 〔形容詞〕沒用的、沒有價值的、無聊的
tsu ma ra na i

つまらない えいが。【つまらない映画。】 無聊的電影。
tsumaranai　　eiga

◆ つまり 〔副詞〕總之
tsu ma ri

つまり、こう いう こと です。【つまり、こういうことです。】總之就是這樣。
tsumari　kou iu　　koto desu

◆ つまる【詰まる】 〔動詞〕塞住、堵住
tsu ma ru

はな が つまる。【鼻が詰まる。】 鼻塞。
hana ga tsumaru

✦ つみき【積み木】 〔名詞〕積木
tsu mi ki

つみき で あそぶ。 【積み木で遊ぶ。】玩積木。
tsumiki   de asobu

✦ つめ【爪】 〔名詞〕指甲
tsu me

つめ を きる。 【爪を切る。】剪指甲。
tsume   o kiru

✦ つめたい【冷たい】 〔形容詞〕冷的、寒冷的、冰的、冷淡的
tsu me ta i

かぜ が つめたい。 【風が冷たい。】風很冷。
kaze   ga tsumetai

✦ つめる【詰める】 〔動詞〕裝進、塞進
tsu me ru

にもつ を かばん に つめる。 【荷物を鞄に詰める。】把行李塞進包包裡。
nimotsu o kaban   ni tsumeru

✦ つもり 〔名詞〕打算
tsu mo ri

いえ に かえる つもり です。 【家に帰るつもりです。】打算回家。
ie   ni kaeru   tsumori desu

✦ つもる【積もる】 〔動詞〕積
tsu mo ru

ゆき が つもる。 【雪が積もる。】積雪。
yuki ga tsumoru

◆つよい【強い】 〔形容詞〕強力、堅強、厲害
tsu yo i

にほん は やきゅう が つよい。【日本は野球が強い。】日本棒球很強。
nihon　wa yakyuu　ga tsuyoi

◆つらい【辛い】 〔形容詞〕辛苦的、難受的
tsu ra i

しごと が つらい。【仕事が辛い。】工作很辛苦。
shigoto ga tsurai

◆つり【釣り】 〔名詞〕（多用「お釣り」）釣魚、找的錢
tsu ri

つり が すき です。【釣りが好きです。】喜歡釣魚。
tsuri　ga suki　desu

こちら が おつり です。【こちらがお釣りです。】
kochira　ga otsuri　desu

這是找您的錢。

💬 對話

おとうさん：あしたはつりにいく。　　爸爸：明天要去釣魚。
こども：ぼくもいく。　　　　　　　小孩：我也要去。

お父さん：明日は釣りに行く。
子供：僕も行く。

◆つれる【連れる】 〔動詞〕帶著、帶領
tsu re ru

こども を つれて いく。【子供を連れて行く。】
kodomo o tsurete iku

帶小孩去。

你知道嗎？て是從中文這樣變來的：

天 → て → て

跟孩子可以
這樣一起寫

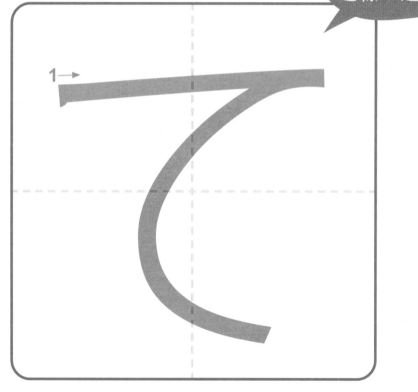

好好與您的孩子展開第一段的日語學習探索之旅吧！

234

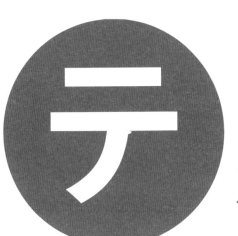

你知道嗎？テ是從中文這樣變來的：

爸爸媽媽可以這樣記假名

天 → チ → テ → テ

跟孩子可以這樣一起寫

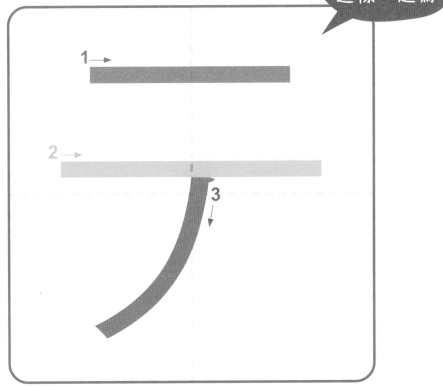

好好與您的孩子展開第一段的日語學習探索之旅吧！

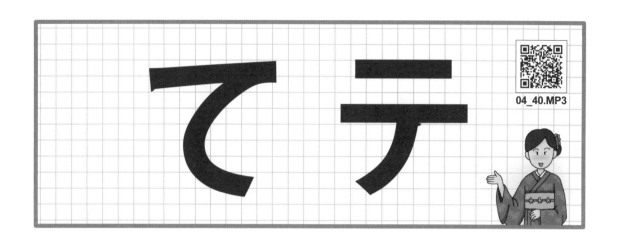

04_40.MP3

◆ て【手】 〔名詞〕手
te

て が きたない。【手が汚い。】手很髒。
te　ga kitanai

◆ てあらい【手洗い】 〔名詞〕（多用「お手洗い」）廁所
te a ra i

おてあらい に いく。【お手洗いに行く。】上廁所。
otearai　　　ni iku

◆ ティッシュ（ペーパー）【てぃっしゅ（ぺーぱー）】
ti sshu (pe- pa-)

〔名詞〕面紙

ティッシュ が なくなった。面紙沒了。
tisshu　　　　ga nakunatta

◆ テープ【てーぷ】 〔名詞〕膠帶、錄音帶
te-pu

テープ を はる。【テープを貼る。】貼膠帶。
te-pu　　　o haru

◆テーマ【てーま】〔名詞〕主題、題目
te-ma

さくぶん の テーマ。【作文のテーマ。】作文題目。
sakubun　no te-ma

◆でかい〔形容詞〕很大的、巨大的
de ka i

でかい からだ。【でかい体。】巨大的身體。
dekai　karada

◆でかける【出掛ける】〔動詞〕出門
de ka ke ru

かいもの に でかける。【買い物に出かける。】
kaimono　ni dekakeru

出門買東西。

💬 對話

こども：おとうさんはでかけた？　　　小孩：爸爸出門了嗎？
おかあさん：きょうはしゅっちょう。　媽媽：今天要出差。

子供：お父さんは出掛けた？
お母さん：今日は出張。

◆テキスト【てきすと】〔名詞〕教科書
te ki su to

テキスト を かう。【テキストを買う。】買教科書。
tekisuto　o kau

237

✦ できる【出来る】 〔動詞〕完成、能夠、可以
de ki ru

えきまえ に あたらしい ビル が できた。【駅前に新しいビルができた。】
ekimae　ni atarashii　biru　ga　dekita

車站前有座新大樓完工了。

にほんご が できる。【日本語が出来る。】會説日文。
nihongo　ga dekiru

💬 對話

| ともだち：えいごはできる？ | 朋友：你會説英文嗎？ |
| わたし：えいごもちゅうごくごもできる。 | 我：英文跟中文都會。 |

友達：英語はできる？
私：英語も中国語もできる。

✦ でぐち【出口】 〔名詞〕出口
de gu chi

でくち は どこ ですか。【出口はどこですか。】出口在哪裡？
deguchi　wa doko　desuka

✦ デザート【でざーと】 〔名詞〕飯後甜點
da za-to

デザート が たべたい。【デザートが食べたい。】
deza-to　ga tabetai

想吃飯後甜點。

✦ デザイン【でざいん】 〔名詞、動詞〕設計
de za in

ようふく を デザイン する。【洋服をデザインする。】設計衣服。
youfuku　o dezain　suru

◆ <u>でしょう</u> 〔助動詞〕大概、吧
de sho u

あした も あめ でしょう。【明日も雨でしょう。】
ashita　mo ame　deshou

明天也會下雨吧。

◆ <u>です</u> 〔助動詞〕是

わたし は がくせい です。【私は学生です。】 我是學生。
watashi　wa gakusei　　desu

◆ <u>テスト【てすと】</u> 〔名詞〕考試、測驗
te su to

あした は テスト が ある。【明日はテストがある。】
ashita　　wa tesuto　ga aru

明天有考試。

◆ <u>てちょう【手帳】</u> 〔名詞〕手冊、記事本
te cho u

てちょう に かく。【手帳に書く。】 寫在記事本裡。
techou　　ni　kaku

◆ <u>てつだう【手伝う】</u> 〔動詞〕幫忙、幫助
te tsu da u

そうじ を てつだう。【掃除を手伝う。】 幫忙打掃。
souji　　o　tetsudau

💬 對話

こども：そうじをてつだう。　　　　　小孩：我來幫忙打掃。
おかあさん：ありがとう。たすかった。　媽媽：謝謝，真是幫了大忙。

子供：掃除を手伝う。
お母さん：ありがとう。助かった。

◆ てつどう【鉄道】〔名詞〕鐵路
te tsu do u

ちかてつ（どう）【地下鉄（道）】地下鐵。
chika tetsu (dou)

◆ では〔接續詞〕那麼
de wa

では、しつれい します。【では、失礼します。】那麼、失陪了。
dewa　shitsurei　shimasu

◆ デビュー【でびゅー】〔名詞、動詞〕出道、初登場
de byu-

かしゅデビュー【歌手デビュー】歌手出道。
kashu debyu-

◆ でまえ【出前】〔名詞〕外送、外賣
de ma e

でまえ を たのむ。【出前を頼む。】叫外賣。
demae　o　tanomu

💬 對話

おかあさん：きょうはごはんをつくるじ　　　媽媽：今天沒時間作飯。
　　　　　　かんがない。

おとうさん：でまえをたのもう。　　　　　　爸爸：叫外賣吧。

お母さん：今日はご飯を作る時間がない。
お父さん：出前を頼もう。

◆ でも〔接續詞〕可是、但是
de mo

にほん に いきたい。でも、おかね が ない。
nihon　ni ikitai　　demo　okene　ga nai

【日本に行きたい。でもお金がない。】想去日本，但是沒有錢。

◆でる【出る】〔動詞〕出來、出去、出現
de ru

へやを でる。【部屋を出る。】走出房間。
heya o deru

つきが でる。【月が出る。】月亮出來。
tsuki ga deru

◆てんき【天気】〔名詞〕天氣、氣象
ten ki

てんきよほう【天気予報。】天氣預報。
tenki yohou

💬 對話

おかあさん：てんきよほうによると、　　　　媽媽：根據天氣預報，
　　　　　　あしたはあめ。　　　　　　　　　　　明天是雨天。
こども：かさをもっていく。　　　　　　　小孩：我會帶傘去。

お母さん：天気予報によると、明日は雨。
子供：傘を持って行く。

◆でんき【電気】〔名詞〕電力、電燈
den ki

でんきを つける。【電気をつける。】開電燈。
denki o tsukeru

◆てんこう【転校】〔名詞、動詞〕轉學
ten ko u

てんこうせい【転校生。】轉學生。
tenkousei

てんき【天気】
tenki 天氣

⑱ **ロンドン【ろんどん】**
rondon 倫敦

倫敦 26℃

❶ **かみなり【雷】**
kaminari 閃電、打雷

紐約 30℃

❷ **らいう【雷雨】**
raiu 雷雨

⑳ **ニューヨーク【にゅーよーく】**
nyu-yo-ku 紐約

❸ **あめ【雨】**
ame 下雨

⑲ **サハラさばく【サハラ砂漠】**
saharasabaku 撒哈拉沙漠

㉒ **サンパウロ【さんぱうろ】**
sanpauro 聖保羅

巴西 30℃

撒哈拉
沙漠地

㉑ **アルゼンチンなんぶ【アルゼンチン南部】**
aruzenchin nanbu 阿根廷南部

阿根廷南部 5℃

⑫ とうきょう【東京】
toukyou 東京

東京 30℃

⑬ ぺきん【北京】
pekin 北京

北京 30℃

⑤ くもり【曇り】
kumori 陰天

⑨ あたたかい【暖かい】
atatakai 溫暖的

台北 32℃

⑭ たいぺい【台北】
taipei 台北

⑮ ジャカルタ【じゃかるた】
jakaruta 雅加達

雅加達 32℃

④ はれ【晴れ】
hare 晴天

⑪ しっけ【湿気】
shikke 濕氣

⑥ あつい【暑い】
atsui 熱的

⑰ なんきょく【南極】
nankyoku 南極

南極洲 -58℃

⑦ さむい【寒い】
samui 寒冷的

⑧ すずしい【涼しい】
suzushii 涼快的

雪梨 15℃

⑩ ゆき【雪】
yuki 雪

⑯ シドニー【しどにー】
shidoni- 雪梨

243

◆ てんさい【天才】 〔名詞〕天才
ten sa i

すうがく の てんさい【数学の天才。】數學天才。
suugaku　no　tensai

◆ でんし【電子】 〔名詞〕電子
den shi

でんしじしょ【電子辞書】電子字典。
denshi jisho

◆ でんしゃ【電車】 〔名詞〕電車
den sha

でんしゃ に のる。【電車に乗る。】搭電車。
densha ni noru

💬 **對話**

おかあさん：あしたはバスでいく？　　　　　　媽媽：明天要坐公車還是捷運去？
　　　　　　でんしゃでいく？
こども：でんしゃがいい。　　　　　　　　　　小孩：捷運比較好。

お母さん：明日はバスで行く？電車で行く？
子供：電車がいい。

◆ てんじょう【天井】 〔名詞〕天花板
ten jo u

てんじょう を しゅうり する。【天井を修理する。】修理天花板。
tenjou　　　o　shuuri　　suru

◆ てんすう【点数】 〔名詞〕分數
ten su u

いい てんすう を とる。【良い点数を取る。】取得高分（好成績）。
ii　　tensuu　　o　toru

✦ でんち【電池】 〔名詞〕電池
den chi

でんちぎれ。【電池切れ。】電池沒電了。
denchigire

✦ テント【てんと】 〔名詞〕帳篷
ten to

テント を はる。【テントを張る。】搭帳篷。
tento　o　haru

✦ てんねん【天然】 〔名詞〕天然、自然
ten nen

てんねんおんせん。【天然温泉。】天然温泉。
tennen onsen

✦ てんぷら【天ぷら】 〔名詞〕日式天婦羅
ten pu ra

てんぷら を つくる。【天ぷらを作る。】做日式天婦羅。
tenpura　o　tsukuru

✦ でんわ【電話】 〔名詞、動詞〕電話
den wa

たなかさん に でんわ する。【田中さんに電話する。】打電話給田中先生。
tanakasan　ni　denwa　suru

💬 對話

| こども：おばあさんとおはなししたい。 | 小孩：我想跟奶奶説話。 |
| おかあさん：あとででんわしよう。 | 媽媽：等一下來通電話吧。 |

子供：お祖母さんにお話ししたい。
お母さん：後で電話しよう。

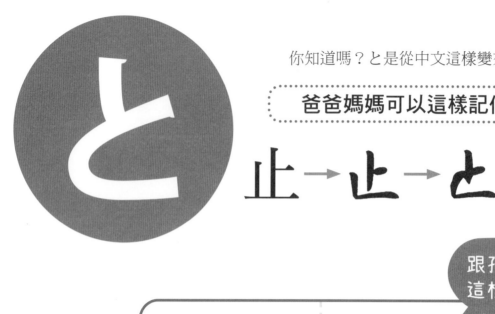

你知道嗎？と是從中文這樣變來的：

爸爸媽媽可以這樣記假名

止 → 止 → と → と

跟孩子可以
這樣一起寫

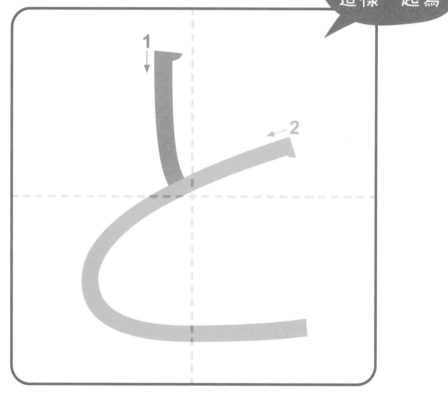

好好與您的孩子展開第一段的日語學習探索之旅吧！

你知道嗎？卜是從中文這樣變來的：

爸爸媽媽可以這樣記假名

止 → 上 → 卜

跟孩子可以
這樣一起寫

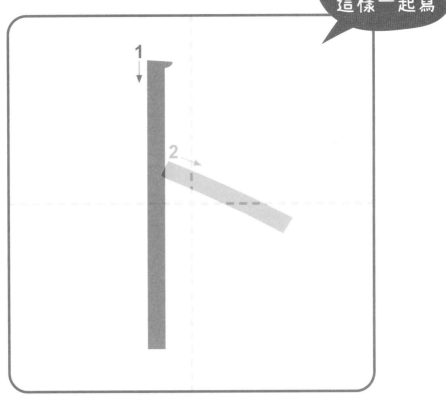

好好與您的孩子展開第一段的日語學習探索之旅吧！

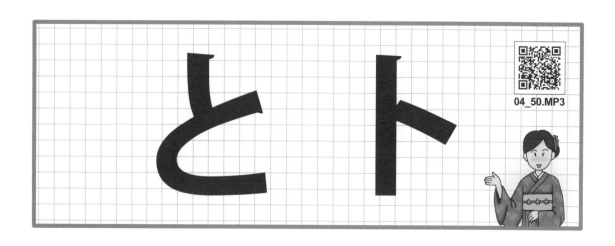

04_50.MP3

◆ **と** 〔助詞〕和、與、同
to

せんせい と がくせい。【先生と学生。】老師和學生。
sensei   to gakusei

こども と あそぶ。【子供と遊ぶ。】和小孩子玩。
kodomo to asobu

◆ **トイレ【といれ】** 〔名詞〕廁所、洗手間
toire

トイレ は どこ ですか？洗手間在哪裡？
toire   wa doko desuka

💬 **對話**

こども：トイレにいきたい。
おかあさん：いっしょにいこう。

子供：トイレに行きたい。
お母さん：一緒に行こう。

小孩：我想上廁所。
媽媽：一起去吧。

◆ <u>どう</u> 〔副詞〕如何、怎樣
do u

この りょうり は どう ですか？【この料理はどうですか？】這道菜怎麼樣？
kono ryouri wa dou desuka

◆ <u>どうぐ</u>【道具】 〔名詞〕工具
do u gu

さどうぐ【茶道具。】茶具。
sadougu

◆ <u>とうこう</u>【登校】 〔名詞、動詞〕上學
to u ko u

ふとうこう。【不登校。】拒絕上學。
futoukou

◆ <u>どうじ</u>【同時】 〔名詞〕同時
do u ji

どうじ に きた。【同時に来た。】同時到來。
douji ni kita

◆ <u>どうして</u>【如何して】 〔副詞〕如何地、為什麼

どうして ちこく した？【どうして遅刻した？】為什麼遲到了？
doushite chikoku shita

【 其他「 為什麼 」的用語 】

なぜ【何故】 〔副詞〕為什麼
na ze

なんで【何で】 〔副詞〕為何、為什麼
nan de

> せんせい：どうしてちこくした？　老師：為什麼遲到了？
> がくせい：ねぼうした。　　　　　學生：睡過頭了。
>
> 先生：どうして遅刻した？
> 学生：寝坊した。

◆どうぞ 〔副詞〕請
do u zo

どうぞ おはいり ください。【どうぞお入りください。】請進。
douzo　ohairi　kudasai

💬 對話

> ともだち：どうぞおはいりください。　朋友：請進。
> わたし：おじゃまします。　　　　　我：打擾了。
>
> 友達：どうぞお入りください。
> 私：お邪魔します。

◆とうふ【豆腐】 〔名詞〕豆腐
to u fu

まーぼーどうふ。【麻婆豆腐。】麻婆豆腐。
ma- bo- doufu

◆どうぶつ【動物】 〔名詞〕動物
do u bu tsu

どうぶつえん【動物園】動物園
doubutsuen

◆どうも 〔副詞〕實在、太、非常
do u mo

どうも ありがとう ございます。【どうもありがとうございます。】
doumo　arigatou　　gozaimasu

實在太感謝。

◆ <u>どうろ</u>【道路】 〔名詞〕道路、馬路
do u ro

どうろ を わたる。【道路を渡る。】過馬路。
douro　　o　wataru

> 【 相同用語 】
>
> **とおり**【通り】〔名詞〕馬路、道路
> to o ri
>
> **にぎやか な とおり。【賑やかな通り。】** 熱鬧的街道。
> nigiyaka　　na　toori

◆ <u>とおい</u>【遠い】 〔形容詞〕遠的
to o i

がっこう は いえ から とおい。【学校は家から遠い。】學校離我家很遠。
gakkou　　wa ie　　kara　tooi

💬 **對話**

| こども：えきはとおい？　　　　　　　小孩：車站很遠嗎？
| おかあさん：とおくない。ちかい。　媽媽：不遠，很近。

| 子供：駅は遠い？
| お母さん：遠くない。近い。

◆ **トースト**【とーすと】 〔名詞〕烤吐司
to-su to

トースト を たべる。【トーストを食べる。】 吃烤吐司。
to-suto　　o　taberu

④ シカ【しか】
shika 鹿

② サル【さる】
saru 猴子

① ニワトリ【にわとり】
niwatori 雞

③ トラ【とら】
tora 老虎

⑤ クマ【くま】
kuma 熊

⑥ トリ【とり】
tori 鳥

⑦ ハト【はと】
hato 鴿子

⑩ イヌ【いぬ】
inu 狗

⑲ ウシ【うし】
ushi 牛

⑧ ヒツジ
【ひつじ】
hitsuji 綿羊 羊

⑨ ネコ【ねこ】
neko 貓

⑱ ブタ
【ぶた】
buta 豬

⑪ ウサギ【うさぎ】
usagi 兔子

⑫ クモ【くも】 kumo 蜘蛛

⑬ ゴキブリ【ごきぶり】 gokiburi 蟑螂

⑮ チョウ【ちょう】 chou 蝴蝶

㉕ アヒル
【あひる】
ahiru 鴨子

⑭ ネズミ【ねずみ】 nezumi 老鼠

⑯ ミツバチ【みつばち】 mitsubachi 蜜蜂

⑰ アリ【あり】 ari 螞蟻

どうぶつ【動物】
do o bu tsu 動物

㉘ タカ【たか】
taka 老鷹

㉙ クジラ【くじら】
kujira 鯨魚

㉛ イルカ【いるか】
iruka 海豚

04_51.MP3

㉚ サカナ【さかな】
sakana 魚

㉜ エビ【えび】
ebi 蝦子

⑳ ゾウ【ぞう】
zou 大象

㉒ ウマ【うま】
uma 馬

㉑ ライオン【らいおん】
raion 獅子

㉔ トンボ【とんぼ】
tonbo 蜻蜓

㉓ ヘビ【へび】
hebi 蛇

㉖ カエル【かえる】
kaeru 青蛙

㉗ カメ【かめ】
kame 烏龜

253

◆ トースター 【とーすたー】 〔名詞〕烤麵包機
to-su ta-

トースター で、トースト をつくる。【トースターで、トーストを作る。】
to-suta-　　de　to-suto　o　tsukuru

用烤麵包機做烤土司。

◆ とおる 【通る】 〔動詞〕通過、穿越
to o ru

くるまが とおる。【車が通る。】車子通過。
kuruma ga tooru

◆ とき 【時】 〔名詞〕時間、季節、時候
to ki

しょくじする とき、テレビ をみないで。【食事する時、テレビを見ないで。】
shokuji　suru　toki　terebi　o　minaide

吃飯時別看電視。

◆ ときどき 【時々】 〔副詞〕時常、常常
to ki do ki

ときどき にほん へいく。【時々日本へ行く。】時常去日本。
tokidoki　nihon　he iku

◆ どく 【毒】 〔名詞〕毒
do ku

この しょくぶつ は どく が ある。【この植物は毒がある。】這個植物有毒。
kono　shokubutsu　wa　doku ga aru

◆ とくい 【得意】 〔名詞、形容動詞〕擅長、拿手
to ku i

にほんご が とくい。【日本語が得意。】擅長日文。
Nihongo　ga　tokui

【 相反用語 】

にがて【苦手】〔名詞、形容動詞〕不擅長
ni ga te

えいご が にがて。【英語が苦手。】 不太會說英語。
eigo　　ga　nigate

💬 對話

おかあさん：えをかくのがとくいですね。　　媽媽：你很擅長畫畫呢。
こども：でもうたをうたうのがにがて。　　小孩：但是我不太會唱歌。

お母さん：絵を描くのが得意ですね。
子供：でも歌を歌うのが苦手。

◆ とくに【特に】〔副詞〕特別、尤其
to ku ni

とくに おんがく が すき。【特に音楽が好き。】 特別喜歡音樂。
tokuni　ongaku　　ga suki

◆ とけい【時計】〔名詞〕時鐘
to ke i

うでどけい。【腕時計。】 手錶
udedokei

◆ とける【溶ける】〔動詞〕溶化
to ke ru

アイス が とける。【アイスが溶ける。】 冰要溶化了。
aisu　　ga tokeru

◆ どこ【何処】〔代名詞〕哪裡、何處
do ko

どこ へ いく？【どこへ行く？】 要去哪裡？
doko　he　iku

💬 對話

こども：どこへいく？　　　　小孩：要去哪？
おかあさん：かいもの。　　　媽媽：買東西。

子供：どこへ行く？
お母さん：買い物。

✦ ところ【所】 〔名詞〕地方、地點
to ko ro

すむ ところ が ない。【住むところがない。】沒地方可住。
sumu tokoro ga nai

✦ とし【年】 〔名詞〕年、年齡
to shi

とし は いくつ ですか？【年はいくつですか？】幾歲？
toshi wa ikutsu   desuka

✦ とし【都市】 〔名詞〕都市
to shi

とし は ひと が おおい。【都市は人が多い。】都市人很多。
toshi wa hito ga ooi

✦ としより【年寄】 〔名詞〕老人
to shi yo ri

いなか は としより が おおい。【田舎は年寄りが多い。】
inaka   wa toshiyori ga ooi

鄉下有很多老人。

【相同用語】

ろうじん【老人】〔名詞〕老人
ro u jin

◆ **とじる【閉じる】**〔動詞〕關閉
to ji ru

ドア を とじる。【ドアを閉じる。】關門。
doa　o　tojiru

【相反用語】

ひらく【開く】〔名詞〕開
hi ra ku

ドア を ひらく。【ドアを開く。】開門。
doa　o　hiraku

◆ **とつぜん【突然】**〔副詞〕突然、忽然
to tsu zen

とつぜん あらわれる。【突然現れる。】突然出現。
totsuzen　arawareru

◆ **とても**〔副詞〕非常、很
to te mo

この りょうり は とても おいしい。【この料理はとても美味しい。】
kono　ryouri　　wa totemo oishii

這道菜非常美味。

◆ **とどく【届く】**〔動詞〕寄達、到達
to do ku

てがみ が とどいた。【手紙が届いた。】信寄到了。
tegami　ga todoita

❷ はなや【花屋】
hanaya 花店

❶ きょうかい【教会】
kyoukai 教堂

❸ ドラッグストア
【どらっぐすとあ】
doraggusutoa 藥妝店

❹ けいさつしょ
【警察署】
keisatsusho 警局

❶⑥ ガソリンスタンド
【がそりんすたんど】
gasorinsutando 加油站

❽ ぎんこう【銀行】
ginkou 銀行

❾ はくぶつかん【博物館】
hakubutsukan 博物館

❶⑤ バス停【ばすてい】
basutei 公車站

❿ ゆうびんきょく
【郵便局】
yuubinkyoku 郵局

❶⑪ ほんや【本屋】
honya 書店

❶③ どうぶつえん【動物園】
doubutsuen 動物園

❶④ ぼくじょう【牧場】
bokujou 牧場

❶② ゆうえんち
【遊園地】
yuuenchi 遊樂園

Let's go!

258

ところ【所】

tokoro 地方、地點

04_52.MP3

❻ デパート【でぱーと】
depa-to 百貨公司

❺ こうじょう【工場】
koujou 工廠

❼ えいがかん【映画館】
eigakan 電影院

city

⑱ スーパー【すーぱー】
su-pa 超市

超級市場

⑰ こうえん【公園】
kouen 公園

⑲ きっさてん【喫茶店】
kissaten 咖啡店

town

CLUB

㉑ コンビニ【こんびに】
konbini 超商

⑳ ぱんや
【パン屋】
panya 麵包店

㉒ びょういん
【病院】
byouin 醫院

㉔ （お）てら
【（お）寺】
otera 寺廟

㉕ しょうぼうしょ
【消防署】
shoubousho 消防局

消防局

art

㉓ ギャラリー【ぎゃらりー】
gyarari- 畫廊

✦ とどける 【届ける】 〔動詞〕送到、送給
to do ke ru

おみやげ を せんせい に とどける。【お土産を先生に届ける。】
oyamige　o sensei　　ni　todokeru

把土產送去給老師。

✦ とにかく 【兎に角】 〔副詞〕總之、不管怎樣
to ni ka ku

とにかく いえ に かえりましょう。【とにかく、家に帰りましょう。】
tonikaku　ie　　ni　kaerimashou

不管怎樣，先回家吧。

✦ とぶ 【飛ぶ・跳ぶ】 〔動詞〕跳、飛
to bu

とり が そら を とぶ。【鳥が空を飛ぶ。】鳥在空中飛翔。
tori　ga sora　o　tobu

こども は たかく とぶ。【子供は高く跳ぶ。】小孩子跳得很高。
kodomo　ga takaku　tobu

✦ トマト 【とまと】 〔名詞〕番茄
to ma to

あかい トマト は おいしい。【赤いトマトは美味しい。】紅色的番茄很好吃。
akai　　tomato　wa oishii

✦ とまる 【泊まる】 〔動詞〕住宿、過夜
to ma ru

ホテル に とまる。【ホテルに泊まる。】住飯店。
hoteru　ni　tomaru

✦ とまる【止まる】 〔動詞〕停、停止
to ma ru

くるま が とまる。【車が止まる。】車子停下來。
kuruma ga tomaru

✦ とめる【止める】 〔動詞〕使停止
to me ru

くるま を とめる。【車を止める。】把車子停下來。
kuruma o tomeru

✦ ともだち【友達】 〔名詞〕朋友
to mo da chi

ともだち に なった。【友達になった。】變成朋友。
tomodachi ni natta

💬 對話

おかあさん：がっこうでともだちできた？	媽媽：在學校交到朋友了嗎？
こども：うん、たくさんいるよ。	小孩：嗯，有很多朋友。

お母さん：学校で友達出来た？
子供：うん、たくさんいるよ。

✦ ドライブ【どらいぶ】 〔名詞、動詞〕開車兜風
do ra i bu

ドライブ は たのしい。【ドライブは楽しい。】開車兜風很開心。
toraibu wa tanoshii

✦ ドライヤー【ドライヤー】 〔名詞〕吹風機
do ra i ya-

ドライヤー で かみ を かわかす。【ドライヤーで髪を乾かす。】
doraiya- de kami o kawakasu
用吹風機吹乾頭髮。

◆ ドラマ【どらま】 〔名詞〕連續劇
do ra ma

テレビドラマ。電視劇。
terebi dorama

◆ ドラゴン【どらごん】 〔名詞〕龍
do ra kon

ドラゴン が こわい。【ドラゴンが怖い。】龍很可怕。
dorakon　ga kowai

◆ とり【鳥】 〔名詞〕鳥
to ri

とり が なく。【鳥が鳴く。】鳥叫。
tori　ga naku

◆ とる【取る】 〔動詞〕拿、取、獲得
to ru

マイク を とって うたう。【マイクを取って歌う。】
maiku　o totte　utau

拿麥克風唱歌。

◆ どれ 〔代名詞〕哪個
do re

どれ が すき？【どれが好き？】喜歡哪一個？
dore　ga suki

💬 **對話**

おかあさん：どれがすき？　　　媽媽：喜歡哪一個？
こども：ぜんぶ。　　　　　　　小孩：全部。

お母さん：どれが好き？
子供：全部。

✦ どろ【泥】〔名詞〕泥巴
do ro

どろ が ふく に つく。【泥が服に着く。】衣服沾上泥巴。
doro ga fuku ni tsuku

✦ どろぼう【泥棒】〔名詞〕小偷
do ro bo u

どろぼう が はいった。【泥棒が入った。】遭小偷。
dorobou ga haitta

✦ どんな〔連體詞〕什麼樣的、怎樣的
don na

どんな ゆめ を みた？【どんな夢を見た？】夢見什麼樣的夢？
donna yume o mita

💬 對話

おかあさん：どんなゆめをみた？ 　　媽媽：做了什麼夢？
こども：こわいゆめ。 　　小孩：可怕的夢。

お母さん：どんな夢を見た？
子供：怖い夢。

✦ トンネル【とんねる】〔名詞〕隧道
ton ne ru

トンネル を 通る。【トンネルを通る。】通過隧道。
tonneru o tooru

な行 ●●●●● （な、に、ぬ、ね、の）

05_00.MP3

| な
na | 把嘴巴張開，發出「哪（ㄋㄚ）」的音。 | なす【茄子】 茄子
na su | |

| に
ni | 把嘴巴微開，嘴角向左右伸展，發出「（ㄋㄧ）」的音。 | にほん【日本】
ni hon
日本 |  |

| ぬ
nu | 把嘴巴張開，嘴角向左右伸展，發出「（ㄋㄨ）」的音。 | ぬの【布】布
nu ma |  |

| ね
ne | 把嘴巴微開，發出「（ㄋㄟ）」的音。 | ねこ【猫】貓
ne ko |  |

| の
no | 把嘴巴張開，發出「（ㄋㄡ）」的音。 | のり【海苔】海苔
no ri | |

ナ行 （ナ、ニ、ヌ、ネ、ノ）

ナ na	把嘴巴張開，發出「哪（ㄋㄚ）」的音。

ナイフ 小刀
na i fu

ニ ni	把嘴巴微開，嘴角向左右伸展，發出「（ㄋㄧ）」的音。

ニンニク 大蒜
nin ni ku

ヌ nu	把嘴巴張開，嘴角向左右伸展，發出「（ㄋㄨ）」的音。

ヌガー 牛軋糖
nu ga-

ネ ne	把嘴巴微開，發出「（ㄋㄟ）」的音。

ネクタイ 領帶
ne ku ta i

ノ no	把嘴巴張開，發出「（ㄋㄡ）」的音。

ノート 筆記本
no-to

你知道嗎？な是從中文這樣變來的：

爸爸媽媽可以這樣記假名

奈 → 奈 → な

跟孩子可以
這樣一起寫

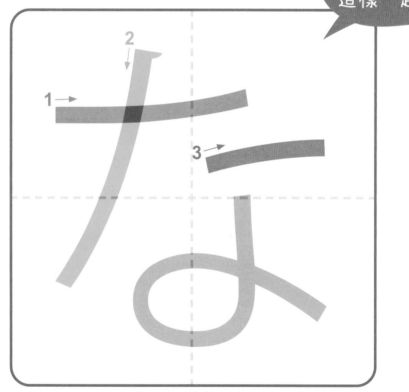

好好與您的孩子展開第一段的日語學習探索之旅吧！

你知道嗎？ナ是從中文這樣變來的：

爸爸媽媽可以這樣記假名

奈 → 大 → ナ

跟孩子可以這樣一起寫

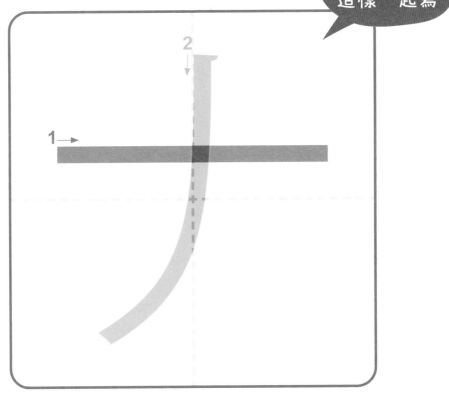

好好與您的孩子展開第一段的日語學習探索之旅吧！

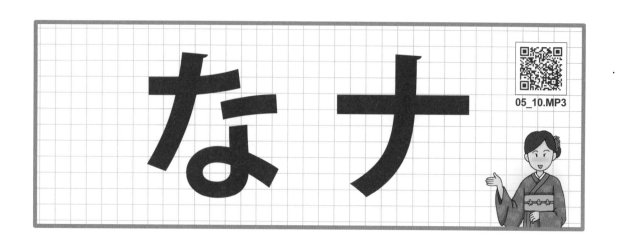

な　ナ

05_10.MP3

◆ **ない** 〔助動詞〕不
na i

がっこう に いかない。【学校に行かない。】不去學校。
gakkou　　ni ikanai

◆ **ない【無い】** 〔形容詞〕沒有
na i

おかね が ない。【お金がない。】沒有錢。
okane　　ga nai

💬 **對話**

> ともだち：パーティーはいかない？　　　　朋友：不去派對嗎？
> わたし：じかんがない。　　　　　　　　　我：沒有時間。
>
> 友達：パーティーは行かない？
> 私：時間がない。

◆ **ナイフ【ないふ】** 〔名詞〕小刀、餐刀
na i fu

ナイフ と フォーク。【刀叉。】
naifu　　to fo-ku

✦ なおす【直す】 〔動詞〕修改、修理
na o su

さくぶん を なおす。【作文を直す。】修改作文。
sakubun　o　naosu

おもちゃ を なおす。【玩具を直す。】修理玩具。
omocha　o　naosu

✦ なおす【治す】 〔動詞〕治療、治癒
na o su

びょうき を なおす。【病気を治す。】治療疾病。
byouki　o　naosu

✦ なおる【直る】 〔動詞〕恢復、復原
na o ru

おもちゃ が なおった。【玩具が直った。】玩具恢復原狀了。
omocha　ga　naotta

✦ なおる【治る】 〔動詞〕痊癒
na o ru

びょうき が なおった。【病気が治った。】病痊癒了。
byouki　ga naotta

✦ なか【中】 〔名詞〕裡面
na ka

かばん の なか は なん ですか？【鞄の中は何ですか？】
kaban　no naka　wa nan　desuka

包包裡面是什麼？

💬 **對話**

おかあさん：ランドセルのなかは、　　　　　媽媽：書包裡裝著什麼？
　　　　　　　なにがはいっている？

こども：きょうかしょ、ふでばこ、　　　　小孩：課本、鉛筆盒、水壺。
　　　　すいとう。

お母さん：ランドセルの中に、何が入っている？
子供：教科書、筆箱、水筒。

◆ なか【仲】 〔名詞〕關係、交情
na ka

ふたり の なか は いい。【二人の仲は良い。】兩人交情很好。
futari　　no naka　wa　ii

◆ ながい【長い】 〔形容詞〕長的、久的
na ga i

ながいじかん。【長い時間。】很長的時間。
nagai jikan

ながいはし。【長い橋。】很長的橋。
nagai hashi

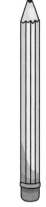

> **【相反用語】**
>
> **みじかい【短い】** 〔形容詞〕短的、很快的
> mi ji ka i

💬 **對話**

ともだち：たいわんのなつやすみはながい。　　朋友：台灣的暑假很長。
わたし：でもふゆやすみはみじかい。　　　　　我：但是寒假很短。

友達：台湾の夏休みは長い。
私：でも冬休みは短い。

◆ なかす 【泣かす】 〔動詞〕使哭泣、弄哭
na ka su

こども を なかす。【子供を泣かす。】弄哭小孩。
kodomo o nakasu

【相關用語】

なく【泣く】〔動詞〕哭泣
na ku

こども が なく。【子供が泣く。】小孩子哭泣。
kodomo ga naku

◆ ながす 【流す】 〔動詞〕使流走、沖洗、散播
na ga su

トイレ の みず を ながす。【トイレの水を流す。】廁所沖水。
toire no mizu o nagasu

【相關用語】

ながれる【流れる】〔動詞〕流、沖走
na ga re ru

かわ が ながれる。【川が流れる。】河水流動。
kawa ga nagareru

◆ なかま 【仲間】 〔名詞〕夥伴
na ka ma

なかま に はいる。【仲間に入る。】成為夥伴。
nakama ni hairu

◆ なかみ 【中身】 〔名詞〕內容
na ka mi

かばん の なかみ を みる。【かばんの中身を見る。】看看包包裡面的內容物。
kaban no nakami o miru

◆ ながら 〔接助詞〕一邊…一邊…；雖然
na ga ra

テレビ を みながら、ごはん を たべる。
terebi　o　minara　　gohan　o　taberu

【テレビを見ながら、ご飯を食べる。】邊看電視邊吃飯。

へや が せまい ながら、あたたかい。【部屋が狭いながら、暖かい。】
heya　ga　semai　nagara　　atatakai

房間雖然狹窄卻很溫暖。

◆ なく【鳴く】〔動詞〕（動物、昆蟲）鳴叫
na ku

むし が なく。【虫が鳴く。】蟲鳴。
mushi　ga　naku

◆ なぐさめる【慰める】〔動詞〕安慰、安撫、撫慰
na gu sa me ru

ないた こども を なぐさめる。【泣いた子供を慰める。】
naita　　kodomo o　nagusameru

安慰哭泣的小孩。

◆ なくす【無くす】〔動詞〕弄丟、喪失
na ku su

さいふ を なくした。【財布を無くした。】弄丟了錢包。
saifu　　o　nakushita

◆ なくなる【無くなる】〔動詞〕消失、不見、用完
na ku na ru

さいふ が なくなった。【財布が無くなった。】錢包不見了。
saigu　　ga　nakunatta

💬 對話

こども：ママ、トイレットペーパーが　　　小孩：媽媽，廁所衛生紙沒了。
　　　　なくなった。
おかあさん：まって、もっていく。　　　媽媽：等等，我拿過去。

子供：ママ、トイレットペーパーが
　　　無くなった。
お母さん：待って、持って行く。

◆ なぐる【殴る】 〔動詞〕毆打、揍
na gu ru

できをなぐる。【敵を殴る。】毆打敵人。
teki　o　naguru

◆ なげる【投げる】 〔動詞〕投、丟
na ge ru

ボールをなげる。【ボールを投げる。】丟球。
bo-ru　o　nageru

◆ なさい 〔補助動詞〕稍帶有命令語氣的請求
na sa i

はやくたべなさい。【早く食べなさい。】快點吃。
hayaku　tabenasai

◆ なし【無し】 〔名詞〕沒有
na shi

いじょうなし。【異常なし】沒有異狀。
ijou nashi

◆ なし【梨】 〔名詞〕梨子
na shi

おおきくて おいしい なし。【大きくて美味しい梨。】又大又好吃的梨子。
ookikute   oishii   nashi

◆ なぜ【何故】 〔副詞〕為什麼
na ze

なぜ ないているの？【何故泣いているの？】為什麼在哭？
naze naiteiruno

◆ なつ【夏】 〔名詞〕夏天
na tsu

なつ は あつい。【夏は暑い。】夏天很熱。
natsu wa atsui

◆ なつかしい【懐かしい】 〔形容詞〕令人懷念的
na tsu ka shi i

だいがく の せいかつ が なつかしい。【大学の生活が懐かしい。】
daigaku   no seikatsu ga natsukashii

大學生活令人懷念。

◆ など【等】 〔助詞〕等等
na do

スーパー には、やさい、くだもの、にく など が ある。
su-pa-   niwa yasai   kudamono   niku nado ga aru

【スーパーには、野菜、果物、肉などがある。】超市裡有蔬菜、水果、肉類等等。

◆ なに【何】　〔代名詞〕什麼
na ni

なに を かう？【何を買う？】要買什麼？
nani　o　kau

◆ なにも【何も】　〔副詞〕什麼也
na ni mo

なにも かわない。【何も買わない。】什麼也不買。
nanimo　kawanai

💬 對話

こども：れいぞうこになにがある？　　小孩：冰箱裡面有什麼？
おかあさん：もうなにもない。　　　　媽媽：已經什麼都沒有了。

子供：冷蔵庫に何がある？
お母さん：もう何もない。

◆ なべ【鍋】　〔名詞〕鍋子、火鍋
na be

ぎゅう なべ。【牛鍋。】牛肉火鍋。
gyuu　　nabe

◆ なま【生】　〔名詞〕生的
na ma

なま で たべる。【生で食べる。】生吃。
nama de　taberu

◆ なまえ【名前】　〔名詞〕名字、名稱
na ma e

ここ に なまえ を かきなさい。【ここに名前を書きなさい。】在這裡寫上名字。
koko ni namae　　o　kakinasai

こども：あたらしいきょうかしょをもらった。　　　小孩：我拿到新的課本了。
おかあさん：なまえをかいて。　　　　　　　　　媽媽：要寫上名字。

子供：新しい教科書をもらった。
お母さん：名前を書いて。

◆ なみ【波】〔名詞〕波浪
na mi

なみ が たつ。【波が立つ。】起浪。
name ga tatsu

◆ なみだ【涙】〔名詞〕眼淚
na mi da

なみだ を ながす。【涙を流す。】流淚。
namida o nagasu

◆ ならう【習う】〔動詞〕學習
na ra u

ピアノ を ならう。【ピアノを習う。】學習鋼琴。
piano o narau

◆ ならぶ【並ぶ】〔動詞〕排列、排隊
na ra bu

みせ の まえ で ならぶ。【店の前で並ぶ。】在店前面排隊。
mise no mae de narabu

◆ なる 〔動詞〕成為、變成
na ru

おとな に なる。【大人になる。】變成大人。（長大）
otona ni naru

✦ なれる【慣れる】 〔動詞〕習慣、適應
na re ru

はやおき に なれた。【早起きに慣れた。】習慣早起。
hayaoki　ni　nareta

✦ なん【何】 〔接頭詞〕多少
nan

かぞく は なんにん ですか？【家族は何人ですか？】家裡有多少人？
kazoku　wa nannin　desuka

✦ なんで【何で】 〔副詞〕為何、為什麼
nan de

なんで こなかった？【何で来なかった？】為什麼沒有來？
nande　konakatta

💬 對話

せんせい：きのうなんでこなかった？　　老師：昨天怎麼沒來？
がくせい：かぜでおきられなかった。　　學生：感冒所以爬不起來。

先生：昨日何で来なかった？
学生：風邪で起きられなかった。

✦ なんでも【何でも】 〔副詞〕一切、都、無論如何
nan de mo

なんでも ほしい。【何でも欲しい。】全部都要。
nandemo　hoshi

✦ ナンバー【なんばー】 〔名詞〕號碼
nan ba-

へや の ナンバー。【部屋のナンバー。】房號。
heya　no banba-

你知道嗎？に是從中文這樣變來的：

爸爸媽媽可以這樣記假名

仁 → に → に

跟孩子可以
這樣一起寫

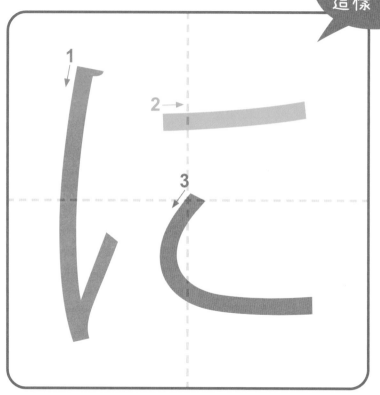

好好與您的孩子展開第一段的日語學習探索之旅吧！

你知道嗎？二是從中文這樣變來的：

爸爸媽媽可以這樣記假名

二 → ニ

跟孩子可以這樣一起寫

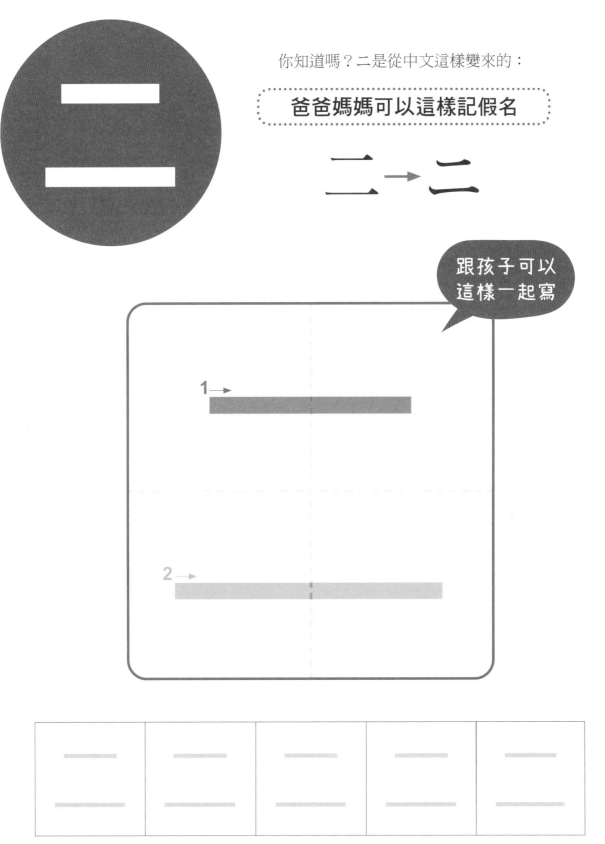

好好與您的孩子展開第一段的日語學習探索之旅吧！

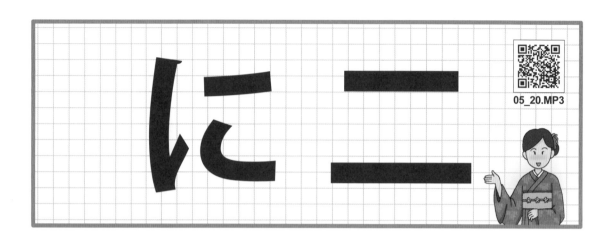

05_20.MP3

◆ <u>に</u> 〔助詞〕在、於、動作的方向
ni

はちじ に しゅっぱつ する。【8 時に出発する。】於八點出發。
hachiji　ni　shuppatsu　suru

きょうしつ に いる。【教室にいる。】在教室裡。
kyoushitsu　ni iru

こうえん に いく。【公園に行く。】去公園。
kouen　　ni iku

💬 **對話**

こども：なんじにしゅっぱつする？　　小孩：幾點出發？
おとうさん：はちじにしゅっぱつする。　爸爸：八點出發。

子供：何時に出発する？
お父さん：八時に出発する。

◆ <u>にあう</u>【似合う】〔動詞〕合適、相配
ni a u

このふくは　よくにあう。【この服はよく似合う。】
kono fuku　wa　yoku niau

這件衣服很相配。

◆ にいさん【兄さん】 〔名詞〕哥哥
ni i san

にいさん は ふたり いる。【兄さんは二人いる。】
niisan　　　wa futari　　iru

有兩個哥哥。

◆ におい【匂い】 〔名詞〕氣味、味道
ni o i

へん な におい が する。【変な匂いがする。】有奇怪的味道。
hen　na nioi　　ga suru

◆ にがい【苦い】 〔形容詞〕苦的
ni ga i

コーヒー は にがい。【コーヒーは苦い。】咖啡很苦。
ko-hi-　　　wa nigai

◆ にがて【苦手】 〔名詞、形容動詞〕不擅長
ni ga te

えいご が にがて。【英語が苦手。】不太會説英語。
eigo　　ga nigate

◆ にぎやか【賑やか】 〔形容動詞〕熱鬧、繁華
ni gi ya ka

とうきょう は にぎやか です。【東京はにぎやかです。】東京很熱鬧繁華。
tokyou　　　wa nigiyaka　　desu

◆ にぎる【握る】 〔動詞〕抓、握、捏
ni gi ru

ぺん を にぎる。【ペンを握る。】握筆。
pen　o nigiru

にく【肉】 〔名詞〕肉、肉類
ni ku

ぎゅうにく【牛肉】 牛肉
gyuuniku

ぶたにく【豚肉】 豬肉
butaniku

💬 對話

こども：にくがおいしい。　　小孩：肉很好吃。
おかあさん：やさいもたべてね。　媽媽：蔬菜也要吃。

子供：肉が美味しい。
お母さん：野菜も食べてね。

にげる【逃げる】 〔動詞〕逃跑、逃走
ni ge ru

はんにん が にげた。【犯人が逃げた。】犯人逃走了。
hannin　　ga　nigeta

にし【西】 〔名詞〕西方、西邊
ni shi

たいよう は にし に しずむ。【太陽は西に沈む。】太陽西沉。
taiyou　　wa nishi ni shizumu

にじ【虹】 〔名詞〕彩虹
ni ji

にじ が でた。【虹が出た。】彩虹出來了。
niji　ga deta

にっき【日記】 〔名詞〕日記
ni kki

にっき を かく。【日記を書く。】寫日記。
nikki　　o　kaku

◆にっぽん【日本】〔名詞〕日本
ni ppon

にっぽん へ いく。【日本へ行く。】去日本。
nippon　　e　iku

> 【 相同用語 】
>
> **にほん【日本】**〔名詞〕日本
> ni hon

◆にもつ【荷物】〔名詞〕行李
ni mo tsu

にもつ が おおい。【荷物が多い。】行李很多。
nimotsu ga　ooi

◆ニュース【にゅーす】〔名詞〕新聞
nyu-su

ニュース を みる。【ニュースを見る。】看新聞。
nyu-su　　　o　miru

◆にる【煮る】〔動詞〕煮
ni ru

にんじん を にる。【人参を煮る。】煮紅蘿蔔。
ninjin　　　o　niru

◆にる【似る】〔動詞〕像、相似
ni ru

おや に にている。【親に似っている。】跟父母很像。
oya　ni　niteiru

✦ にわ【庭】〔名詞〕庭院
ni wa

にわ で あそんでいる。【庭で遊んでいる。】在庭院遊玩。
niwa　de asondeiru

✦ にわとり【鶏】〔名詞〕雞
ni wa to ri

にわとり が なく。【鶏が鳴く。】雞鳴。
niwatori　ga naku

✦ にんき【人気】〔名詞〕人氣
nin ki

にんき が ある。【人気がある。】有人氣。（受歡迎。）
ninki　ga aru

💬 對話

| おかあさん：だいにんきのケーキを かったよ。 | 媽媽：我買了很有人氣的蛋糕。 |
| こども：おいしそう。 | 小孩：看起來好好吃。 |

お母さん：大人気のケーキを買ったよ。
子供：美味しそう。

✦ にんぎょ【人魚】〔名詞〕人魚
ni n gyo

にんぎょひめ の ものがたり を きく。【人魚姫の物語を聞く。】
ningyohime　no monogatari　o kiku

聽人魚公主的故事。

◆にんぎょう【人形】〔名詞〕

nin gyo u

洋娃娃、日本人偶

にんぎょう であそぶ。【人形で遊ぶ。】玩娃娃。
ningyou　　de asobu

◆にんげん【人間】〔名詞〕人、人類

nin gen

にんげん は ちきゅう に すんでいる。【人間は地球に住んでいる。】
ningen　　wa chikyuu　ni sundeiru

人類住在地球上。

◆にんしん【妊娠】〔名詞、動詞〕懷孕

nin shin

つま は にんしん した。【妻は妊娠した。】妻子懷孕了。
tsuma wa ninshin　　shita

◆にんじん【人参】〔名詞〕紅蘿蔔

nin jin

ウサギ は にんじん が すき。【ウサギは人参が好き。】兔子喜歡紅蘿蔔。
usage　wa ninjin　　ga suki

◆にんずう【人数】〔名詞〕人數

nin zu u

にんずう が おおい。【人数が多い。】人數眾多。
ninzuu　　ga ooi

你知道嗎？ぬ是從中文這樣變來的：

奴 → 奴 → ぬ

跟孩子可以
這樣一起寫

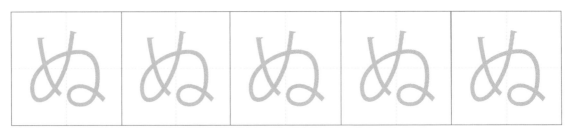

好好與您的孩子展開第一段的日語學習探索之旅吧！

你知道嗎？ヌ是從中文這樣變來的：

爸爸媽媽可以這樣記假名

奴 → ヌ

跟孩子可以
這樣一起寫

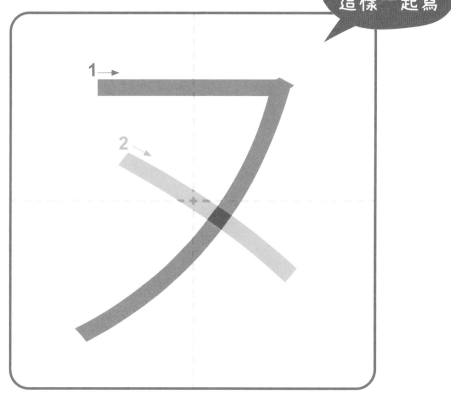

好好與您的孩子展開第一段的日語學習探索之旅吧！

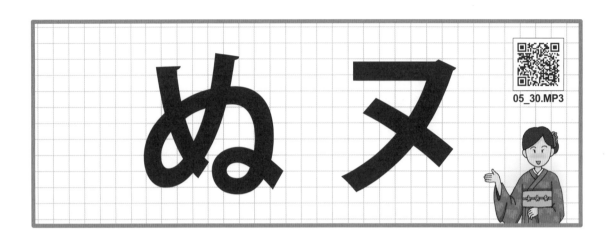

05_30.MP3

◆ ぬいぐるみ【縫いぐるみ】 〔名詞〕絨毛娃娃、玩偶
nu i gu ru mi

ぬいぐるみ と いっしょに ねる。【縫いぐるみと一緒に寝る。】
nuigurumi　to isshoni　　neru

跟玩偶一起睡覺。

◆ ぬう【縫う】 〔動詞〕縫
nu u

ふく を ぬう。【服を縫う。】縫衣服。
fuku　o　nuu

◆ ぬく【抜く】 〔動詞〕拔出、選出、消除
nu ku

は を ぬく。【歯を抜く。】拔牙。
ha　o　nuku

◆ ぬぐ【脱ぐ】 〔動詞〕脫掉
nu gu

ふく を ぬぐ。【服を脱ぐ。】脫衣服。
fuku　o　nugu

◆ ぬすむ【盗む】 〔動詞〕偷
nu su mu

おかね を ぬすむ。【お金を盗む。】偷錢。
okane　o　nusumu

◆ ぬま【沼】 〔名詞〕沼澤
nu ma

そこなしぬま が きけん です。【底なし沼が危険です。】無底沼澤很危險。
sokonashinuma ga kiken　desu

◆ ぬりえ【塗り絵】 〔名詞〕小朋友的著色畫
nu ri e

ぬりえ は おもしろい。【塗り絵は面白い。】著色畫很有趣。
nurie　wa omoshiroi

◆ ぬる【塗る】 〔動詞〕塗
nu ru

パン に ジャム を ぬる。【パンにジャムを塗る。】
pan　ni jamu　o nuru

在麵包上塗上果醬。

◆ ぬれる【濡れる】 〔動詞〕濕
nu re ru

ふく が ぬれた。【服が濡れた。】衣服濕掉了。
fuku　ga nureta

💬 對話

こども：ふくがぬれた。　　　小孩：衣服濕了。
おかあさん：ぬいであらおう。　媽媽：脫下來洗吧。

子供：服が濡れた。
お母さん：脱いで洗おう。

你知道嗎？ね是從中文這樣變來的：

爸爸媽媽可以這樣記假名

祢 → 杯 → ね

跟孩子可以
這樣一起寫

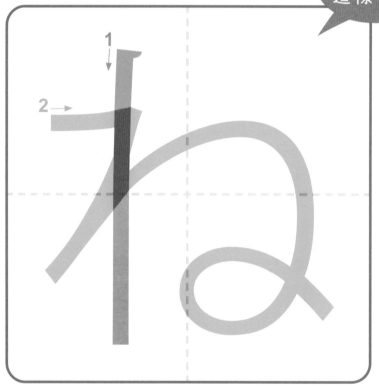

好好與您的孩子展開第一段的日語學習探索之旅吧！

你知道嗎？ネ是從中文這樣變來的：

祢 → ネ

跟孩子可以
這樣一起寫

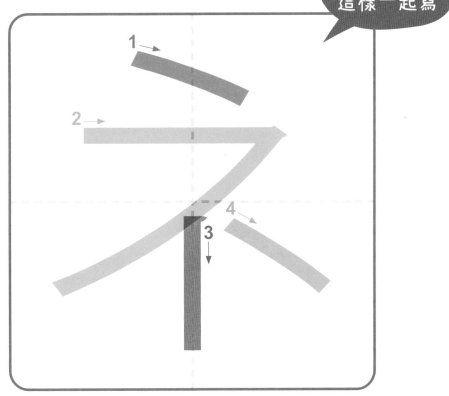

ネ　ネ　ネ　ネ　ネ

好好與您的孩子展開第一段的日語學習探索之旅吧！

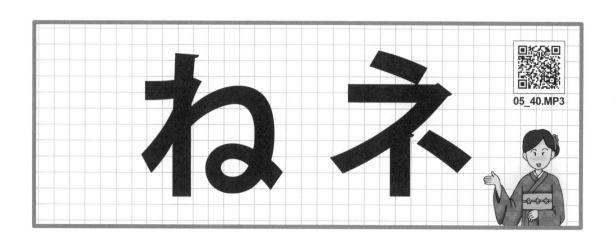

ねネ

05_40.MP3

✦ <u>ネ</u>イル【<u>ね</u>イる】 〔名詞〕指甲
nei ru

ネイルアート。指甲彩繪。
neiru a-to

✦ <u>ね</u>えさん【姉さん】 〔名詞〕姊姊
ne e san

ねえさん は やさしい。【姉さんは優しい。】姊姊很溫柔。
neesan   wa yasashii

✦ <u>ね</u>おき【寝起き】 〔名詞〕睡醒
ne o ki

ねおき が わるい。【寝起きが悪い。】 起床氣。
neoki   ga warui

✦ <u>ね</u>がう【願う】 〔動詞〕請求、期望
ne ga u

よろしく おねがい します。【宜しくお願いします。】請多多指教。
yoroshiku onegai   shimasu

💬 對話

かいしゃのしんじん：よろしくおねがいします。　　公司新人：請多多指教。
わたし：よろしくおねがいします。　　　　　　　　我：請多多指教。

会社の新人：よろしくお願いします。
私：よろしくお願いします。

◆ ねがえる【寝返る】〔動詞〕睡覺翻身
ne ga e ru

あかちゃん が ねがえる。【赤ちゃんが寝返る。】嬰兒睡覺翻身。
akachan　　ga negaeru

◆ ねかす【寝かす】〔動詞〕使睡覺
ne ka su

こども を ねかす。【子供を寝かす。】哄小孩子睡覺。
kodomo　o　nekasu

◆ ねぎ【葱】〔名詞〕蔥、青蔥
ne gi

りょうり に ねぎ を いれる。【料理に葱を入れる。】在菜餚裡面加蔥。
ryouri　　ni negi　o　ireru

◆ ねごと【寝言】〔名詞〕夢話
ne go to

ねごと を いう。【寝言を言う。】説夢話。
negoto　o　iu

◆ ねだん【値段】〔名詞〕價格
ne dan

ねだん が たかい。【値段が高い。】價格很貴。
nedan　　ga takai

✦ ねつ【熱】 〔名詞〕熱情；發燒
ne tsu

ねつ が でる。【熱が出る。】發燒。
netsu ga deru

💬 對話

こども：ママ、あつい。　　　　　　　小孩：媽媽，好熱。
おかあさん：ねつがでているね。　　媽媽：正在發燒呢。我們去醫院吧。
　　　　　　びょういんへいこう。

子供：ママ、熱い。
お母さん：熱が出ているね。
　　　　　病院へ行こう。

✦ ねぼう【寝坊】 〔名詞、形容動詞〕睡過頭
ne bo u

あさ ねぼう した。【朝寝坊した。】早上睡過頭了。
asa nebou shita

✦ ねまき【寝巻】 〔名詞〕（日式）睡衣
ne ma ki

ねまき に きがえる。【寝巻に着替える。】換睡衣。
nemaki ni kigaeru

【 相同用語 】

パジャマ【ぱじゃま】〔名詞〕（西式）睡衣
pa ja ma

✦ ねむい【眠い】 〔形容詞〕想睡覺、睏
nu mu i

いつも ねむい。【いつも眠い。】老是想睡覺。
itsumo nemui

【 相同用語 】

ねむたい【眠たい】〔形容詞〕想睡覺、睏
ne mu ta i

✦ねる【寝る】〔動詞〕睡覺
ne ru

ねる じかん が ない。【寝る時間がない。】沒有時間睡覺。
neru　jikan　ga nai

💬 對話

こども：ちょっとねむくなった。　小孩：有點想睡覺了。
おかあさん：はやくねなさい。　媽媽：快點去睡。

子供：ちょっと眠くなった。
お母さん：早く寝なさい。

✦ねんざ【捻挫】〔名詞、動詞〕扭傷、挫傷
nen za

あし を ねんざ した。【足をねんざした。】扭傷腳了。
ashi　o　nenza　shita

✦ねんど【粘土】〔名詞〕黏土
nen do

ねんど で あそぶ。【粘土で遊ぶ。】玩黏土。
nendo　de asobu

✦ねんれい【年齢】〔名詞〕年齡
nen re i

ねんれいせいげん。【年齢制限。】年齡限制。
nenrei seigen

你知道嗎？の是從中文這樣變來的：

乃 → の → の

跟孩子可以
這樣一起寫

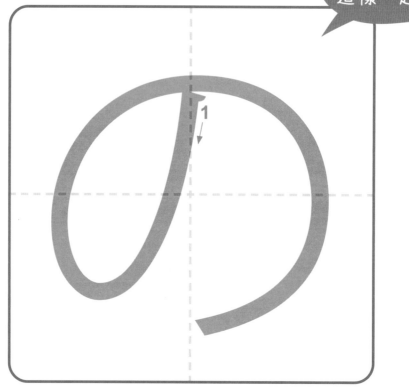

好好與您的孩子展開第一段的日語學習探索之旅吧！

你知道嗎？ノ是從中文這樣變來的：

爸爸媽媽可以這樣記假名

乃 → ノ

跟孩子可以
這樣一起寫

1

好好與您的孩子展開第一段的日語學習探索之旅吧！

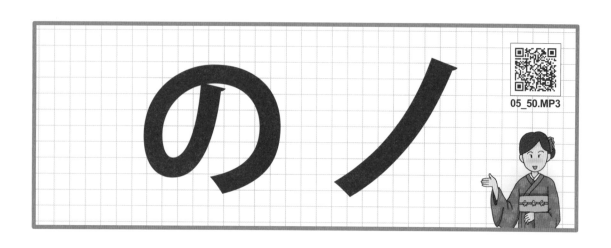

05_50.MP3

✦<u>の</u> 〔助詞〕的

わたし の ほん。【私の本。】我的書。
watashi no hon

💬 **對話**

せんせい：これはだれのほんですか？　　老師：這是誰的書？
がくせい：わたしのほんです。　　　　　學生：這是我的書。

先生：これは誰の本ですか？
学生：私の本です。

✦<u>の</u>こす【残す】 〔動詞〕使留下、使剩下
no ko su

がくせいを きょうしつに のこす。【学生を教室に残す。】把學生留在教室裡。
gakusei　o kyoushitsu　ni nokosu

✦<u>の</u>こる【残る】 〔動詞〕留下、剩下
no ko ru

がくせいは きょうしつに のこる。【学生は教室に残る。】學生留在教室裡。
gakusei　wa kyoushitsu　ni nokoru

💬 **對話**

おかあさん：ごはんのこってるよ。
　　　　　　はやくたべて。
こども：もうおなかいっぱい。

媽媽：飯還沒吃完，趕快吃。

小孩：我吃不下了。

お母さん：ご飯残ってるよ。早く食べて。
子供：もうお腹いっぱい。

✦ のせる【乗せる】 〔動詞〕載、裝載
no se ru

にもつ を くるま に のせる。【荷物を車に乗せる。】 把行李裝上車。
nimotsu o　kuruma ni　noseru

✦ のぞみ【望み】 〔名詞〕希望、願望
no zo mi

のぞみ が かなう。【望みがかなう。】 願望實現。
nozomi　ga kanu

✦ ノック【のっく】 〔名詞、動詞〕敲門
no kku

へや に はいる とき は ノック して ください。
heya ni　hairu　　toki　wa nokku　　shite kudasai

【部屋に入る時はノックしてください。】 進房前請敲門。

✦ ので 〔接助詞〕因為
no de

かぜ を ひいた ので、きょう は やすみ です。
kaze　o　hiita　　node　kyou　　wa yasumi　desu

【風邪を引いたので、今日は休みです。】 因為感冒了，所以今天要休息。

✦ のど【喉】 〔名詞〕喉嚨
no do

のど が いたい。 【喉が痛い。】 喉嚨痛。
nodo ga itai

✦ のに 〔接助詞〕雖然、卻
no ni

かぜ を ひいた のに、やすまない。 【風邪を引いたのに、休まない。】
kaze o hita noni yasumanai

感冒了卻不休息。

✦ のばす【伸ばす】 〔動詞〕留長、使變長
no ba su

かみ を のばす。 【髪を伸ばす。】 把頭髮留長。（留長頭髮）
kami o nobasu

✦ のびる【伸びる】 〔動詞〕變長、長長
no bi ru

かみ が のびる。 【髪が伸びる。】 頭髮長長。
kami ga nobiru

✦ のむ【飲む】 〔動詞〕喝
no mu

みず を のむ。 【水を飲む。】 喝水。
mizu o nomu

💬 對話

おかあさん：ジュースのむ？ 　　媽媽：要喝果汁嗎？
こども：ジュースのみたい。 　　小孩：我想喝。

お母さん：ジュース飲む？
子供：ジュース飲みたい。

✦ のり【糊】 〔名詞〕漿糊
no ri

のり で かみ を かべ に はる。【のりで紙を壁に貼る。】用漿糊把紙貼在牆壁上。
nori　de kami　o　kabe　ni　haru

✦ のり【海苔】 〔名詞〕海苔
nori

のり と ごはん で おにぎり を つくる。【海苔とご飯でお握りを作る。】
nori　to gohan　de onigiri　　o　tsukuru

用海苔跟飯來做飯糰。

✦ のりかえる【乗り換える】 〔動詞〕換車、轉車
no ri ka e ru

バス に のりかえる。【バスに乗り換える。】轉乘巴士。
basu　ni　norikaeru

✦ のりもの【乗り物】 〔名詞〕交通工具
nori

のりもの に のる。【乗り物に乗る。】搭乘交通工具。
norimonno ni　noru

✦ のる【乗る】 〔動詞〕搭乘、乘坐
no ru

バス に のる。【バスに乗る。】坐巴士。
basu　ni　noru

✦ のんびり 〔副詞、動詞〕悠閒、輕鬆自在
non bi ri

やすみ は のんびり する。【休みはのんびりする。】
yasumi　wa nonbiri　　suru

放假要悠閒度日。

のりもの【乗り物】

norimono 交通工具

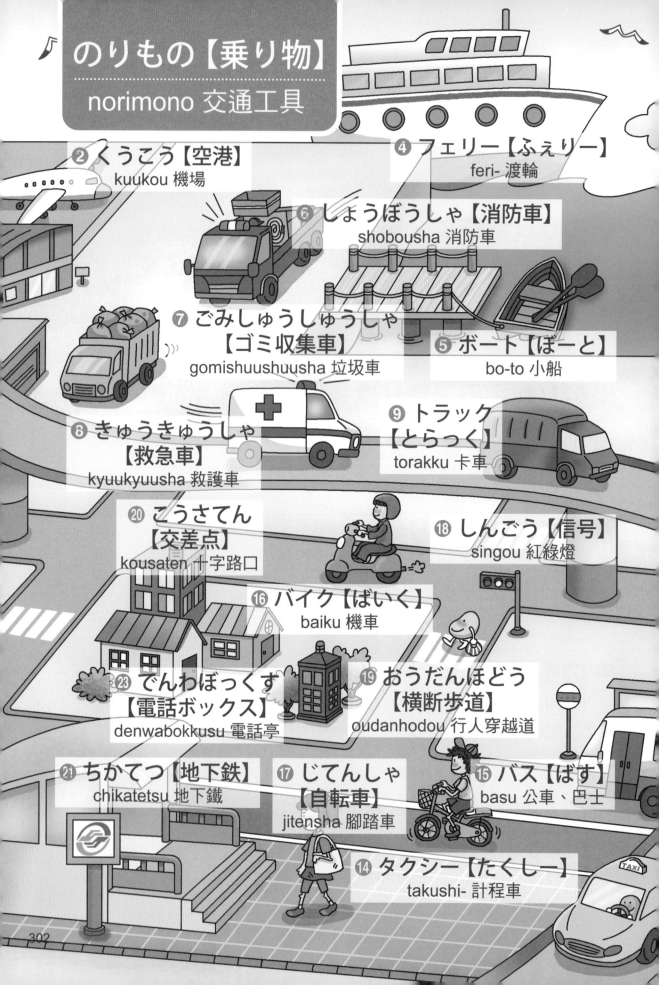

② くうこう【空港】
kuukou 機場

④ フェリー【ふぇりー】
feri- 渡輪

⑥ しょうぼうしゃ【消防車】
shobousha 消防車

⑦ ごみしゅうしゅうしゃ【ゴミ収集車】
gomishuushuusha 垃圾車

⑤ ボート【ぼーと】
bo-to 小船

⑧ きゅうきゅうしゃ【救急車】
kyuukyuusha 救護車

⑨ トラック【とらっく】
torakku 卡車

⑳ こうさてん【交差点】
kousaten 十字路口

⑱ しんごう【信号】
singou 紅綠燈

⑯ バイク【ばいく】
baiku 機車

㉓ でんわぼっくす【電話ボックス】
denwabokkusu 電話亭

⑲ おうだんほどう【横断歩道】
oudanhodou 行人穿越道

㉑ ちかてつ【地下鉄】
chikatetsu 地下鐵

⑰ じてんしゃ【自転車】
jitensha 腳踏車

⑮ バス【ばす】
basu 公車、巴士

⑭ タクシー【たくしー】
takushi- 計程車

❶ ひこうき【飛行機】
hikouki 飛機

05_51.MP3

❸ ヘリコプター【へりこぷたー】
herikoputa- 直升機

⓫ きしゃ【汽車】
kisha 火車

㉔ ジープ【じーぷ】
ji-pu 吉普車

⓾ パトカー【ぱとかー】
patoka- 警車

⓬ えき【駅】
eki 車站

⓭ スポーツカー
【すぽーつかー】
supo-tsuka- 跑車

㉕ じょうようしゃ
【乗用車】
jouyousha 轎車

㉒ はし【橋】
hashi 橋

303

は行 ●●●●● （は、ひ、ふ、へ、ほ）

06_00.MP3

は
ha

把嘴巴張開，發出「哈（ㄏㄚ）」的音。

はち【蜂】蜜蜂
ha chi

ひ
hi

把嘴巴微開，嘴角向左右伸展，發出「（ㄏㄧ）」的音。

ひこうき【飛行機】
hi ko u ki
飛機

ふ
fu

把嘴巴張開，嘴角向左右伸展，發出「夫（ㄈㄨ）」的音。

ふね【船】船
fu ne

へ
he

把嘴巴微開，發出「黑（ㄏㄟ）」的音。

へび【蛇】蛇
he bi

ほ
ho

把嘴巴張開，發出「齁（ㄏㄡ）」的音。

ほし【星】星星
ho shi

ハ行 ●●●●● （ハ、ヒ、フ、ヘ、ホ）

ハ ha	把嘴巴張開，發出「哈（ㄏㄚ）」的音。	**ハンバーガー** 漢堡 han ba-ga-
ヒ hi	把嘴巴微開，嘴角向左右伸展，發出「（ㄏㄧ）」的音。	**ヒーター** 暖氣機 hi-ta-
フ fu	把嘴巴張開，嘴角向左右伸展，發出「夫（ㄈㄨ）」的音。	**フランス** 法國 fu ran su 
ヘ he	把嘴巴微開，發出「黑（ㄏㄟ）」的音。	**ヘルメット** 安全帽 he ru me tto
ホ ho	把嘴巴張開，發出「齁（ㄏㄡ）」的音。	**ホテル** 飯店 ho te ru 

你知道嗎？は是從中文這樣變來的：

爸爸媽媽可以這樣記假名

波 → は → は

跟孩子可以這樣一起寫

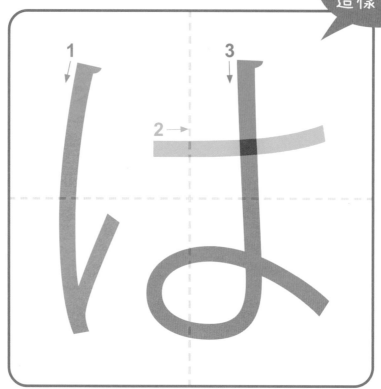

好好與您的孩子展開第一段的日語學習探索之旅吧！

你知道嗎？ハ是從中文這樣變來的：

爸爸媽媽可以這樣記假名

八 → ハ

跟孩子可以
這樣一起寫

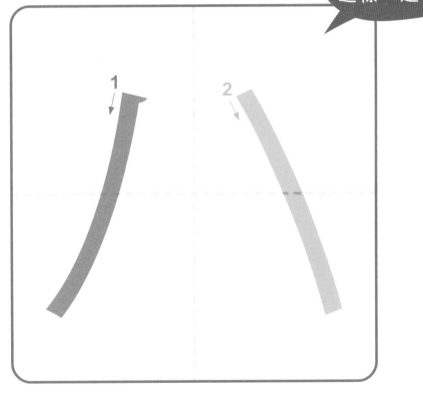

好好與您的孩子展開第一段的日語學習探索之旅吧！

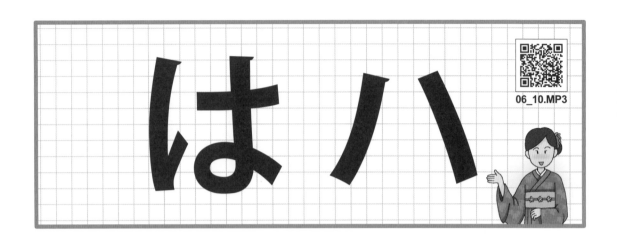

は ハ

06_10.MP3

◆ **は** 〔助詞〕表示主題、陳述事實
wa

わたし は がくせい です。【私は学生です。】我是學生。
watashi wa gakusei desu

◆ **は【歯】** 〔名詞〕牙齒
ha

は が いたい。【歯が痛い。】牙齒痛。
ha ga itai

◆ **パーク【ぱーく】** 〔名詞〕遊樂園、公園
pa-ku

テーマパーク。主題樂園。
te-ma pa-ku

◆ **ばあさん【祖母さん・婆さん】** 〔名詞〕祖母、老太太
ba a san

ばあさん は いなか に いる。【祖母さんは田舎にいる。】
ba a san wa inaka ni iru

奶奶住在鄉下。

✦ バースデー 【ばーすでー】 〔名詞〕生日
ba-su de-

ハッピー バースデー。生日快樂。
happi- ba-sude-

💬 對話

おかあさん：ハッピーバースデー。	媽媽：生日快樂、生日快樂。
おたんじょうびおめでとう。	
こども：ありがとう。	小孩：謝謝。
お母さん：ハッピーバースデー。	
お誕生日おめでとう。	
子供：ありがとう。	

✦ パーティー 【ぱーてぃー】 〔名詞〕派對、舞會、宴會
pa-ti-

パーティー に さんか する。【パーティーに参加する。】參加派對。
pa-ti- ni sanka suru

✦ ハート 【はーと】 〔名詞〕心臟、心
ha- to

ハートマーク。愛心符號。
ha-to ma-ku

✦ パート（タイム）【ぱーと（たいむ）】
pa-to ta i mu

〔名詞〕兼職工作

パートタイム の しごと を さがす。
pa-totaimu no shigoto o sagasu

【パートタイムの仕事を探す。】找兼職工作。

◆ ハーフ【はーふ】 〔名詞〕一半、混血兒
ha-fu

たいわん と にほん の ハーフ です。【台湾と日本のハーフです。】日台混血。
Taiwan　to nihon　no ha-fu　desu

◆ ハーモニカ【はーもにか】 〔名詞〕口琴
ha-mo ni ka

ハーモニカ を ふく。【ハーモニカを吹く。】吹口琴。
ha-monika　　o fu ku

◆ ハイ【はい】 〔接頭語〕高的
ha i

ハイ スピード。高速。
hai　supi-do

◆ はい 〔感嘆詞〕是、好、有
ha i

はい、だいじょうぶ です。【はい、大丈夫です。】好的，沒問題。
hai　daijoubu　　desu

◆ ばい【倍】 〔名詞〕倍數、加倍
ba i

ばい に なる。【倍になる。】變成兩倍。
bai　ni naru

◆ パイ【ぱい】 〔名詞〕派
pa i

アップルパイ。蘋果派。
appuru pai

◆ はいいろ【灰色】 〔名詞〕灰色
haiiro

はいいろ の ふく。【灰色の服。】灰色的衣服。
haiiro　　no fuku

◆ バイオリン【ばいおりん】 〔名詞〕小提琴
baiorin

バイオリン を ひく。【バイオリンを弾く。】拉小提琴。
baiorin　　　o hiku

◆ ハイキング【はいきんぐ】 〔名詞、動詞〕健行、郊遊
haikingu

こんしゅうは ハイキング に いく。
konshuu　　wa haikingu　　ni iku

【今週はハイキングに行く。】這個禮拜要去郊遊。

◆ はいしゃ【歯医者】 〔名詞〕牙醫
haisha

はいしゃ に いく。【歯医者に行く。】去看牙醫。
haisha　　ni iku

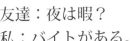 對話

| ともだち：よるはひま？ | 朋友：晚上有空嗎？ |
| わたし：バイトがある。 | 我：我有打工。 |

友達：夜は暇？
私：バイトがある。

◆ バイバイ【ばいばい】 〔感嘆詞〕再見、拜拜
baibai

バイバイ する。道別。
baibai suru

✦ はいる【入る】〔動詞〕進入
haíru

へやに はいる。【部屋に入る。】進入房間。
heya ni hairu

✦ はう【這う】〔動詞〕爬、爬行
haú

あかちゃんが はう。【赤ちゃんがはう。】嬰兒在地上爬行。
akachan ga hau

> 【相關用語】
>
> **はいはい【這い這い】**〔名詞、動詞〕（幼兒用語）爬爬
> haíhaí
>
> **あかちゃんが はいはいする。【赤ちゃんがはいはいする。】**嬰兒在地上爬行。
> akachan ga haihai suru

✦ はえ【蠅】〔名詞〕蒼蠅
haé

はえを たいじする。【蠅を退治する。】消滅蒼蠅。
hae o taiji suru

✦ はえる【生える】〔動詞〕生長、長出
haéru

はが はえた。【歯が生えた。】長牙了。
ha ga haeta

✦ はか【墓】〔名詞〕墳墓
haka

おはかまいりに いく。【お墓参りに行く。】去掃墓。
ohakamairi ni iku

✦ ばか【馬鹿】 〔名詞、形容動詞〕笨、笨蛋
ba ka

ばか な こと を する な。【馬鹿なことをするな。】別做傻事。
baka na koto o suruna

✦ ばかり 〔助詞〕光、只有
ba ka ri

にく ばかり たべている。【肉ばかり食べている。】光只吃肉。
niku bakari tabeteiru

💬 對話

おかあさん：にくばかりじゃだめ。　　媽媽：不可以光吃肉。
こども：やさいはすきじゃない。　　小孩：我不喜歡蔬菜。

お母さん：肉ばかりじゃダメ。
子供：野菜は好きじゃない。

✦ はかる【計る・測る・量る】 〔動詞〕測量、衡量
ha ka ru

たいおん を はかる。【体温を測る。】量體溫。
taion o hakaru

✦ はく【吐く】 〔動詞〕吐、吐出
ha ku

へど を はく。【反吐を吐く。】反胃。
hedo o haku

✦ はく【履く】 〔動詞〕穿（鞋、襪等）
ha ku

くつ を はく。【靴を履く。】穿鞋子。
kutsu o haku

◆ はくしゅ【拍手】 〔名詞、動詞〕拍手、鼓掌
ha ku shu

せんしゅ に はくしゅ する。【選手に拍手する。】
senshu　　 ni hakushu　 suru

為選手拍手。

◆ はげしい【激しい】 〔形容詞〕激烈的、劇烈的
ha ge shi i

はげしい あめ。【激しい雨。】 劇烈大雨。
hageshii　　 ame

◆ はこ【箱】 〔名詞〕箱子
ha ko

はこ に いれる。【箱に入れる。】 裝到箱子裡。
hako ni ireru

> 【 相同用語 】
> **ボックス【ぼっくす】** 〔名詞〕盒子、箱子
> bo kku su

◆ はこぶ【運ぶ】 〔動詞〕運送、搬運
ha ko bu

びょういん に はこぶ。【病院に運ぶ。】 搬送到醫院。
byouin　　　 ni hakobu

◆ はさむ【挟む】 〔動詞〕夾
ha sa mu

はし で はさむ。【箸で挟む。】 用筷子夾。
hashi de hasmu

✦ はじ 【恥】 〔名詞〕恥辱、羞恥
ha ji

はじ を かく。【恥をかく。】丟臉、出醜。
haji　o　kaku

✦ はしご 【梯子】 〔名詞〕梯子
ha shi go

はしご を のぼる。【梯子を上る。】爬梯。
hashigo　o　noboru

✦ はじまる 【始まる】 〔動詞〕開始
ha ji ma ru

しあい が はじまる。【試合が始まる。】比賽要開始了。
shiai　ga hajimaru

✦ はじめる 【始める】 〔動詞〕使開始
ha ji me ru

しあい を はじめる。【試合を始める。】讓比賽開始。／開始比賽。
shiai　o　hajimeru

💬 對話

おかあさん：はやく、ばんぐみがはじまるよ。　媽媽：快點，節目要開始了。
こども：まって。　小孩：等一下。

お母さん：速く、番組は始まるよ。
子供：待って。

✦ パジャマ 【ぱじゃま】 〔名詞〕（西式）睡衣
pa ja ma

パジャマ を きる。【パジャマを着る。】穿睡衣。
pajama　o　kiru

✦ <u>は</u>しる【走る】 〔動詞〕跑、行駛
ha shi ru

こども が はしる。【子供が走る。】小孩奔跑。
kodomo ga hashiru

でんしゃ が はしる。【電車が走る。】電車行駛。
densha ga hashiru

✦ <u>は</u>ずかしい【恥ずかしい】 〔形容詞〕羞恥、害羞、丟臉
ha zu ka shi i

しっぱい して はずかしい。【失敗して恥ずかしい。】
shippai shite hazukashii

失敗了很丟臉。

💬 **對話**

おかあさん：このふくでがっこうへ　　　媽媽：穿這件衣服去學校怎樣？
　　　　　　いったら。
こども：いやだ、はずかしい。　　　　　小孩：不要，很丟臉。

お母さん：この服で学校へ行ったら。
子供：いやだ、はずかしい。

✦ はずす【外す】 〔動詞〕拿下、解開
ha zu su

めがね を はずす。【眼鏡を外す。】拿下眼鏡。
megane o hazusu

【 相關用語 】

はずれる【外れる】 〔動詞〕脫落、掉落、鬆脫了
ha zu re ru

ボタン が はずれる。【ボタンが外れる。】 鈕扣鬆脫了。
botan ga hazureru

✦ パスタ【ぱすた】 〔名詞〕義大利麵
pa su ta

パスタ を たべる。【パスタをを食べる。】吃義大利麵。
pasuta　o　taberu

✦ はた【旗】 〔名詞〕旗子、旗幟
ha ta

くに の はた。【国の旗。】國旗。
kuni　no hata

✦ はだ【肌】 〔名詞〕皮膚、肌膚
ha da

はだ が かゆい。【肌がかゆい。】皮膚癢。
hada　ga　kayui

【 相同用語 】

ひふ【皮膚】〔名詞〕皮膚
hi fu

✦ バター【ばたー】 〔名詞〕奶油
ba ta-

パン に バター を ぬる。【パンにバターを塗る。】在麵包上塗上奶油。
pan　ni　bata-　o　nuru

✦ はだか【裸】 〔名詞〕裸體
ha da ka

はだか で はずかしい。【裸で恥ずかしい。】沒穿衣服很丟臉。
hadaka　de　hazukashii

◆ はたらく 【働く】 〔動詞〕工作
ha ta ra ku

こうじょう ではたらく。【工場で働く。】 在工廠工作。
koujou　　　de hataraku

◆ はっきり 〔名詞、副詞〕清楚
ha kki ri

ふじさん が はっきり みえる。【富士山がはっきり見える。】
fujisan　　ga hakkiri　　mieru

富士山看得很清楚。

◆ はっけん 【発見】 〔名詞、動詞〕發現
ha kken

たからもの を はっけん した。【宝物を発見した。】 發現寶物。
takaramono　o hakken　　shita

◆ はっせい 【発生】 〔名詞、動詞〕發生
ha ssei

じこ が はっせい した。【事故が発生した。】 發生事故。
jiko　ga hassei　　shita

◆ はっぴょう 【発表】 〔名詞、動詞〕發表、公布
ha ppyou

しけん の けっか を はっぴょう する。【試験の結果を発表する。】
shiken　no kekka　o happyou　　suru

公布測驗的結果。

◆ はで 【派手】 〔名詞、形容動詞〕華麗
ha de

はで な かっこう。【派手な格好。】 華麗的裝扮。
hade na kakkou

✦パトロール【ぱとろーる】〔名詞、動詞〕巡邏
pa to ro-ru

まち を パトロールする。【街をパトロールする。】巡邏街頭。
machi o　patoro-ru suru

✦はなし【話】〔名詞〕話、話題
ha na shi

おもしろい はなし。【面白い話。】有趣的話題。
omoshiroi　　hanashi

✦はなす【話す】〔動詞〕說話
ha na su

にほんご を はなす。【日本語を話す。】説日語。
nihongo　　o　hanasu

✦はなす【放す】〔動詞〕放開
ha na su

て を はなす。【手を放す。】放手。
te　o　hanasu

✦はなび【花火】〔名詞〕煙火
ha na bi

はなび を うちあげる。【花火を打ち上げる。】放煙火。
hanabi　　o　uchiageru

✦はなみ【花見】〔名詞〕賞花

さくら の はなみ に いく。【桜の花見に行く。】去賞櫻。
sakura　no hanami　ni iku

◆ はなれる【離れる】 〔動詞〕離開
ha na re ru

こきょう を はなれる。【故郷を離れる。】離開家鄉。
kokyou　o　hanareru

◆ バニラ【ばにら】 〔名詞〕香草
ba ni ra

バニラ アイス。香草冰淇淋。
banira　aisu

◆ はね【羽】 〔名詞〕羽毛
ha ne

とり の はね。【鳥の羽】鳥的羽毛。
rori　no hane

◆ はやい【早い】 〔形容詞〕早的
ha ya i

はる が はやい。【春が早い。】春天很早。
haru　ga hayai

◆ はやい【速い】 〔形容詞〕快的
ha ya i

あし が はやい。【足が速い。】跑得很快。
ashi　ga hayai

◆ はやる【流行る】 〔動詞〕流行
ha ya ru

かぜ が はやっている。【風邪が流行っている。】感冒正流行。
kaze　ga hayatteiru

◆ はら【腹】〔名詞〕肚子
ha ra

はら が へった。【腹が減った。】肚子餓了。
hara　ga　hetta

💬 對話

こども：はらがへった。　　　小孩：肚子餓了。
おかあさん：ごはんをつくるね。　媽媽：我來做飯。

子供：腹が減った。
お母さん：ごはんをつくるね。

◆ ばらばら 〔副詞〕亂七八糟、四散、不整齊
ba ra ba ra

パズル が バラバラ に なっている。【ぱずるがばらばらになっている。】
pazuru　ga　barabara　ni　natteiru

拼圖亂七八糟四散。

◆ はり【針】〔名詞〕針
ha ri

はり で ぬう。【針で縫う。】用針縫。
hari　de nu

◆ はる【張る・貼る】〔動詞〕張貼
ha ru

シール を はる。【シールを貼る。】貼貼紙。
shi-ru　o　haru

◆ はる【春】〔名詞〕春天
ha ru

はる が きた。【春が来た。】春天來了。
haru　ga　kita

✦ はれ【晴れ】 〔名詞〕晴天
ha re

きょう は はれ です。【今日は晴れです。】今天是晴天。
kyou　　wa hare　desu

✦ バレエ【ばれえ】 〔名詞〕芭蕾舞
ba re e

バレエ を おどる。【バレエを踊る。】跳芭蕾舞。
baree　　o odoru

✦ はれる【晴れる】 〔動詞〕放晴
ha re ru

そら が はれる。【空が晴れる。】天空放晴了。
sora　ga hareru

💬 對話

こども：あしたはえんそく。　　小孩：明天是遠足的日子。
おかあさん：あしたははれだよ。　媽媽：明天是晴天。

子供：明日は遠足。
お母さん：明日は晴れだよ。

✦ はれる【腫れる】 〔動詞〕腫、腫大
ha re ru

め が はれる。【目が腫れる。】眼睛腫大。
me ga hareru

✦ パワー【ぱわー】 〔名詞〕力量、力氣
pa wa-

パワー が つよい。【パワーが強い。】力量很強／力道很大。
pawa-　　ga tsuyoi

✦ばん【晩】〔名詞〕晩上
ban

あさ から ばん まで はたらく。【朝から晩まで働く。】
asa　kara　ban　made hataraku

從早到晚工作。

✦ばん【番】〔名詞〕順序、號碼、當班
ban

わたし の ばん です。【私の番です。】 輪到我了。
watashi　no　ban　desu

💬 對話

おかあさん：つぎはだれ？　　　媽媽：下一個是誰？
こども：わたしのばんです。　　小孩：該我了。

お母さん：次は誰？
子供：私の番です。

✦パンケーキ【ぱんけーき】〔名詞〕鬆餅
pan ke-ki

パンケーキ を やく。【パンケーキを焼く。】 煎烤鬆餅。
panke-ki　　　o　yaku

✦ばんごう【番号】〔名詞〕號碼
ban go u

でんわばんごう【電話番号】電話號碼。
denwa bankou

✦はんぶん【半分】〔名詞〕一半
han bun

はんぶん に わける。【半分に分ける。】 分成兩半。
hanbun　　ni　wakeru

你知道嗎？ひ是從中文這樣變來的：

爸爸媽媽可以這樣記假名

比 → ひ → ひ

跟孩子可以
這樣一起寫

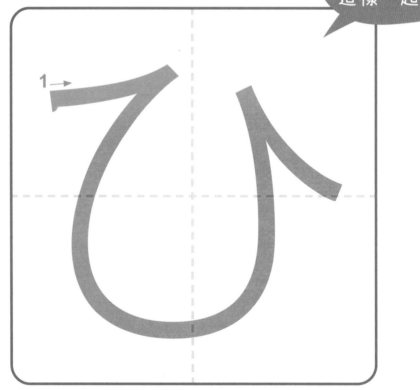

好好與您的孩子展開第一段的日語學習探索之旅吧！

你知道嗎？ヒ是從中文這樣變來的：

爸爸媽媽可以這樣記假名

比 → ヒ

跟孩子可以
這樣一起寫

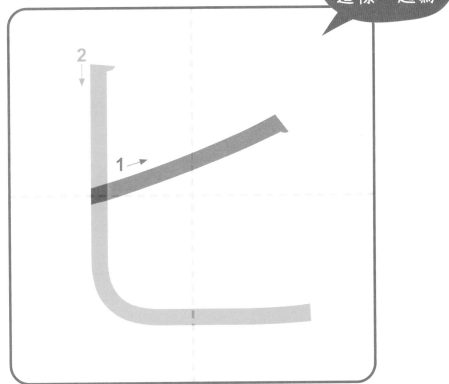

ヒ	ヒ	ヒ	ヒ	ヒ

好好與您的孩子展開第一段的日語學習探索之旅吧！

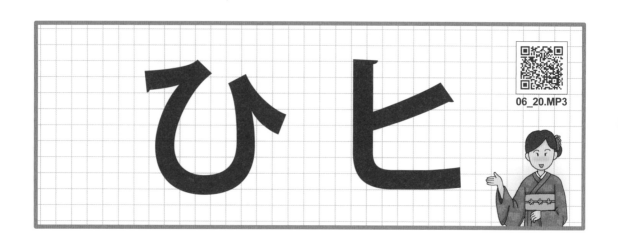

◆ <u>ひ</u>【日】〔名詞〕太陽、陽光
hi

ひ が でる。【日が出る。】日出。
hi ga deru

◆ <u>ひ</u>【火】〔名詞〕火
hi

ひ を つける。【火をつける。】點火。
hi　o tsukeru

◆ <u>ピ</u>アノ【ぴあの】〔名詞〕鋼琴
pi a no

ピアノ を ひく。【ピアノを弾く。】彈鋼琴。
piano　　o hiku

◆ <u>ピ</u>ーナッツ【ぴーなっつ】〔名詞〕花生
pi- na ttsu

ピーナッツバター。花生醬。
pi-nattsu bata-

◆ピーマン【ぴーまん】〔名詞〕青椒
pi- man

ピーマン が きらい。【ピーマンが嫌い。】討厭青椒。
po-man　　ga　kirai

💬 對話

| おかあさん：ピーマンはおいしいよ。 | 媽媽：青椒很好吃喔。 |
| こども：いやだ、たべない。 | 小孩：不要，我不吃。 |

お母さん：ピーマンは美味しいよ。
子供：嫌だ、食べない。

◆ビール【びーる】〔名詞〕啤酒
bi- ru

ビール を のむ。【ビールを飲む。】喝啤酒。
bi-ru　　o　nomu

◆ヒーロー【ひーろー】〔名詞〕英雄
hi- ro-

ヒーロー に なる。成為英雄。
hi-ri-　　　ni naru

【 相關用語 】
【ヒロイン】〔名詞〕女主角。
hi ro in

◆ひえる【冷える】〔動詞〕變冷、變涼
hi e ru

よる は ひえる。【夜は冷える。】晚上會變冷。
yoru　wa hieru

◆ ピエロ【ぴえろ】〔名詞〕小丑
pi e ro

ピエロ の ショー は おもしろい。【ピエロのショーは面白い。】
piero　no sho-　wa omoshiroi

小丑秀很有趣。

◆ ひがえり【日帰り】〔名詞〕當天來回
hi ga e ri

ひがえり の りょこう。【日帰りの旅行。】當天來回的旅行。
higaeri　no ryokou

◆ ひかく【比較】〔名詞、動詞〕比較、相比
hi ka ku

ひかく に ならない。【比較にならない。】無法相提並論。
hikaku　ni naranai

◆ ひがし【東】〔名詞〕東方
hi ga shi

たいよう は ひがし から のぼる。【太陽は東から昇る。】太陽從東邊昇起。
taiyou　wa higashi kara noboru

◆ ぴかぴか〔副詞、動詞〕閃閃發亮、亮晶晶
pi ka pi ka

くつ が ぴかぴか に なった。【靴がピカピカになった。】鞋子變得亮晶晶。
kutsu ga pikapika　ni natta

◆ ひかり【光】〔名詞〕光、光線、光芒
hi ka ri

ひかり が つよい。【光が強い。】光線很強。
hikari　ga tsuyoi

✦ ひかる【光る】〔動詞〕發光、發亮
hi ka ru

ほし が ひかる。【星が光る。】星星發光閃亮。
hoshi ga hikaru

✦ ひきだし【引き出し】〔名詞〕抽屜
hi ki da shi

ほん を ひきだし に いれる。【本を引き出しに入れる。】把書本放進抽屜。
hon wo hikidashi ni ireru

💬 對話

こども：ひきだしのなかはごちゃごちゃ。　　小孩：抽屜裡面好亂。
おかあさん：だしてせいりして。　　　　　媽媽：拿出來整理。

子供：引き出しの中はごちゃごちゃ。
お母さん：出して整理して。

✦ ひく【引く】〔動詞〕拉、查、抽
hi ku

ドア を ひく。【ドアを引く。】拉開門。
doa o hiku

✦ ひく【弾く】〔動詞〕彈奏
hi ku

ピアノ を ひく。【ピアノを弾く。】彈鋼琴。
piano o hiku

✦ ひくい【低い】〔形容詞〕低的、矮的
hi ku i

しんちょう が ひくい。【身長が低い。】身高很矮。
shinchou ga hikui

◆ ひげ【髭】 〔名詞〕鬍子
hi ge

ひげ が はえる。【ひげが生える。】長鬍子。
hige ga haeru

◆ ひざ【膝】 〔名詞〕膝蓋
hi za

ひざ が いたい。【膝が痛い。】膝蓋疼痛。
hiza ga itai

【 相關用語 】

ひじ【肘】〔名詞〕手肘
hi ji

◆ ひさしぶり【久しぶり】 〔名詞、副詞〕隔了很久
hi sa shi bu ri

ひさしぶり に おさけ を のんだ。【久し振りにお酒を飲んだ。】
hisashiburi ni osake o nonda

好久沒有這樣喝酒了。

💬 對話

ともだち：おひさしぶりです。　　朋友：好久不見。
わたし：おひさしぶりです。　　　我：好久不見。

友達：お久しぶりです。
私：お久しぶりです。

◆ ひじょう【非常】 〔名詞、形容動詞〕非常、緊急
hi jo u

ひじょう に あつい。【非常に暑い。】非常熱。
hijou　　ni　atsui

◆ びしょびしょ 〔副詞〕濕淋淋、濕透了
bi sho bi sho

あせ で びしょびしょ に なった。【汗でびしょびしょになった。】
ase　de bishobisho　　　ni natta

因為流汗都濕透了。

◆ ビスケット【びすけっと】 〔名詞〕餅乾
bi su ketto

ビスケット を たべる。【ビスケットを食べる。】吃餅乾。
bisuketto　　　o　taberu

◆ ひたい【額】 〔名詞〕額頭
hi ta i

ひたい が ひろい。【額が広い。】額頭很寬廣。
hitai　　ga hiroi

◆ ひだり【左】 〔名詞〕左邊
hi da ri

ひだり へ まがる。【左へ曲がる。】向左轉。
hidari　　e　magaru

◆ びっくり【吃驚】 〔名詞、動詞〕吃驚、嚇一跳
bi kku ri

びっくり した。嚇了一跳。
bikkuri　　shita

こども：ゴキブリ！　　　　　　小孩：有蟑螂。
おかあさん：びっくりした。　　媽媽：嚇我一跳。

子供：ゴキブリ！
お母さん：びっくりした。

◆ ひっくりかえす【ひっくり返す】 〔動詞〕翻轉、使翻轉
hi kku ri ka e su

たまご を ひっくりかえす。【卵をひっくり返す。】把煎蛋翻過來。
tamago　o hikkurikaseu

◆ ひっくりかえる【ひっくり返る】 〔動詞〕翻覆、顛覆
hi kku ri ka e ru

ふね が ひっくりかえる。【船がひっくり返る。】船翻覆。
fune　ga hikkurikaeru

◆ ひづけ【日付】 〔名詞〕日期
hi zu ke

ひづけ を かく。【日付を書く。】寫上日期。
hizuke　o kaku

◆ ひっこし【引っ越し】 〔名詞〕搬家
hi kko shi

いなか に ひっこし する。【田舎に引越する。】搬家到鄉下去。
inaka　ni hikkoshi　suru

【相同用語】
ひっこす【引っ越す】〔動詞〕搬家
hi kko su

◆ぴったり 〔副詞、動詞〕剛剛好
pi tta ri

この サイズ は ピッタリ です。 這個尺寸剛剛好合身。
kono saizu wa pittari desu

◆ひっぱる【引っ張る】 〔動詞〕用力拉
hi ppa ru

あし を ひっぱる。【足を引っ張る。】扯後腿。
ashi o hipparu

◆ひつよう【必要】 〔名詞、形容動詞〕必要、必需
hi tsu yo u

かいがいりょこう には、パスポート が ひつよう です。
kaigairyokou niwa pasupo-to ga hitsuyou desu

【海外旅行には、パスポートが必要です。】出國旅遊護照是必備的。

◆ひと【人】 〔名詞〕人
hi to

ひと が おおい。【人が多い。】人很多。
hito ga ooi

◆ひどい【酷い】 〔形容詞〕很過分的、很殘酷的、很厲害的
hi do i

ひどい びょうき。【ひどい病気。】重病。
hidoi byouki

💬 對話

| ともだち：こいぬがすてられている。 | 朋友：有小狗被棄養。 |
| わたし：ひどい。 | 我：好過分。 |

友達：子犬が捨てられている。
私：酷い。

◆ ひとくち【一口】 〔名詞〕一口
hi to ku chi

ひとくち で たべた。【一口で食べた。】一口就吃下去。
hitokuchi　de tabeta

◆ ひとちがい【人違い】 〔名詞、動詞〕認錯人
hi to chi ga i

ひとちがい した。【人違いした。】認錯人了。
hitochigai　shita

◆ ひとびと【人々】 〔名詞〕人們、大家
hi to bi to

ひとびと の いけん を きく。【人々の意見を聞く。】
hitobito　no iekn　o kiku

聽聽人們的意見。

◆ ひとりっこ【一人子】 〔名詞〕獨生子
ho to ri kko

きょうだい が いない ひとりっこ。【兄弟がいない一人っ子。】
kyoudai　ga inai　hitorikko

沒有兄弟姊妹的獨生子。

◆ ひとりじめ【一人占め】 〔名詞、動詞〕獨佔
hi to ri ji me

たからもの を ひとりじめ する。【宝物を一人占めする。】獨佔寶物。
takaramono　o hitorijime　suru

◆ ビニール【びにーる】 〔名詞〕塑膠
bi ni-ru

ビニールぶくろ。【ビニール袋。】塑膠袋。
bini-ru bukuro

✦ ひま【暇】 〔名詞、形容動詞〕有時間、空閒
hi ma

この にちようび は ひま です。【この日曜日は暇です。】這個禮拜天有空。
kono nichiyoubi wa hima desu

💬 對話

ともだち：しゅうまつはひま？　　朋友：這個週末有空嗎？
わたし：ごめん、バイトがある。　我：抱歉，我要打工。

友達：週末は暇？
私：ごめん、バイトがある。

✦ ひみつ【秘密】 〔名詞、形容動詞〕秘密
hi mi tsu

ひみつ を まもる。【秘密を守る。】保守秘密。
himitsu o mamoru

✦ ひも【紐】 〔名詞〕細繩、繩子
hi mo

くつ の ひも を むすぶ。【靴のひもを結ぶ。】繫鞋帶。
kutsu no himo o musubu

✦ ひやす【冷やす】 〔動詞〕弄涼、弄冰
hi ya su

すいか を ひやしてから たべる。【すいかを冷やしてから食べる。】
suika o hiyashitekara taberu

西瓜冰了再吃。

✦ ひよう【費用】 〔名詞〕費用
hi yo u

たび の ひよう。【旅の費用。】旅費。
tabi ni hiyou

◆ びよう【美容】〔名詞〕美容
bi yo u

びよういん。【美容院。】美容院。
biyouin

◆ びょう【秒】〔名詞〕秒
byo u

いっぷん は ろくじゅう びょう。【1分は60秒。】1分鐘是60秒。
ippun　　wa rokujuubyou

◆ びょういん【病院】〔名詞〕醫院
byo u i n

はは は びょういん で はたらく。【母は病院で働く。】媽媽在醫院工作。
haha wa byouin　　de hataraku

◆ びょうき【病気】〔名詞、動詞〕疾病
byo u ki

びょうき に なった。【病気になった。】生病了。
byouki　　ni natta

💬 **對話**

> ともだち：せんせいはだいじょぶ？　　朋友：老師沒事吧。
> わたし：びょうきでにゅういんした。　我：生病住院了。
>
> 友達：先生は大丈夫？
> 私：病気で入院した。

◆ ひょうじょう【表情】〔名詞〕表情
hyo u jo u

ひょうじょう が かわった。【表情が変わった。】臉色變了。
hyoujou　　ga kawatta

◆ **びら** 〔名詞〕傳單
bi ra

びら を まく。 發傳單。
bira　o　maku

◆ **ひらく【開く】** 〔名詞〕開、打開
hi ra ku

ドア を ひらく。【ドアを開く。】 開門。
doa　o　hiraku

> 【 相反用語 】
>
> **とじる【閉じる】** 〔動詞〕關閉
> to ji ru
>
> **ドア を とじる。【ドアを閉じる。】** 關門。
> doa　o　tojiru

◆ **ひらたい【平たい】** 〔形容詞〕平坦的
hi ra ta i

ひらたい みち。【平たい道。】 平坦的道路。
hiratai　michi

◆ **ひる【昼】** 〔名詞〕白天、中午
hi ru

ひる は あつい。【昼は暑い。】 白天很熱。
hiru　wa atsui

💬 對話

こども：ひるはあつい。　　　　　　小孩：白天很熱。
おかあさん：でもよるはすずしい。　媽媽：但是晚上很涼爽。

子供：昼は暑い。
お母さん：でも夜は涼しい。

① ポスター【ぽすたー】 posuta- 海報

② じこ【事故】 jiko 事故

③ いんしゅうんてん【飲酒運転】 inshuunten 酒後駕車

⑦ うけつけ【受付】 uketsuke 櫃台

掛號處

⑮ はれ【腫れ】 hare 浮腫

⑫ はなづまり【鼻詰まり】 hanazumari 鼻塞

⑤ ろうじん【老人】 roujin 老人

⑪ さむけ【寒気】 samuke 發冷

⑥ れつ【列】 retsu 排隊

⑱ がん【癌】 gan 癌症

門診

⑨ かぜ【風邪】 kaze 感冒

⑲ いしゃ【医者】 isha 醫師

㉒ かいふく【回復】 kaihuku 復原

⑩ はなみず【鼻水】 hanamizu 鼻水

⑳ かんじゃ【患者】 kanja 病患

⑰ しんりょう【診療】 sinryou 診療

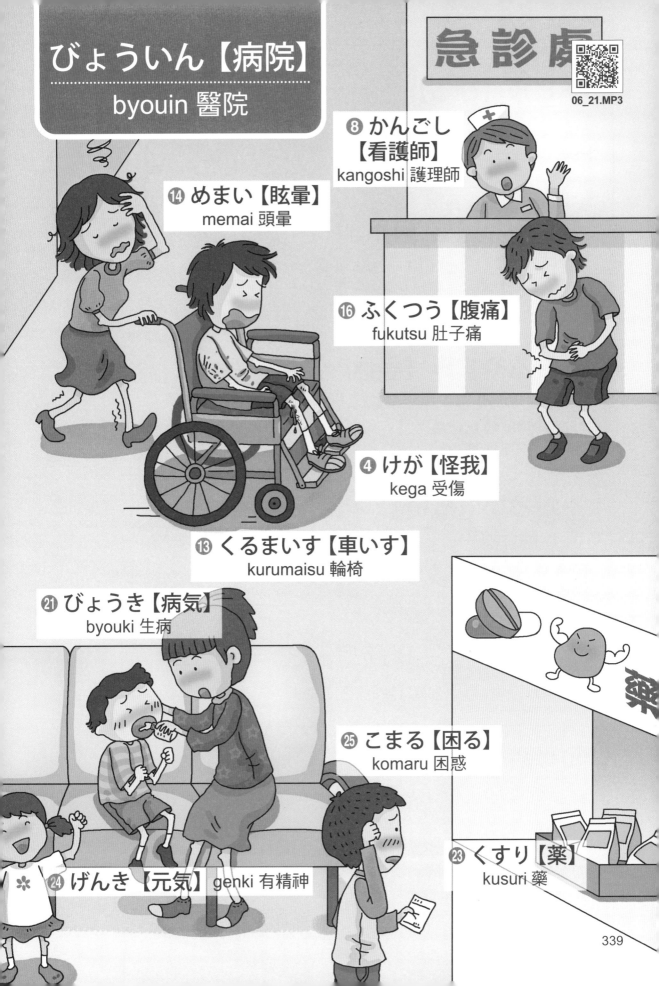

びょういん【病院】
byouin 醫院

急診虛

06_21.MP3

⑧ かんごし【看護師】
kangoshi 護理師

⑭ めまい【眩暈】
memai 頭暈

⑯ ふくつう【腹痛】
fukutsu 肚子痛

④ けが【怪我】
kega 受傷

⑬ くるまいす【車いす】
kurumaisu 輪椅

㉑ びょうき【病気】
byouki 生病

㉕ こまる【困る】
komaru 困惑

薬

㉓ くすり【薬】
kusuri 藥

✿ ㉔ げんき【元気】 genki 有精神

◆ビル【びる】〔名詞〕大樓
bi ru

たかい ビル。【高いビル。】高樓大廈。
takai   biru

◆ひるね【昼寝】〔名詞、動詞〕午睡
hi ru ne

ひるね を する。【昼寝をする。】睡午覺。
hirune   o suru

◆ひるやすみ【昼休み】〔名詞〕午休
hi ru ya su mi

ひるやすみ に はいる。【昼休みに入る。】開始午休。
hiruyasumi   ni hairu

◆ひろい【広い】〔形容詞〕大、寬廣
hi ro i

へや は ひろい。【部屋は広い。】房間很大。
heya wa hiroi

> 【 相反用語 】
>
> **せまい【狭い】**〔形容詞〕狹窄的、擁擠的
> se ma i
>
> **へや は せまい。【部屋は狭い。】** 房間很小。
> heya wa semai

💬 對話

おかあさん：きょうしつはひろい。　　媽媽：教室很大。
こども：でもつくえはせまい。　　　小孩：但是桌子很小。

お母さん：教室は広い。
子供：でも机は狭い。

✦ひろう【拾う】 〔動詞〕撿拾
hi ro u

ごみ を ひろう。【ごみを拾う。】撿垃圾。
gomi o hirou

✦ひろがる【広がる】 〔動詞〕傳開、蔓延、變大
hi ro ga ru

びょうき が ひろがる。【病気が広がる。】疾病蔓延。
byouki ga hirogaru

✦びん【瓶】 〔名詞〕瓶子
bin

ビールびん。【ビール瓶。】啤酒瓶。
bi-ru bin

✦ピンク【ぴんく】 〔名詞〕粉紅色
pin ku

ピンク の ふく。【ピンクの服。】粉紅色的衣服。
pinku no fuku

✦びんぼう【貧乏】 〔名詞、形容動詞、動詞〕貧窮
bin bo u

びんぼう な せいかつ を している。【貧乏の生活をしている。】
binbou na seikatsu o shiteiru

過著貧窮的生活。

✦ピンポン【ぴんぽん】 〔名詞〕乒乓球
pin pon

ピンポン を する。打乒乓球。
pinpon o suru

你知道嗎？ふ是從中文這樣變來的：

跟孩子可以
這樣一起寫

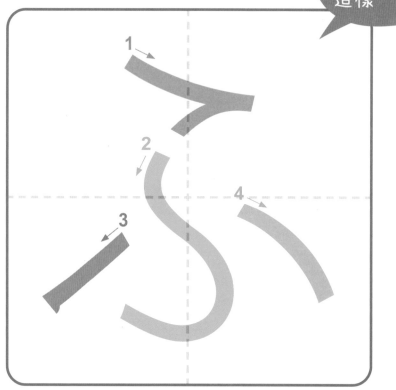

好好與您的孩子展開第一段的日語學習探索之旅吧！

你知道嗎？フ是從中文這樣變來的：

不 → 不 → フ → フ

跟孩子可以
這樣一起寫

好好與您的孩子展開第一段的日語學習探索之旅吧！

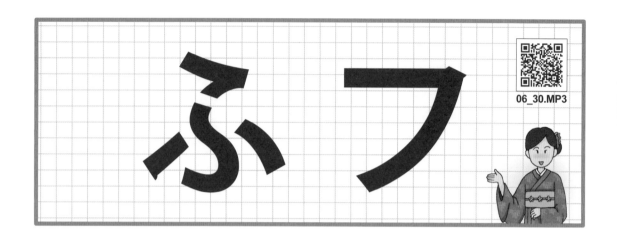

◆ ファスナー【ふぁすなー】〔名詞〕拉鍊
fa sun a-

ファスナー を あける。【ファスナーを開ける。】打開拉鍊。
fasuna-　　o　akeru

◆ ファッション【ふぁっしょん】〔名詞〕流行時尚
fa sshon

いま の にんきファッション。【今の人気ファッション。】現今流行時尚。
ima　no ninki fasshon

◆ ファミリー【ふぁみりー】〔名詞〕家庭、家族
fa mi ri-

ファミリーレストラン。家庭餐廳。
famiri- resutoran

◆ ふあん【不安】〔名詞、形容動詞〕不安、擔心
fu an

ふあん を かんじる。【不安を感じる。】感到不安。
fuan　　o　kanjiru

✦ ファン【ふぁん】 〔名詞〕粉絲、歌迷
fan

わたし は あの かしゅ の ファン です。 【私はあの歌手のファンです。】
watashi wa ano　kashu　no　fan　　desu

我是那個歌手的粉絲。

✦ ふい【不意】 〔名詞、形容動詞〕意外、突然
fu i

ふい に あらわれた。 【不意に現れた。】 突然出現。
fui　　ni arawareta

✦ フィギュア【ふぃぎゅあ】 〔名詞〕花式溜冰
fi gyu a

フィギュア を みる。 【フィギャアを見る。】 觀賞花式溜冰。
figyua　　　　o　miru

✦ ふうけい【風景】 〔名詞〕風景、情景
fu u ke i

うつくしい ふうけい。 【美しい風景。】 美麗的風景。
utsushii　　　fuukei

✦ ふうせん【風船】 〔名詞〕氣球
fu u sen

ふうせん を あげる。 【風船を上げる。】 放氣球。
fuusen　　　o　ageru

✦ ふうふ【夫婦】 〔名詞〕夫婦
fu u fu

ふうふ に なる。 【夫婦になる。】 結為夫婦。
fuufu　　ni　naru

◆ プール【ぷーる】〔名詞〕游泳池
pu-ru

プール で およぐ。【プールで泳ぐ。】在泳池裡游泳。
pu-ru　　de oyogu

💬 對話

| おかあさん：しゅうまつはプールにいこう。 | 媽媽：週末我們去游泳池游泳吧！ |
| こども：うみがいい。 | 小孩：我比較想去海邊。 |

お母さん：週末はプールに行こう。
子供：海がいい。

◆ ふえ【笛】〔名詞〕笛子
fu e

ふえ を ふく。【笛を吹く。】吹笛子。
fue　　o fuku

◆ ふえる【増える】〔動詞〕增加、增多
fu e ru

ひと が ふえた。【人が増えた。】人變多了。
hito　ga fueru

【相關用語】

ふやす【増やす】〔動詞〕使增加
fu ya su

ひと を ふやす。【人を増やす。】增加人數。
hito　　o fuyasu

◆ ふかい【深い】〔形容詞〕深的、嚴重的
fu ka i

ふかい いけ。【深い池。】很深的池塘。
fukai　　ike

【相反用語】

あさい【浅い】 〔形容詞〕淺的、輕微的
a sa i

💬 對話

こども：このいけはあさい？
おかあさん：いいえ、とてもふかい。
　　　　　　　あぶないよ。

子供：この池は浅い？
お母さん：いいえ、とても深い。危ないよ。

小孩：這個池子很淺？
媽媽：不，很深。很危險喔。

✦ **ぶかぶか** 〔名詞、形容動詞〕寬鬆、過大不合身
bu ka bu ka

ぶかぶか な ふく。【ぶかぶかな服。】寬鬆的衣服。
bukabuka　na　fuku

✦ **ふく【吹く】** 〔動詞〕吹
fu ku

かぜ が ふく。【風が吹く。】風吹。
kaze　ga fuku

✦ **ふく【拭く】** 〔動詞〕擦拭
fu ku

あせ を ふく。【汗を拭く。】擦汗。
ase　o　fuku

✦ **ふく【服】** 〔名詞〕衣服
fuku

ふく を きる。【服を着る。】穿衣服。
fuku　o　kiru

❶ したぎ【下着】
shitagi 內衣

❷ パンツ【ぱんつ】
pantsu 內褲

❸ コート【こーと】
ko-to 大衣

❹ ジーンズ【じーんず】
ji-nzu 牛仔褲

❺ ベスト【べすと】
besuto 背心

❼ シャツ【しゃつ】 shatsu 襯衫

50% OFF

SALE

❶3 ジャケット【じゃけっと】
jaketto 外套

❶4 ズボン【ずぼん】
zubon 長褲

❶5 くつ【靴】
kutsu 鞋子

❶9 みずぎ【水着】
mizugi 泳裝

❶6 ワンピース【わんぴーす】
wanpi-su 連身裙

❶7 スカート【すかーと】
suka-to 裙子

㉑ スイムゴーグル【すいむごーぐる】
suimugo-guru 泳鏡

⑳ スイムキャップ【すいむきゃっぷ】
suimukyappu 泳帽

試衣間

ふく【服】
fuku 衣服

06_31.MP3

⑥ うわぎ【上着】
uwagi 上衣

⑨ しちゃくしつ
【試着室】
shichakushitsu 試衣間

⑪ ミシン
【みしん】
mishin 縫紉機

⑩ さいずなおし
【サイズ直し】
saizunaoshi 修改衣服

⑧ しちゃく【試着】
shichaku 試穿

⑫ アイロン
【あいろん】
airon 熨斗

㉕ セーター【せーたー】
se-ta- 毛衣

㉔ こどもふく【子供服】
kodomofuku 童裝

⑱ はんずぼん【半ズボン】
hanzubon 短褲

㉒ レインコート
【れいんこーと】
reinko-to 雨衣

㉓ タグ【たぐ】
tagu 標籤

349

◆ ふくむ【含む】 〔動詞〕含著、含有
fu ku mu

みず を くち に ふくむ。【水を口に含む。】把水含在嘴巴裡。
mizu o kuchi ni fukumu

◆ ふくらむ【膨らむ】 〔動詞〕脹、變大
fu ku ra mu

はら が ふくらむ。【腹が膨らむ。】肚子脹大。（肚子好脹。）
hara ga fukuramu

◆ ふくろ【袋】 〔名詞〕袋子
fu ku ro

ふくろ に いれる。【袋に入れる。】裝進袋子。
fukuro ni ireru

🗨 對話

| こども：ふくろがほしい。 | 小孩：我要袋子。 |
| おかあさん：なにつかう。 | 媽媽：要幹嘛用的？ |

子供：袋が欲しい。
お母さん：何に使う。

◆ ぶさいく【不細工】 〔名詞、形容動詞〕粗糙、醜陋
bu sa i ku

ぶさいく な かお。【不細工な顔。】醜陋的臉。
busaiku na kao

◆ ふざける 〔動詞〕鬧著玩、開玩笑
fu za ke ru

ともだち と ふざける。【友達とふざける。】與朋友鬧著玩。
tomodachi to fuzakeru

◆ふさわしい【相応しい】〔形容詞〕適合、合適的
fu sa wa shi i

ふさわしい しごと。【相応しい仕事。】合適的工作。
fusawashi　　shigoto

◆ぶじ【無事】〔名詞、形容動詞〕平安無事
bu ji

ぶじ に おわった。【無事に終わった。】平安結束了。
buji　　ni　owatta

💬 對話

ともだち：せんせいはぶじにたいいんしました。　　朋友：老師平安出院了。
わたし：それはほんとうによかったです。　　我：那真是太好了。

友達：先生は無事に退院しました。
私：それは本当に良かったです。

◆ふしぎ【不思議】〔名詞、形容動詞〕奇怪、奇妙、不可思議
fu shi gi

ふしぎ な じけん。【不思議な事件。】不可思議的案件。
fushigi　na　jiken

◆ふじゆう【不自由】〔名詞、形容動詞〕不自由、不方便
fu ji yu u

あし を けが して ふじゆう です。【足を怪我して不自由です。】
ashi　o　kega　shitte fujiyuu　　desu

腳受傷了不太方便。

◆ふせぐ【防ぐ】〔動詞〕預防、防禦
fusegu

かんせん を ふせぐ。【感染を防ぐ。】預防感染。
kansen　　o　fusegu

◆ ふそく【不足】 〔名詞、形容動詞、動詞〕不足、不夠
fu so ku

みずぶそく。【水不足。】缺水。
mizubusoku

◆ ふた【蓋】 〔名詞〕蓋子
fu ta

ふた を しめる。【蓋を閉める。】蓋上蓋子。
futa　　o　shimeru

◆ ぶたい【舞台】 〔名詞〕舞台
bu ta i

ぶたい に たつ。【舞台に立つ。】站上舞台。
butai　　ni tatsu

◆ ふたご【双子】 〔名詞〕雙胞胎
fu ta go

ふたご が うまれた。【双子が生まれた。】雙胞胎出生了。
futago　ga　umareta

◆ ふたたび【再び】 〔副詞〕再次、再度
fu ta ta bi

ふたたび しっぱい した。【再び失敗した。】再次失敗了。
futatabi　　shippai　　shita

◆ ふだん【普段】 〔副詞〕平常、平時
fu dan

ふだん あさごはん は たべない。【普段朝ご飯は食べない。】
fudan　　asagohan　　wa tabenai

平常都不吃早餐的。

◆ ふつう【普通】 〔名詞、形容動詞、副詞〕一般、普通
fu tsu u

ふつうでんしゃ。【普通電車。】普通車。
futsu densha

◆ ぶつかる 〔動詞〕撞、碰
bu tsu ka ru

くるま が かべ に ぶつかった。【車が壁にぶつかった。】車子撞上牆壁。
kuruma ga kabe ni butsukatta

◆ ぶつける 〔動詞〕使撞上
bu tsu ke ru

くるま を かべ に ぶつけた。【車を壁にぶつけた。】讓車子撞上了牆壁。
kuruma o kabe ni butsuketa

◆ ふで【筆】 〔名詞〕毛筆
fu de

ふで で じ を かく。【筆で字を書く。】用毛筆寫字。
fude de ji o kaku

◆ ふと【不図】 〔副詞〕忽然
fu to

ふと おもいだした。【ふと思い出した。】忽然想起來。
futo omoidashita

◆ ふとい【太い】 〔形容詞〕粗、肥
fu to i

あし が ふとい。【足が太い。】腳很粗。
ashi ga futoi

◆ ふとる【太る】 〔動詞〕胖、肥胖
fu to ru

ふゆ に なると ふとる。 【冬になると太る。】 一到冬天就變胖。
fuyu ni naruto futoru

💬 對話

ともだち：なつになるとやせる？　　朋友：一到夏天就會變瘦嗎？
わたし：いいえ、ぎゃくにふとる。　　我：不，反而會變胖。

友達：夏になると痩せる？
私：いいえ、逆に太る。

◆ ふとん【布団】 〔名詞〕棉被
fu ton

ふとん を かける。 【布団を掛ける。】 蓋棉被。
futon o kakeru

◆ ふね【船】 〔名詞〕船
fu ne

ふね に のる。 【船に乗る。】 搭船。
fune ni noru

◆ ふべん 【不便】 〔名詞、形容動詞、動詞〕不方便
fu ben

こうつう が ふべん な いなか。 【交通が不便な田舎。】 交通不方便的郷下。
koutsuu　ga fuben　na inaka

◆ ふみきり 【踏切】 〔名詞〕平交道
fu mi ki ri

ふみきり を わたる。 【踏切を渡る。】 穿越平交道。
fumikiri　　o　wataru

◆ ふむ 【踏む】 〔動詞〕踏、踩
fu mi

あし を ふんだ。 【足を踏んだ。】 踩到脚了。
ashi　o　funda

💬 對話

ともだち：いたい、あしをふまれた。　　　朋友：好痛，我的脚被踩到了。
わたし：だいじょうぶ？　　　　　　　　我：沒事吧？

友達：痛い、足を踏まれた。
私：大丈夫？

◆ ふゆ 【冬】 〔名詞〕冬天
fu yu

ふゆ が きた。 【冬が来た。】 冬天來了。
fuyu　ga　kita

◆ ふゆやすみ 【冬休み】 〔名詞〕寒假
fu yu ya su mi

ふゆやすみ に はいる。 【冬休みに入る。】 進入寒假。
fuyuyasumi　　ni　hairu

◆ フライ【ふらい】　〔名詞〕油炸
fu ra i

エビフライ。炸蝦。
ebifurai

◆ フライト【ふらいと】　〔名詞〕飛行、航行
fu ra i to

しんや の フライト。【深夜のフライト。】半夜的航班。（紅眼班機）
shinya　no furaito

💬 **對話**

> ともだち：あしたはなんじのフライト？　　朋友：明天是幾點的飛機？
> わたし：あさごじ。　　　　　　　　　　　我：早上五點。
>
> 友達：明日は何時のフライト？
> 私：朝五時。

◆ プラグ【プラグ】　〔名詞〕插頭
pu ra gu

プラグ を ぬく。【プラグを抜く。】拔插頭。
puragu　o　nuku

◆ ブラシ【ぶらし】　〔名詞〕刷子
bu ra shi

はブラシ。【歯ブラシ。】牙刷。
haburashi

◆ フラッシュ【ふらっしゅ】　〔名詞〕閃光燈
fu ra sshu

フラッシュ を けす。【フラッシュを消す。】關掉閃光燈。
furasshu　　o　kesu

◆（プラット）ホーム【（ぷらっと）ほーむ】
pu ra tto ho-mu

〔名詞〕月台

プラットホーム まで おくる。【プラットホームまで送る。】送到月台。
purattoho-mu　　made okuru

◆プラン【ぷらん】〔名詞〕計畫、方案
pu ran

プラン を たてる。【プランを立てる。】訂定計畫。
puran　o　tateru

◆ぶらんこ〔名詞〕鞦韆
bu ran ko

ぶらんこ に のる。【ぶらんこに乗る。】盪鞦韆。
buranko　ni　noru

💬 對話

|こども：ぶらんこにのりたい。|小孩：我要玩鞦韆。|
|おかあさん：きをつけてよ。|媽媽：小心一點。|

子供：ぶらんこに乗りたい。
お母さん：気をつけてよ。

◆フランス【ふらんす】〔名詞〕法國
fu ran su

フランス に いく。【フランスに行く。】去法國。
furansu　ni　iku

◆ふりかえる【振り返る】〔名詞〕回頭、回顧
fu ri ka e ru

うしろ を ふりかえる。【後ろを振り返る。】回頭看後面。
ushiro　o　furikaeru

✦ ふりだし【振り出し】 〔名詞〕起點、原點
fu ri da shi

ふりだし に もどる。【振り出しに戻る。】 回到原點。
furidashi　ni　modoru

✦ ふりょう【不良】 〔名詞〕品質不佳、不良少年
fu ryo u

ふりょう に なる。【不良になる。】 變成不良少年。
furyou　ni　naru

✦ プリンス【ぷりんす】 〔名詞〕王子
pu rin su

プリンス と けっこん する。【プリンスと結婚する。】 與王子結婚。
purinsu　to kekkon　suru

✦ プリンセス【ぷりんせす】 〔名詞〕公主
pu rin se su

プリンセス に なる。 成為公主。
purinsesu　ni　naru

✦ ふる【振る】 〔動詞〕揮、搖
fu ru

て を ふる。【手を振る。】 揮手。
te　o　furu

✦ ふる【降る】 〔動詞〕下、降
fu ru

あめ が ふる。【雨が降る。】 下雨。
ame　ga　furu

💬 **對話**

| こども：あしたあめがふる？ | 小孩：明天會下雨嗎？ |
| おかあさん：ゆきもふるかも。 | 媽媽：也許也會下雪。 |

子供：明日雨が降る？
お母さん：雪も降るかも。

✦ **ふるい【古い】** 〔形容詞〕舊的、老的
fu ru i

ふるい ふく。【古い服。】舊衣服。
furui fuku

> 【相反用語】
>
> **あたらしい【新しい】** 〔形容詞〕新的
> a ta ra shi i
>
> **あたらしい ふく。【新しい服。】** 新衣服。
> atarashii fuku

💬 **對話**

| ともだち：これはあたらしいかばん？ | 朋友：這是新的包包嗎？ |
| わたし：いいえ、ふるい。 | 我：不，是舊的。 |

友達：これは新しいかばん？
私：いいえ、古い。

✦ **ふるえる【震える】** 〔動詞〕震動、發抖
fu ru e ru

てが ふるえる。【手が震える。】手發抖。
te ga furueru

✦ **プレゼント【ぷれぜんと】** 〔名詞〕禮物
pu re zen to

プレゼント を おくる。【プレゼントを贈る。】贈送禮物。
purezento   o okuru

◆ ふれる【触れる】 〔動詞〕摸、碰觸
fu re ru

て を ふれないで ください。【手を触れないでください。】請勿用手觸摸。
te　o　furenaide　　kudasai

◆ ふろ【風呂】 〔名詞〕（多用「おふろ」的形式）洗澡、澡盆
fu ro

おふろ に はいる。【お風呂に入る。】去洗澡。
ofuro　　ni　hairu

💬 **對話**

| おかあさん：おふろは？ | 媽媽：洗澡了沒？ |
| こども：まだ。 | 小孩：還沒。 |

お母さん：お風呂は？
子供：まだ。

◆ プロ【ぷろ】 〔名詞〕職業的、專門的
pu ro

プロ の せんしゅ。【プロの選手。】職業選手。
puri　no senshu

◆ ふん【分】 〔名詞〕分、分鐘
fun

いちじかん は ろくじゅっぷん。【1時間は60分。】1小時是60分鐘。
ichijikan　　wa rokujuppun

◆ ぶん【分】 〔名詞〕部分、份量
bun

ふたりぶん の しごと を した。【二人分の仕事をした。】做了兩人份的工作。
futaribun　　no shigoto o shita

◆ ぶん【文】 〔名詞〕文章、句子
bun

ぶん を つくる。【文を作る。】造句。
bun　o　tsukuru

◆ ふんいき【雰囲気】 〔名詞〕氣氛
fun i ki

みせ の ふんいき が いい。【店の雰囲気はいい。】店裡的氣氛很好。
mise　no funiki　　ga　ii

◆ ぶんか【文化】 〔名詞〕文化
bun ka

にほん の ぶんか が すき です。【日本の文化が好きです。】喜歡日本的文化。
nihon　　no bunka　ga　suki　desu

◆ ふんばる【踏ん張る】 〔動詞〕堅持努力下去
fun ba ru

さいご まで ふんばる。【最後まで踏ん張る。】努力撐到最後。
saigo　　made funbaru

◆ ぶんべつ【分別】 〔名詞、動詞〕分類、區分
bun be tsu

ごみ の ぶんべつ。【ごみの分別。】垃圾分類。
gomi　no bunbetsu

◆ ぶんぼうぐ【文房具】 〔名詞〕文具
bun bo u gu

ぶんぼうぐ を かう。【文房具を買う。】買文具。
bunbougu　　o　kau

你知道嗎？へ是從中文這樣變來的：

部 → 部 → へ → へ

跟孩子可以
這樣一起寫

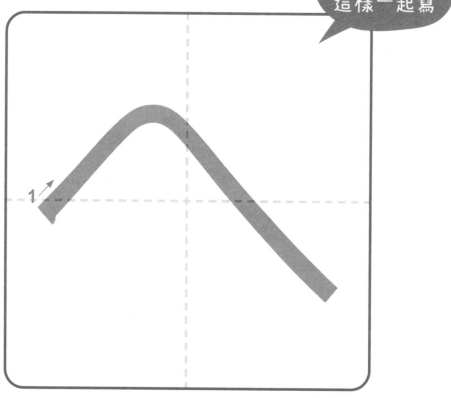

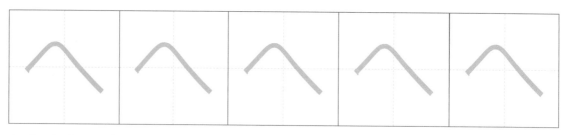

好好與您的孩子展開第一段的日語學習探索之旅吧！

你知道嗎？へ是從中文這樣變來的：

爸爸媽媽可以這樣記假名

部 → 卩 → ⁁ → へ

跟孩子可以
這樣一起寫

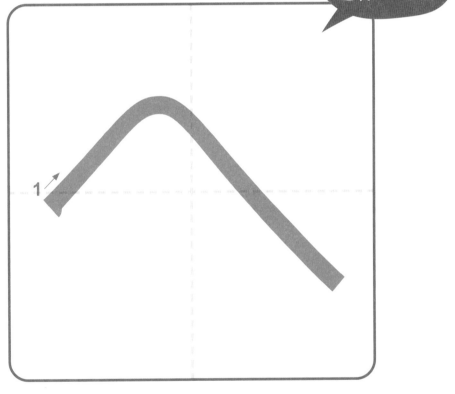

1

好好與您的孩子展開第一段的日語學習探索之旅吧！

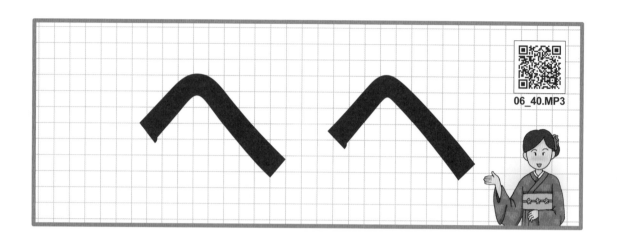

06_40.MP3

◆ <u>へ</u> 〔助詞〕往、向（表前進、移動方向）
e

にほん へ いく。【日本へ行く。】朝向日本去。
nihon　　e iku

◆ <u>へ</u>【屁】〔名詞〕屁
he

へ を する。放屁。
he　o　suru

【相同用語】

おなら 〔名詞〕屁
o na ra

おなら を する。放屁。
onara　　o　suru

◆ <u>ヘア</u>【へあ】〔名詞〕頭髮
he a

ヘアスタイル。髮型。
hea sutairu

364

✦ペア【ぺあ】 〔名詞〕兩個成對的
pe a

ペア で かう。【ペアで買う。】買一對。
pea　de kau

✦へいき【平気】 〔名詞、形容動詞〕不在乎、沒關係
he i ki

しっぱい しても へいき だ。【失敗しても平気だ。】即使失敗也不在乎。
shippai　shitemo heiki　da

✦へいじつ【平日】 〔名詞〕平日
he i ji tsu

へいじつ は ろくじ まで。【平日は六時まで。】平日只到六點。
heijitsu　wa rokuji　made

✦へいてん【閉店】 〔名詞、動詞〕倒閉、關店休息、打烊
he i ten

みせ は ろくじ に へいてん する。【店は六時に閉店する。】
mise　wa rokuji　ni heiten　suru

商店營業到六點。

> 【 相反用語 】
> **かいてん【開店】** 〔名詞、動詞〕新店開張、開門營業
> ka i ten

✦へいわ【平和】 〔名詞、形容動詞〕和平
he i wa

へいわ を まもる。【平和を守る。】維護和平。
heiwa　o mamoru

◆ ベーコン【べーこん】〔名詞〕培根
be-kon

ベーコン を 食べる。【ベーコンを食べる。】吃培根。
be-kon　　o　taberu

◆ ページ【ぺーじ】〔名詞〕頁數
pe-ji

ページ を くる。【ページを繰る。】翻頁。
pe-ji　　o　kuru

◆ ペース【ぺーす】〔名詞〕步調
pe-su

ペース が おちた。【ペースが落ちた。】步調減慢了。
pe-su　　ga　ochita

◆ ペーパー【ぺーぱー】〔名詞〕紙
pe-pa-

トイレットペーパー。衛生紙。
toiretto pe-pa-

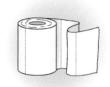

◆ ぺこぺこ〔副詞、形容動詞〕飢餓
pe ko pe ko

おなか が ぺこぺこ だ。【お腹がペコペコだ。】肚子餓扁了。
onaka　ga　pekopeko　da

💬 對話

| こども：ママ、おなかがペコペコ。 | 小孩：媽媽，我肚子餓扁了。 |
| おかあさん：わたしもおなかがすいた。 | 媽媽：我肚子也餓了。 |

子供：ママ、お腹がぺこぺこ。
お母さん：私もお腹が空いた。

✦ぺしゃんこ 〔形容動詞〕壓扁了
pe shan ko

はこ が ぺしゃんこ に なった。【箱がぺしゃんこになった。】箱子壓扁了。
hako ga peshanko ni natta

✦へそ【臍】 〔名詞〕肚臍
he so

へそ を まげる。【へそを曲げる。】鬧彆扭。
heso o mageru

✦へた【下手】 〔名詞、形容動詞〕笨拙、不高明
he ta

にほんご が へた です。【日本語が下手です。】日文不好。
nihongo ga heta desu

💬 對話

ともだち：にほんごがじょうずですね。	朋友：你日文很棒耶。
わたし：いいえ、まだへたです。	我：不，還不太行啦。

友達：日本語が上手ですね。
私：いいえ、まだ下手です。

✦べたべた 〔副詞、動詞〕黏黏的
be ta be ta

あせ で からだ が べたべた だ。【汗で体がべたべただ。】
ase de karada ga betabeta da

因為流汗身體濕黏。

✦べつ【別】 〔名詞、形容動詞〕另外的、不一樣的
be tsu

べつ の ところ に いく。【別のところに行く。】到別的地方去。
betsu no tokoro ni iku

✦ べつじん【別人】 〔名詞〕不一樣的人
be tsu jin

べつじん のように なった。【別人のようになった。】好像換了一個人。
betsujin　noyou　ni　natta

✦ ベッド【べっど】 〔名詞〕床
be ddo

べっど で ねる。【ベッドで寝る。】在床上睡覺。
beddo　de neru

✦ ペット【ぺっと】 〔名詞〕寵物
pe tto

ぺっと を かう。【ペットを飼う。】養寵物。
petto　o kau

💬 對話

| こども：ペットがほしい。 | 小孩：我想要養寵物。 |
| おかあさん：むり、ぜったいだめ。 | 媽媽：不可能、絕對不行。 |

子供：ペットがほしい。
お母さん：無理、絶対だめ。

✦ べつべつ【別々】 〔名詞、形容動詞〕分開、分別
be tsu be tsu

おかいけい は べつべつ で おねがい します。
okaikei　wa betsubetsu de onegai　shimasu

【お会計は別々でお願いします。】麻煩分開結帳。

✦ ベトナム【べとなむ】 〔名詞〕越南
be to na mu

ベトナム に いく。【ベトナムに行く。】去越南。
betonamu　ni　iku

へび【蛇】〔名詞〕蛇
he bi

へび に かまれる。【蛇に嚙まれる。】被蛇咬。
hebi ni kamareru

✦へや【部屋】〔名詞〕房間
he ya

へや に はいる。【部屋に入る。】進入房間。
heya ni hairu

💬 對話

こども：じぶんのへやがほしい。　　小孩：我想要有自己的房間。
おかあさん：おおきくなってから。　媽媽：等你長大再說。

子供：自分の部屋が欲しい。
お母さん：大きくなってから。

✦へらす【減らす】〔動詞〕使減少
he ra su

たいじゅう を へらす。【体重を減らす。】減重。
taijuu   o herasu

> 【 相關用語 】
>
> **へる【減る】**〔動詞〕減少
> he ru
>
> **たいじゅう が へる。【体重が減る。】體重變輕。**
> taijuu   ga heru

✦ベル【べる】〔名詞〕鈴、門鈴
be ru

ベル を ならす。【ベルを鳴らす。】按門鈴。
beru   o narasu

❶ クーラー【くーらー】
ku-ra- 冷氣

❷ でんき【電気】
denki 電燈

❺ せんぷうき【扇風機】
senpuuki 電風扇

❻ テーブル【てーぶる】
te-buru 桌子

❼ けいたい【携帯】
keitai 手機

❸ テレビ【てれび】
terebi 電視

❿ シャワー【しゃわー】
shawa- 蓮蓬頭

⓮ かがみ【鏡】
kagami 鏡子

⓭ タオル【たおる】
taoru 毛巾

⓰ せっけん【石鹸】
sekken 肥皂

⓯ はぶらし【歯ブラシ】
haburashi 牙刷

⓳ せんめんだい【洗面台】
senmendai 洗臉台

⓱ じゃぐち【蛇口】
jaguchi 水龍頭

⓬ マット【マット】
matto 地墊

⓫ べんき【便器】
benki 馬桶

へや【部屋】
heya 房間

06_41.MP3

❹ ソファー【そふぁー】
sofa- 沙發

❽ でんわ【電話】
denwa 電話

❾ ごみばこ【ごみ箱】
gomibako 垃圾桶

⑳ クローゼット【くろーぜっと】
kuro-zetto 衣櫃

㉔ くし【櫛】
kushi 梳子

㉕ まくら【枕】
makura 枕頭

⑲ ベッド【べっど】
beddo 床

㉓ いす【椅子】
isu 椅子

㉑ つくえ【机】
tsukue 桌子

㉒ パソコン【ぱそこん】 pasokon 電腦

◆ベルト【べると】〔名詞〕皮帶、安全帶
be ru to

シートベルト を しめる。【シートベルトを締める。】繫安全帶。
shi-to beruto o shimeru

◆ヘルメット【へるめっと】〔名詞〕安全帽
he ru me tto

ヘルメット を かぶる。【ヘルメットを被る。】戴安全帽。
herumetto o kaburu

💬 **對話**

ともだち：ヘルメットは？	朋友：安全帽呢？
わたし：わすれた。	我：我忘記了。
友達：ヘルメットは？	
私：忘れた。	

◆へん【変】〔形容動詞〕奇怪、異常
hen

へん な あじ が する。【変な味がする。】有奇怪的味道。
hen na aji ga suru

◆ペン【ぺん】〔名詞〕筆
pen

ボールペン で かく。【ボールペンで書く。】用原子筆寫。
bo-rupen de kaku

◆ペンキ【ぺんき】〔名詞〕油漆
pen ki

ペンキ を ぬる。【ペンキを塗る。】塗油漆。
penki o nuru

◆ べんきょう【勉強】 〔名詞、動詞〕學習、用功
ben kyo u

にほんご を べんきょう する。【日本語を勉強する。】
nihongo　o　bengyou　　suru

💬 對話

おかあさん：えいごのべんきょうは？　　　媽媽：英文的學習呢？
こども：まいにちべんきょうしているよ。　小孩：每天都有在用功喔。

お母さん：英語の勉強は？
子供：毎日勉強しているよ。

◆ ペンギン【ぺんぎん】 〔名詞〕企鵝
pen gin

すいぞくかん に ペンギン が いる。【水族館にペンギンがいる。】
suizokukan　　ni pengin　　ga iru

水族館有企鵝。

◆ へんじ【返事】 〔名詞、動詞〕回答、回覆、回信
henji

へんじ が ない。【返事がない。】沒有回答、沒有消息。
henji　　ga nai

◆ ベンチ【べんち】 〔名詞〕長椅、板凳
ben chi

こうえん の べんち に すわる。【公園のベンチに座る。】坐在公園的長椅上。
kouen　　no benchi　ni suwaru

◆ べんぴ【便秘】 〔名詞、動詞〕便祕
ben pi

べんぴ に なる。【便秘になる。】罹患便祕。
benpi　　ni naru

你知道嗎？ほ是從中文這樣變來的：

爸爸媽媽可以這樣記假名

保 → ほ → ほ

跟孩子可以
這樣一起寫

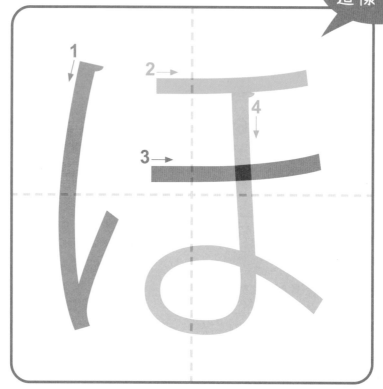

好好與您的孩子展開第一段的日語學習探索之旅吧！

你知道嗎？ホ是從中文這樣變來的：

爸爸媽媽可以這樣記假名

保 → 呆 → ホ

跟孩子可以
這樣一起寫

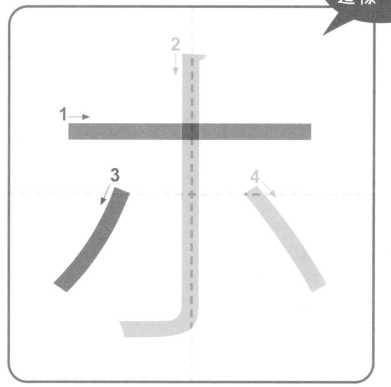

好好與您的孩子展開第一段的日語學習探索之旅吧！

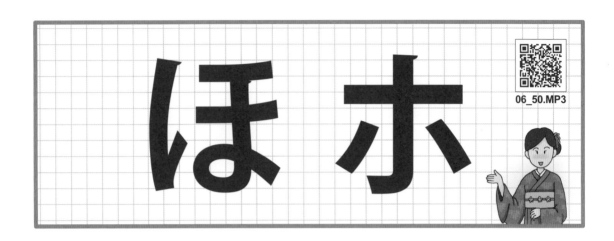

◆ ほう【方】 〔名詞〕方向、方面
ho u

えき の ほう へ いく。【駅の方へ行く。】往車站方向過去。
eki　no hou　e iku

◆ ぼう【棒】 〔名詞〕棒子
bo u

ぼう を もつ。【棒を持つ。】手持棍棒。
bou　o motsu

◆ ほうか【放課】 〔名詞、動詞〕下課、放學
ho u ka

ほうかご。【放課後。】放學之後。
houkago

◆ ほうこう【方向】 〔名詞〕方向
ho u ko u

かぜ の ほうこう。【風の方向。】風向。
kaze　no houkou

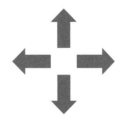

🗨 對話

わたし：すみません、えきはこの　　我：不好意思，請問車站是往這個方向嗎？
　　　　ほうこうですか？
しらないひと：そうです。　　　　不認識的人：是的。

私：すみません、駅はこの方向
　　ですか？
知らない人：そうです。

◆ ぼうし【防止】〔名詞、動詞〕防止
bo u shi

じこ を ぼうし する。【事故を防止する。】防止事故發生。
jiko　o　boushi　suru

◆ ぼうず【坊主】〔名詞〕和尚、光頭
bo u zu

ぼうず に する。【坊主にする。】剃光頭。
bouzu　ni suru

◆ ぼうすい【防水】〔名詞、動詞〕防水
bo u su i

この くつ は ぼうすい です。【この靴は防水です。】這雙鞋是防水的。
kono　kutsu wa bousui　desu

◆ ほうせき【宝石】〔名詞〕寶石
ho u se ki

きれい な ほうせき。【きれいな宝石。】美麗的寶石。
kirei　na houseki

✦ ほうび【褒美】 〔名詞、動詞〕讚美、獎賞
no u bi

ごほうび を もらった。【御褒美をもらった。】
gohoubi　　o　moratta

獲得了獎品、獎勵。

💬 對話

| おかあさん：これ、テストまんてんの
　　　　　　　ごほうび。 | 媽媽：這個給你，考試滿分的獎勵。 |
| こども：やった。ありがとう。 | 小孩：太好了，謝謝。 |

お母さん：これ、テスト満点のご褒美。
子供：やった。ありがとう。

✦ ほうほう【方法】 〔名詞〕方法、手段、辦法
ho u ho u

かいけつ の ほうほう が あります。【解決の方法があります。】
kaiketsu　　no houhou　　ga arimasu

有解決的辦法。

✦ ほうもん【訪問】 〔名詞、動詞〕訪問
ho u mon

かていほうもん を する。【家庭訪問をする。】做家庭訪問。
katei houmon　　　　o　suru

✦ ほうれんそう【ほうれん草】 〔名詞〕菠菜
ho u ren so u

ほうれんそう は ちょっと にがい。【ほうれん草はちょっと苦い。】
hourensou　　　wa chotto　　nigai

菠菜有一點苦。

✦ ほえる【吠える】 〔動詞〕狗或野獸大叫
ho e ru

いぬ が ほえる。【犬が吠える。】狗叫。
inu　ga hoeru

✦ ポーズ【ぽーず】 〔名詞〕姿勢
po-zu

ポーズ を とる。【ポーズを取る。】擺姿勢。
po-zu　　o　toru

✦ ボール【ぼーる】 〔名詞〕球
bo-ru

ボール を なげる。【ボールを投げる。】丟球、投球。
bo-ru　　o　nageru

✦ ほか【他】 〔名詞〕另外、其他
ho ka

ほか の ひと。【他の人。】其他人、別人。
hoka　no hito

✦ ぼく【僕】 〔名詞〕（男子對平輩或晚輩時的自稱）我
bo ku

ぼく は いく。【僕は行く。】我要去。
boku　wa iku

✦ ほくろ【黒子】 〔名詞〕痣
ho ku ro

かお に ほくろ が ある。【顔にほくろがある。】臉上有痣。
kao　ni hokuro　ga aru

◆ポケット【ぽけっと】〔名詞〕口袋
po ke tto

ポケット に いれる。【ポケットに入れる。】放入口袋。
poketto　　ni ireru

◆ほけん【保険】〔名詞〕保險
ho ken

ほけん に はいる。【保険に入る。】參加保險。
hoken　　ni hairu

◆ほこり【埃】〔名詞〕灰塵
ho ko ri

ほこり を はらう。【ほこりを払う。】撥掉灰塵。
hokori　　o　harau

◆ほこり【誇り】〔名詞〕自豪、驕傲
ho ko ri

むら の ほこり です。【村の誇りです。】村中的驕傲。
mura　no　hokori　desu

◆ほこる【誇る】〔動詞〕自豪、誇耀
ho ko ru

せいせき を ほこる。【成績を誇る。】誇耀成績。
seiseki　　o　hokoru

◆ほしい【欲しい】〔形容詞〕想要
ho shi i

みず が ほしい。【水が欲しい。】想要（喝）水。
mizu　ga hoshii

💬 對話

こども：あれもほしい。これもほしい。　小孩：那個也想要，這個也想要。
おかあさん：ぜんぶほしいですね。　　媽媽：全部都想要吧。

子供：あれもほしい、これもほしい。
お母さん：全部欲しいですね。

◆ ほじる 〔動詞〕挖
ho ji ru

はな を ほじる。【鼻をほじる。】挖鼻孔。
hana　o　hojiru

【 相關用語 】

ほる【掘る】 〔動詞〕挖
ho ru

トンネル を ほる。【トンネルを掘る。】 挖隧道。
tonneru　　o　horu

◆ ほす【干す】 〔動詞〕曬、晾
hosu

ふく を ほす。【服を干す。】曬衣服。
fuku　o　hosu

◆ ポスト【ぽすと】 〔名詞〕郵筒
po su to

てがみ を ポスト に いれる。【手紙をポストに入れる。】把信投入郵筒。
tegami　o　posuto　ni　ireru

◆ ほそい【細い】 〔形容詞〕細的、狹窄的
ho so i

ほそい みち。【細い道。】狹窄的道路。
hosoi　　michi

◆ **ほぞん【保存】** 〔名詞、動詞〕保存
ho zon

やさい を ほぞん する。【野菜を保存する。】保存蔬菜。
yasai　　o　hozon　　suru

◆ **ほたる【蛍】** 〔名詞〕螢火蟲
ho ta ru

ほたる が ひかる。【蛍が光る。】螢火蟲發光。
hotaru　ga　hikaru

◆ **ボタン【ぼたん】** 〔名詞〕鈕扣
bo tan

ボタン を かける。【ボタンを掛ける。】扣上鈕扣。
botan　　o　kakeru

◆ **ぼっち** 〔接尾詞〕只有、僅僅
bo tchi

ひとりぼっち。【一人ぼっち。】孤單一人。
hitori botchi

◆ **ホット【ほっと】** 〔接頭詞〕熱的
ho tto

ホットコーヒー。熱咖啡。
hotto　　ko-hi-

382

💬 對話

ともだち：ホットコーヒーをください。　　朋友：請給我熱咖啡。
わたし：おなじものをください。　　　　我：請給我一樣的。

友達：ホットコーヒーを下さい。
私：同じものを下さい。

◆ ポット【ぽっと】 〔名詞〕壺
po tto

コーヒーポット。 咖啡壺。
ko-hi-　　potto

◆ ほどう【歩道】 〔名詞〕人行道
ho do u

ほどう を あるく。 【歩道を歩く。】 走在人行道上。
hodou　o　aruku

> 【 歩道相關用語 】
>
> **ほどうきょう【歩道橋】** 〔名詞〕天橋
> ho do u kyo u
>
> **おうだんほどう【横断歩道】** 〔名詞〕行人穿越道、斑馬線
> o u dan ho do u

◆ ほね【骨】 〔名詞〕骨頭
ho ne

ほね が おれる。 【骨が折れる。】 骨折。
hone ga oreru

◆ ほぼ【略】 〔副詞〕大概、大致、大約
ho bo

ほぼ かんせい した。 【ほぼ完成した。】 大致上完成了。
hobo kansei　shita

◆ ほほえむ【微笑む】 〔動詞〕微笑
ho ho e mu

ほほえむ かお。【微笑む顔。】微笑的臉。
hohoemu　kao

> 【相關用語】
> ほほえみ【微笑み】〔名詞〕微笑
> ho ho e mi

◆ ほめる【褒める】 〔動詞〕稱讚、讚美
ho me ru

こども を ほめる。【子供をほめる。】稱讚小孩子。
kogomo o　homeru

◆ ボリューム【ぼりゅーむ】 〔名詞〕體積、份量、音量
bo ryu-mu

りょうり の ボリューム が おおい。【料理ボリュームが多い。】
ryori　　no boryu-mu　　ga ooi

料理的份量很多。

◆ ほる【掘る】 〔動詞〕挖
ho ru

トンネル を ほる。【トンネルを掘る。】挖隧道。
tonneru　　o　　horu

◆ ぼろぼろ 〔副詞、形容動詞〕破爛不堪、破破爛爛
bo ro bo ro

ふく が ぼろぼえ。【服がぼろぼろ。】衣服破破爛爛。
fuku　ga boroboro

💬 **對話**

こども：ママ、これはもうぼろぼろ。
おかあさん：あたらしいのをかおう。

小孩：媽媽，這個破破爛爛的了。
媽媽：買新的吧。

子供：ママ、これはもうぼろぼろ。
お母さん：新しいのを買おう。

◆ ほん【本】 〔名詞〕書、書本
hon

ほん を よむ。【本を読む。】讀書。
hon　o　yomu

◆ ほんき【本気】 〔名詞、形容動詞〕認真、當真
hon ki

ほんき で はたらく。【本気で働く。】認真工作。
honki　de　hataraku

◆ ほんとう【本当】 〔名詞、形容動詞〕真正、真實
hon to u

ほんとう です。【本当です。】真的。
hontou　desu

◆ ほんもの【本物】 〔名詞〕真的東西、本尊、不是假的
hon mo no

ほんもの の ほうせき。【本物の宝石。】真的寶石。
honmono　no houseki

> 【相反用語】
> **にせもの【偽物】** 〔名詞〕假的東西、假冒的人、冒牌貨
> ni se mo no

ま行 ·····
（ま、み、む、め、も）

07_00.MP3

ま ma	把嘴巴張開，發出「嗎（ㄇㄚ）」的音。	**まくら【枕】** 枕頭 ma ku ra 
み mi	把嘴巴微開，嘴角向左右伸展，發出「咪（ㄇㄧ）」的音。	**みかん【蜜柑】** 橘子 mi kan 
む mu	把嘴巴張開，嘴角向左右伸展，發出「（ㄇㄨ）」的音。	**むし【虫】** 蟲 mu shi 
め me	把嘴巴微開，發出「（ㄇㄟ）」的音。	**めがね【眼鏡】** 眼鏡 me ga ne
も mo	把嘴巴張開，發出「（ㄇㄡ）」的音。	**もも【桃】** 桃子 mo mo 

マ行 （マ、ミ、ム、メ、モ）

| マ ma | 把嘴巴張開，發出「嗎（ㄇㄚ）」的音。 | マスク 口罩
ma su ku |  |

| ミ mi | 把嘴巴微開，嘴角向左右伸展，發出「咪（ㄇㄧ）」的音。 | ミルク 牛奶
mi ru ku |  |

| ム mu | 把嘴巴張開，嘴角向左右伸展，發出「（ㄇㄨ）」的音。 | ムース 慕斯
mu- su | |

| メ me | 把嘴巴微開，發出「（ㄇㄟ）」的音。 | メロン 哈密瓜
me ron |  |

| モ mo | 把嘴巴張開，發出「（ㄇㄡ）」的音。 | モデル 模特兒
mo de ru |  |

你知道嗎？ま是從中文這樣變來的：

末 → ま → ま

跟孩子可以這樣一起寫

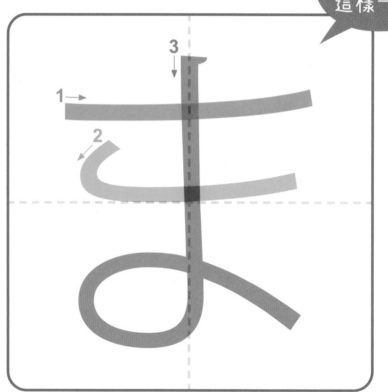

好好與您的孩子展開第一段的日語學習探索之旅吧！

你知道嗎？マ是從中文這樣變來的：

爸爸媽媽可以這樣記假名

万 → フ → マ

跟孩子可以這樣一起寫

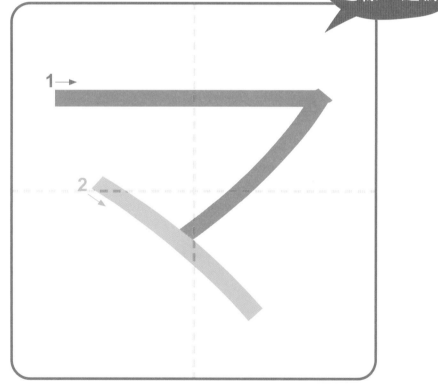

好好與您的孩子展開第一段的日語學習探索之旅吧！

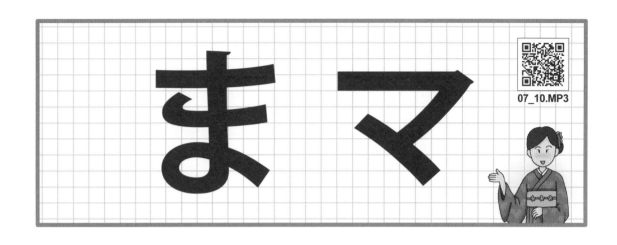

07_10.MP3

◆ マーク【まーく】 〔名詞〕記號、商標
ma-ku

マーク を つける。【マークを付ける。】做記號。
ma-ku   o   tsukeru

◆ マイク【まいく】 〔名詞〕麥克風
maiku

マイク を もって うたう。【マイクを持って歌う。】拿麥克風唱歌。
maiku   o   motte   utau

◆ まいご【迷子】 〔名詞〕迷路的小孩
maigo

まいご に なった。【迷子になった。】迷路走失了。
maigo   ni   ntta

💬 對話

| ともだち：まいごは？ | 朋友：迷路的孩子呢？ |
| わたし：もうみつかったよ。 | 我：已經找到了。 |

友達：迷子は？
私：もう見つかったよ。

◆ まいにち【毎日】 〔名詞〕每天、每日
ma i ni chi

まいにち うんどう する。【毎日運動する。】每天做運動。
mainichi　undou　suru

◆ まえ【前】 〔名詞〕前面、前方、以前、之前
ma e

いえ の まえ に かわ が ある。【家の前に川がある。】家門前有條河。
ie　no mae　ni　kawa　ga　aru

◆ まかせる【任せる】 〔動詞〕委託、託付、交給
ma ka se ru

しごと は ぶか に まかせる。【仕事は部下に任せる。】
shigoto　wa buka　ni　makaseru

工作就交給下屬來處理。

◆ まがる【曲がる】 〔動詞〕彎曲、轉彎
ma ga ru

ひだり へ まがる。【左へ曲がる。】向左轉。
hidari　e　magaru

> 【 相似用語 】
>
> **まげる【曲げる】** 〔動詞〕使彎曲、弄彎
> ma ge ru
>
> **こし を まげる。【腰を曲げる。】** 彎腰。
> koshi　o　mageru

◆ まく【撒く】 〔動詞〕撒、發
ma ku

まめ を まく。【豆をまく。】撒豆子。
mame o　maku

◆ まくら【枕】 〔名詞〕枕頭
ma ku ra

やわらかい まくら で ねる。 【柔らかい枕で寝る。】 用柔軟的枕頭睡覺。
yawarakai　makura de neru

◆ まぐろ【鮪】 〔名詞〕鮪魚
ma gu ro

まぐろ の さしみ。 【鮪の刺身。】 鮪魚生魚片。
maguro no sashimi

◆ まける【負ける】 〔動詞〕輸、失敗
ma ke ru

しあい に まけた。 【試合に負けた。】 比賽輸了。
shiai　ni maketa

💬 對話

こども：しあいにまけた。くやしい。　　小孩：比賽輸了。我好不甘心。
おかあさん：つぎがんばれ。　　　　　媽媽：下次加油。

子供：試合に負けた。悔しい。
お母さん：次頑張れ。

◆ まご【孫】 〔名詞〕孫子
ma go

まご が うまれた。 【孫が生まれた。】 孫子出生了。
mago ga umareta

◆ まことに 【誠に】 〔副詞〕實在、真的
ma ko to ni

まことに ありがとうございます。 【誠にありがとうございます。】
makotoni　arigatou gozaimasu

真的非常感謝。

◆まさか 〔副詞〕該不會、沒想到
ma sa ka

まさか ほんとうに まけた。【まさか本当に負けた。】沒想到真的輸了。
masaka hontouni maketa

💬 對話

| ともだち：しあいにまけた。 | 朋友：比賽輸了。 |
| わたし：まさか。 | 我：怎麼會。 |

友達：試合に負けた。
私：まさか。

◆マジック【まじっく】 〔名詞〕魔術
ma ji kku

マジック は ふしぎ。【マジックは不思議。】魔術很不可思議。
majikku wa fushigi

◆まじめ【真面目】 〔名詞、形容動詞〕認真
ma ji me

まじめに べんきょう する。【真面目に勉強する。】認真用功。
majime ni benkyou suru

◆まず【先ず】 〔副詞〕首先、一開始
ma zu

まず かんぱい しよう。【先ず乾杯しよう。】先來乾杯吧。
mazu kanpai shiyou

◆まずい【不味い】 〔形容詞〕不好吃、難吃
ma zu i

りょうり は まずい。【料理はまずい。】飯菜不好吃。
ryouri wa mazui

💬 **對話**

> ともだち：このみせはおいしくない。　　朋友：這間店不好吃。
> わたし：まずい。　　　　　　　　　　我：很難吃。
>
> 友達：この店は美味しくない。
> 私：不味い。

◆ <u>マ</u>スク【ますく】 〔名詞〕口罩
ma su ku

マスク を つける。【マスクを付ける。】 戴口罩。
masuku　o　tsukeru

◆ <u>ま</u>すます【益々】 〔副詞〕越發、更加
ma su ma su

ますます ふえる。【ますます増える。】 越來越多。
masumasu　fueru

◆ <u>ま</u>ぜる【混ぜる】 〔動詞〕混雜、攪拌
ma ze ru

まぜてから たべる。【混ぜてから食べる。】 攪拌之後再吃。
mazete kara　taberu

◆ <u>ま</u>た【又】 〔副詞〕又、再
ma ta

あした また くる。【明日また来る。】 明天再過來。
ashita　mata　kuru

◆ <u>ま</u>だ【未だ】 〔副詞〕還、才
ma da

まだ じかん が ある。【まだ時間がある。】 還有時間。
mada jikan　ga aru

まだ じゅうななさい で、とうひょう できない。
mada juunanasai de touhyou dekinai

【まだ１７歳で、投票できない。】才 17 歳不能投票。

💬 對話

| おかあさん：しゅくだいはできた？ | 媽媽：作業做好了嗎？ |
| こども：まだ。 | 小孩：還沒。 |

お母さん：宿題はできた？
子供：まだ。

◆ まち【町】 〔名詞〕城鎮
ma chi

にぎやか な まち。【にぎやかな町。】熱鬧的城鎮。
nigiyaka na machi

◆ まちがい【間違い】 〔名詞〕錯誤、差錯
ma chi ga i

まちがい を ていせい する。【間違いを訂正する。】訂正錯誤。
machigai o teisei suru

◆ まちがう【間違う】 〔動詞〕不對、錯誤
ma chi ga u

じゅうしょ を まちがう。【住所が間違う。】住址錯了。
juusho o machigau

◆ まちがえる【間違える】 〔動詞〕弄錯
ma chi ga e ru

ひと を まちがえた。【人を間違えた。】認錯人了。
hito o machigaeta

✦ まつ【待つ】 〔動詞〕等、等待
ma tsu

バス を まつ。【バスを待つ。】等公車。
basu o matsu

✦ マッサージ【まっさーじ】 〔名詞〕按摩
ma ssa-ji

こし を マッサージ する。【腰をマッサージする。】按摩腰部。
koshi o massa-ji suru

✦ まっすぐ【真っ直ぐ】 〔副詞、形容動詞〕直線、直接、正直
ma ssu gu

まっすぐ いく と みえる。【真っ直ぐ行くと見える。】往前直走就看到了。
massugu iku to mieru

💬 對話

| ともだち：がっこうはこっちですか？ | 朋友：學校是這個方向嗎？ |
| わたし：まっすぐです。 | 我：直走。 |

友達：学校はこっちですか？
私：真っ直ぐです。

✦ まったく【全く】 〔副詞〕完全
ma tta ku

まったく しんよう できない。【全く信用できない。】完全無法信賴。
mattaku shinyou dekinai

✦ まつり【祭り】 〔名詞〕祭典、廟會
ma tsu ri

こんしゅう おまつり が ある。【今週お祭りがある。】
這禮拜有廟會。

✦ まつる【祀る】 〔動詞〕祭祀、供奉
ma tsu ru

かみさま を まつる。【神様を祀る。】供奉神明。
kamisama　o　matsuru

✦ まで【迄】 〔助詞〕為止
ma de

しごと は ろくじ まで。【仕事は六時まで。】工作要到六點。
shigoto　wa　rokuji　　made

💬 對話

| おかあさん：このばんぐみはなんじまで？ | 媽媽：這個節目到幾點？ |
| こども：ろくじまで。 | 小孩：到六點。 |

お母さん：この番組は何時まで？
子供：六時まで。

✦ まど【窓】 〔名詞〕窗戶
ma do

まど を しめる。【窓を閉める。】關窗戶。
mado o　shimeru

✦ まとまる【纏まる】 〔動詞〕統一、一致
ma to ma ru

みんな の いけん が まとまった。【皆の意見がまとまった。】
minna　no iken　　ga matomatta

大家的意見一致了。

✦ まとめる【纏める】 〔動詞〕整理、整合
ma to me ru

みんな の いけん を まとめた。【皆の意見をまとめた。】整合了大家的意見。
minna　no iken　　o　matometa

◆マナー【まなー】 〔名詞〕禮貌、禮節
ma na-

マナー を まもる。【マナーを守る。】守禮貌。
mana-　　o　mamoru

◆まにあう【間に合う】 〔動詞〕趕上、來得及
ma ni a u

でんしゃ に まにあった。【電車に間に合った。】趕上電車了。
densha　　ni　maniatta

💬 對話

| ともだち：まにあった。 | 朋友：趕上了 |
| わたし：あぶない。よかった。 | 我：太險了。還好。 |

友達：間に合った。
私：危ない。良かった。

◆まね【真似】 〔名詞、動詞〕模仿、效法
ma ne

にんじゃ の まね を する。【忍者の真似をする。】模仿忍者。
ninja　　no　mane　o　suru

◆まぶしい【眩しい】 〔形容詞〕刺眼的
ma bu shi i

たいよう は まぶしい。【太陽は眩しい。】太陽很刺眼。
taiyou　　wa　mabushii

◆まめ【豆】 〔名詞〕豆子
ma me

コーヒー の まめ。【コーヒーの豆。】咖啡豆。
ko-hi-　　no　mame

✦ まもなく【間もなく】 〔副詞〕不久、不一會兒、就要
ma mo na ku

まもなく はじまる。【間もなく始まる。】不一會兒就要開始了。
mamonaku hajimaru

✦ まもり【守り】 〔名詞〕防守、保衛、護身符
ma mo ri

じんしゃ の おまもり。【神社のお守り。】神社的護身符。
jinja　　　no omamori

✦ まもる【守る】 〔動詞〕防守、保衛、守護、遵守
ma mo ru

くに を まもる。【国を守る。】保衛國家。
kuni　o　mamoru

✦ まゆ【眉】 〔名詞〕眉毛
ma yu

ふとい まゆ。【太い眉。】粗眉毛。
futoi　　mayu

✦ まゆ【繭】 〔名詞〕繭
ma yu

カイコ が まゆ を つくる。【カイコが繭を作る。】蠶結繭。
kaiko　ga mayu o tsukuru

✦ まよう【迷う】 〔動詞〕猶豫不決、迷失
ma yo u

ちゅうもん に まよう。【注文に迷う。】點餐時猶豫不決。
chumon　　　ni　mayou

◆ **マヨネーズ【まよねーず】** 〔名詞〕美乃滋
ma yo ne-zu

マヨネーズ を つける。【マヨネーズを付ける。】
mayone-zu   o tsukeru

沾美乃滋。

◆ **マラソン【まらそん】** 〔名詞〕馬拉松
ma ra son

マラソン に でる。【マラソンに出る。】 參加馬拉松。
marason   ni deru

◆ **まるい【丸い】** 〔形容詞〕圓的
ma ru i

まるい ボール【丸いボール。】 圓球。
marui   bo-ru

◆ **まるで** 〔副詞〕宛如、好像
marude

まるで ゆめ の よう だ。【まるで夢のようだ。】 好像作夢一樣。
marude yume no you   da

◆ **まわす【回す】** 〔動詞〕使轉動
ma wa su

こま を まわす。【こまを回す。】 轉陀螺。
koma o mawasu

◆ **まわり【周り】** 〔名詞〕周邊
ma wa ri

みずうみ の まわり に むら が ある。【湖の周りに村がある。】
mizuumi   no mawari ni mura ga aru

湖的周邊有村落。

◆ まわる【回る】〔動詞〕轉動
ma wa ru

しゃりん が まわる。 【車輪が回る。】 車輪轉動。
sharin　ga mawaru

◆ まんいん【満員】〔名詞〕客滿
man in

えいがかん は まんいん に なった。 【映画館は満員になった。】
eigakan　wa manin　ni natta

電影院客滿了。

◆ まんが【漫画】〔名詞〕漫畫
man ga

まんが を よむ。 【漫画を読む。】 看漫畫。
manga　o yomu

◆ まんぞく【満足】〔名詞、動詞〕滿足、滿意
man zoku

いま の せいかつ に まんぞく している。 【今の生活に満足している。】
ima　no seikatsu　ni manzoku　shiteiru

對現在的生活很滿足。

◆ まんてん【満点】〔名詞〕滿分
man ten

しけん で まんてん を とった。 【試験で満点を取った。】 考試滿分。
shiken　de manten　o totta

◆ まんなか【真ん中】〔名詞〕正中央、正中間
man na ka

へや の まんなか に すわる。 【部屋の真ん中に座る。】 坐在房間的正中間。
heya　no mannaka　ni suwaru

你知道嗎？み是從中文這樣變來的：

爸爸媽媽可以這樣記假名

美 → 羑 → 弜 → み

跟孩子可以這樣一起寫

み み み み み

好好與您的孩子展開第一段的日語學習探索之旅吧！

你知道嗎？ミ是從中文這樣變來的：

爸爸媽媽可以這樣記假名

三 → ミ

跟孩子可以這樣一起寫

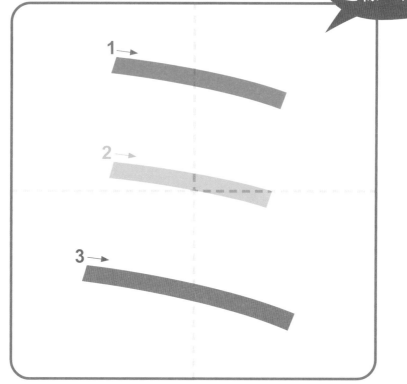

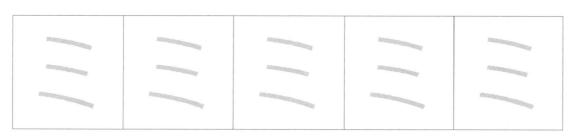

好好與您的孩子展開第一段的日語學習探索之旅吧！

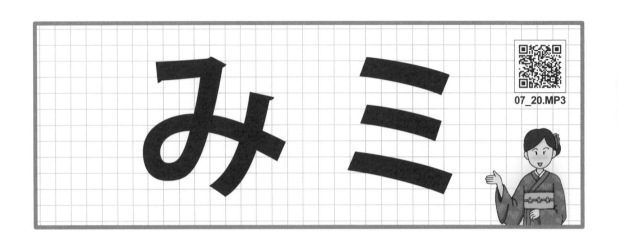

◆ <u>み</u>【実】 〔名詞〕果實
mi

みが なる。【実がなる。】結果。
mi ga naru

◆ <u>みあい</u>【見合い】 〔名詞〕（常用「お見合い」）相親
mi a i

おみあいけっこん。【お見合い結婚。】相親結婚。
o miai kekkon

◆ <u>みあげる</u>【見上げる】 〔動詞〕抬頭看、仰望
mi a ge ru

そら を みあげる。【空を見上げる。】仰望天空。
sora o miageru

◆ <u>みえる</u>【見える】 〔動詞〕看得見
mi e ru

うみ が みえる。【海が見える。】看得見大海。
umi ga mieru

對話

こども：けしきがきれい。　　　　小孩：風景好漂亮。
おかあさん：ふじさんもみえる。　媽媽：也可以看得到富士山。

子供：景色がきれい。
お母さん：富士山も見える。

✦ みおくる【見送る】 〔動詞〕目送、送行
mi o ku ru

えき で ともだち を みおくる。【駅で友達を見送る。】
eki　de tomodachi o　miokuru

在車站送朋友。

✦ みおぼえ【見覚え】 〔名詞〕眼熟、有印象
mi o bo e

まったく みおぼえ が ない。【全く見覚えがない。】完全沒印象。
mattaku　mioboe　ga nai

對話

ともだち：これわかる？　　　朋友：知道這個嗎？
わたし：みおぼえがある。　　我：好像有印象。

友達：これ分かる？
私：見覚えがある。

✦ みがく【磨く】 〔動詞〕刷淨、擦亮
mi ga ku

は を みがく。【歯を磨く。】刷牙。
ha　o　migaku

◆みかける【見掛ける】〔動詞〕看見、見到
mi ka ke ru

よくみかけた。【よく見かけた。】常常見到。
yoku mikaketa

◆みかた【味方】〔名詞、動詞〕同一邊的、同一國的、支持
mi ka ta

よわいもの に みかた する。【弱い者に味方する。】支持弱者。
yowaimono ni mikata suru

◆みぎ【右】〔名詞〕右方、右邊
mi gi

みぎ に まがる。【右に曲がる。】右轉。
migi ni magaru

◆ミキサー【ミキサー】〔名詞〕攪拌機、果汁機
mi ki sa-

ミキサー に かける。攪拌打汁。
mikisa- ni kakeru

◆みこし【神輿】〔名詞〕
mikoshi

（常用「お神輿」）神轎

おみこし を かつぐ。【お神輿を担ぐ。】抬神轎。
o mikoshi o katsugu

◆みごと【見事】〔名詞、形容動詞〕漂亮、精彩
mi go to

みごと に しょうり した。【見事に勝利した。】精彩獲勝。
migoto ni shouri shita

◆ <u>み</u>ごろ【見頃】 〔名詞〕正當好的時期、季節
mi go ro

さくら の みごろ。【桜の見頃。】觀賞櫻花的好時機。
sakura　no migoro

◆ <u>み</u>じかい【短い】 〔形容詞〕短的
mi ji ka i

みじかい かみ。【短い髪。】短髪。
mijikai　kami

【相反用語】

ながい【長い】〔形容詞〕長的
na ga i

ながい かみ。【長い髪。】長髪。
nagai kami

 對話

おかあさん：かみをみじかくする？　　媽媽：頭髪要不要剪短？
こども：ながいほうがいい。　　　　　小孩：我要留長。

お母さん：髪を短くする？
子供：長い方がいい。

◆ <u>み</u>じめ【惨め】 〔名詞、形容動詞〕悲慘
mi ji me

みじめ な せいかつ。【惨めな生活。】悲慘的生活。
mijime　na seikatsu

◆ ミス【みす】 〔名詞〕失誤、過失
mi su

ミス を おかす。【ミスを犯す。】犯錯。
misu　o　okasu

◆ みず【水】 〔名詞〕水
mi zu

みず を のむ。【水を飲む。】喝水。
mizu o nomu

◆ みずあそび【水遊び】 〔名詞、動詞〕玩水
mi zu a so bi

かわ で みずあそび を する。【川で水遊びをする。】去河邊玩水。
kawa de mizuasobi   o suru

◆ みずいろ【水色】 〔名詞〕淡藍色
mi zu i ro

みずいろ の そら。【水色の空。】淡藍色的天空。
mizuiro   no sora

◆ みずうみ【湖】 〔名詞〕湖、湖泊
mi zu u mi

ひろい みずうみ。【広い湖。】廣闊的湖泊。
hiroi   mizuumi

◆ みずたま【水玉】 〔名詞〕水珠、圓點
mi zu ta ma

みずたま もよう の スカート。【水玉模様のスカート。】圓點圖案的裙子。
mizutama moyou no suka-to

◆ みずびたし【水浸し】 〔名詞〕淹水
mi zu bi ta shi

あめ で みずびたし に なった。【雨で水浸しになった。】因為下雨淹水了。
ame de mizubitashi   ni natta

◆ みずむし【水虫】〔名詞〕香港腳
mi zu mu shi

みずむし に なった。【水虫になった。】得了香港腳。
mizumushi ni natta

◆ みせ【店】〔名詞〕店、商店
mi se

みせ へ かいもの に いく。【店へ買い物に行く。】去商店買東西。
mise e kaimono ni iku

◆ みせる【見せる】〔動詞〕給看、展示、顯現
mi se ru

しゃしん を みせる。【写真を見せる。】拿照片給人看。
shashin o miseru

📃 對話

こども：テストでひゃくてんをとった。　小孩：我考試拿了100分。
おかあさん：すごい、みせて。　媽媽：好厲害，給我看看。

子供：テストで100点を取った。
お母さん：すごい、見せて。

◆ みそ【味噌】〔名詞〕味噌
mi so

みそしる。【みそ汁。】味噌湯。
misoshiru

味噌

◆ みたい〔助動詞、形容動詞〕像
mi ta i

こども みたい だ。【子供みたいだ。】像個孩子一樣。
kodomo mitai da

✦ みため【見た目】〔名詞〕外表、外觀
mi ta me

この りょうり の みため は わるい が、あじ は おいしい。
kono ryouri no mitame wa warui ga aji wa oishii

【この料理の見た目が悪いは、味は美味しい。】這道菜外觀不佳但味道很好吃。

✦ みち【道】〔名詞〕道路、方法
mi chi

ほか に みち は ない。【他に道はない。】沒有別的路。（只有這樣做了）
hoka ni michi wa nai

💬 對話

ともだち：ほかのみちがないか？　朋友：沒有別的方法了嗎？
わたし：そうするしかない。　　　我：只能這樣做了。

友達：他の道がないか？
私：そうするしかない。

✦ みちる【満ちる】〔動詞〕充滿
mi chi ru

じしん に みちる。【自信に満ちる。】充滿自信。
jishin ni michiru

✦ みつかる【見付かる】〔動詞〕被看到、被發現、被找到
mi tsu ka ru

まいご が みつかった。【迷子が見つかった。】迷路的孩子被找到了。
maigo ga mitsukatta

✦ みつける【見付ける】〔動詞〕發現、找到
mi tsu ke ru

さいふ を みつけた。【財布を見つけた。】找到錢包了。
saifu o mitsuketa

💬 **對話**

> ともだち：けいたいがみつからない。　　　朋友：手機找不到。
> わたし：これですか？あそこでみつけた。　　我：是這個嗎？在那邊找到的。
>
> 友達：携帯が見つからない。
> 私：これですか？あそこで見つけた。

◆みっともない〔形容詞〕不好看、不像樣
mi tto mo na i

パジャマ で でかけるの は、みっともない。
pajama　de dekakeruno　wa　mittomonai

【パジャマで出掛けるのは、みっともない。】穿睡衣出門真不像樣。

◆みとめる【認める】〔動詞〕認為、承認
mi to me ru

ミス を みとめる。【ミスを認める。】承認過失。
misu　o　mitomeru

◆みどり【緑】〔名詞〕綠色
mi do ri

みどり の やま。【緑の山。】綠色山峰。
midori　no yama

◆みな【皆】〔副詞、代名詞〕全部、大家
mi na

みな で いくらですか？【皆でいくらですか？】全部多少錢？
mina　de ikura desuka

◆みなと【港】〔名詞〕港口
mi na to

みなと に 入る。【港に入る。】入港。
minato　ni hairu

❶ いえ【家】
ie 家

❹ ようふく【洋服】
youfuku 西服

❸ ようふくや【洋服屋】
youfukuya 服飾店

❺ スーツ【すーつ】
su-tsu 西裝

❻ ドレス【どれす】
doresu 禮服

❷ でかける【出掛ける】
dekakeru 出門

Bookstore

❸ ほんや【本屋】
honya 書店

⓮ ほん【本】
hon 書

⓯ てんいん【店員】
tenin 店員

⓱ おうさま【王様】
ousama 國王

⓲ じょおう【女王】
joou 王妃

⓳ おうじょ【王女】
oujo 公主

⓴ おうじ【王子】 ouji 王子

⑯ かんばん【看板】 kanban 招牌

412

みち【道】
michi 街道

07_21.MP3

❽ あそぶ【遊ぶ】
asobu 遊玩

❾ こども【子供】
kodomo 小孩子

❼ はしる【走る】
hashiru 跑

⓬ ゆうぐ【遊具】
yuugu 遊戲設施

⓫ こうえん【公園】
kouen 公園

❿ ともだち【友達】
tomodachi 朋友

㉑ えほん【絵本】
ehon 繪本

㉕ ふしんしゃ【不審者】
fushinsha 可疑人士

㉔ あかちゃん【赤ちゃん】
akachan 嬰兒

㉓ ママ【まま】
mama 媽媽

㉒ パパ【ぱぱ】
papa 爸爸

413

◆ **みなみ【南】** 〔名詞〕南方、南邊
mi na mi

みなみ に むく。【南に向く。】面向南方。
minami ni muku

◆ **みにくい【醜い】** 〔形容詞〕醜陋、難看
mi ni ku i

みにくい あひる の こ。【醜いアヒルの子。】醜小鴨。
minikui ahiru no ko

◆ **みまう【見舞う】** 〔動詞〕探望、慰問
mi ma u

にゅういん した ともだち を みまう。【入院した友達を見舞う。】
nyuuin shita tomodachi o mimau

探望住院的朋友。

◆ **みみ【耳】** 〔名詞〕耳朵
mi mi

みみ そうじ を する。【耳掃除をする。】掏耳朵。
mimi souji o suru

◆ **みやげ【土産】** 〔名詞〕（常用「おみやげ」）土產、伴手禮
mi ya ge

おみやげ を かう。【お土産を買う。】買土產。
omiyage o kau

💬 對話

ともだち：これはりょこうのおみやげです。　　朋友：這是旅行的伴手禮。
わたし：ありがとうございます。　　　　　　　我：謝謝你。

友達：これは旅行のお土産です。
私：ありがとうございます。

◆ ミュージアム【みゅーじあむ】 〔名詞〕博物館
myu-ji a mu

ミュージアム をけんがくする。【ミュージアムを見学する。】參觀博物館。
myu-jiamu

> 【相同用語】
>
> **はくぶつかん【博物館】** 〔名詞〕博物館
> ha ku bu tsu kan

◆ みょうじ【名字】 〔名詞〕姓氏
myo u ji

うえ は みょうじ、した は なまえ。【上は名字、下は名前。】
ue　　wa myouji　　shita wa namae

上面是姓、下面是名。

◆ みる【見る】 〔動詞〕看
mi ru

テレビ を みる。【テレビを見る。】看電視。
terebi　o miru

💬 **對話**

| こども：テレビをみていい？　　　　　　　　小孩：可以看電視嗎？
| おかあさん：ごはんがおわってから。　　　　媽媽：等吃完飯之後。
|
| 子供：テレビを見ていい？
| お母さん：ごはんが終わってから。

◆ ミルク【みるく】 〔名詞〕牛奶
mi ru ku

ミルク を のむ。【ミクルを飲む。】喝牛奶。
miruku　o nomu

你知道嗎？む是從中文這樣變來的：

武 → 武 → む

跟孩子可以
這樣一起寫

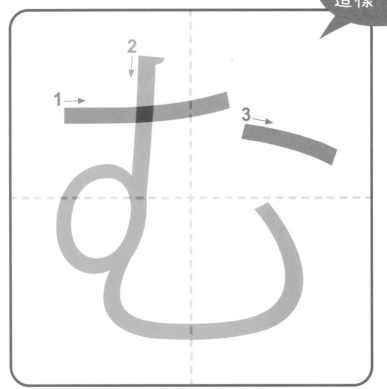

好好與您的孩子展開第一段的日語學習探索之旅吧！

你知道嗎？ム是從中文這樣變來的：

爸爸媽媽可以這樣記假名

牟 → ム

跟孩子可以
這樣一起寫

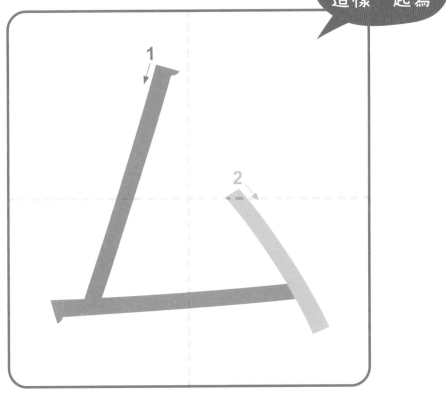

好好與您的孩子展開第一段的日語學習探索之旅吧！

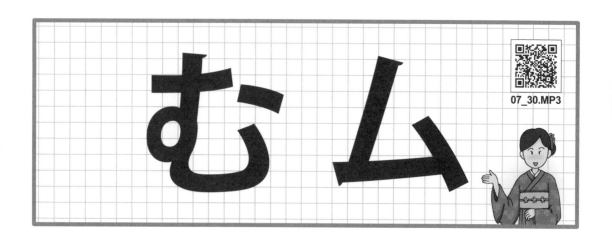

07_30.MP3

◆ むかい【向かい】〔名詞〕對面
mu ka i

えきの むかいに あたらしい みせが できた。
eki ni mukai ni atarashii mise ga dekita

【駅の向かいに新しい店ができた。】

車站對面開了新的商店。

【 相似用語 】

むこう【向こう】〔名詞〕對面
mu ko u

やまの むこうに みずうみが ある。【山の向こうに湖がある。】
yama no mukou ni mizuumi ga aru

山的對面有湖泊。

💬 對話

こども：うみのむこうはなにがある？　　小孩：海的另一邊有什麼？
おかあさん：ちがうくにがたくさんある。　媽媽：有很多不同的國家。

子供：海の向こうは何がある？
お母さん：違う国がたくさんある。

✦ <u>む</u>かう【向かう】 〔動詞〕朝向、前往
mu ka u

やま に むかって すすむ。【山に向かって進む。】
yama ni mukatte susumu

朝向山前進。

✦ <u>む</u>かえる【迎える】 〔動詞〕迎接
mu ka e ru

おきゃくさま を むかえる。【お客様を迎える。】 迎接客人。
okyakusama o mukaeru

✦ <u>む</u>かし【昔】 〔名詞〕從前、過去
mu ka shi

むかし の はなし。【昔の話。】 過去的事。
mukashi no hanashi

 對話

| ともだち：むかしはふとっていた。 | 朋友：我以前很胖。 |
| わたし：いまはやせたね。 | 我：你現在瘦下來了呢。 |

友達：昔は太っていた。
私：今は痩せたね。

✦ <u>む</u>き【向き】 〔名詞〕方向、適合
mu ki

みなみ むき の へや。【南向きの部屋。】 朝南的房間。
minami muki no heya

こども むき の ほん。【子供向きの本。】 適合孩子的書籍。
kodomo muki no hon

✦ むく【向く】 〔動詞〕朝、向
mu ku

うえ を むく。【上を向く。】往上看。
ue　o muku

✦ むく【剥く】 〔動詞〕剥
mu ku

みかん を むく。剥橘子。
mikan　o muku

💬 對話

こども：みかんがたべたい。　　　　小孩：我想吃橘子。
おかあさん：いいよ、かわをむいてたべて。　媽媽：好啊，剝皮之後再吃。

子供：みかんが食べたい。
お母さん：いいよ、皮を剥いて食べて。

✦ むける【向ける】 〔動詞〕使朝向、對著、向著
mu ke ru

せんせい に マイク を むける。【先生にマイクを向ける。】把麥克風對著老師。
sensei　ni maiku　o mukeru

✦ むし【虫】 〔名詞〕蟲、昆蟲
mu shi

むし が なく。【虫が鳴く。】蟲叫。
mushi ga naku

💬 對話

こども：ここにむしがいるよ。　　小孩：這裡有一隻蟲耶！
おかあさん：こわい。　　　　　媽媽：好可怕。

子供：ここに虫がいるよ。
お母さん：怖い。

◆ むしあつい【蒸し暑い】 〔形容詞〕悶熱
mu shi a tsu i

たいぺい の なつ は むしあつい。【台北の夏は蒸し暑い。】台北的夏天很悶熱。
taipei　no natsu wa mushiatsui

◆ むしば【虫歯】 〔名詞〕蛀牙
mu shi ba

むしば を ぬく。【虫歯を抜く。】拔蛀牙。
mushiba o nuku

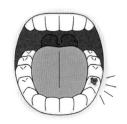

◆ むしめがね【虫眼鏡】 〔名詞〕放大鏡
mu shi me ga ne

むしめがね で むし を かんさつ する。【虫眼鏡で虫を観察する。】
mushimegane de mushi o　kansatsu　suru

用放大鏡來觀察蟲類。

◆ むじゃき【無邪気】 〔名詞、形容動詞〕天真無邪
mu ja ki

むじゃき な しょうねん。【無邪気な少年。】天真無邪的少年。
mujaki　na shounen

◆ むずかしい【難しい】 〔形容詞〕難的、不容易的
mu zu ka shi i

テスト は むずかしい。【テストは難しい。】測驗很難。
tesuto　wa muzukashi

💬 對話

おかあさん：きょうのテストはどう？　　媽媽：今天考試如何？
こども：むずかしかった。　　　　　　　小孩：太難了。

お母さん：今日のテストはどう？
子供：難しかった。

◆ むすこ【息子】 〔名詞〕兒子
mu su ko

むすこ が ふたり いる。【息子が二人いる。】有兩個兒子。
musuko ga futari　iru

> 【關聯用語】
> むすめ【娘】〔名詞〕女兒
> mu su me

◆ むすぶ【結ぶ】 〔動詞〕連結、繋
mu su bi

くつの ひも を むすぶ。【靴の紐を結ぶ。】繋鞋帶。

◆ むだ【無駄】 〔名詞、形容動詞〕徒勞、無用、浪費
mu da

じかん の むだ。【時間の無駄。】浪費時間。
jikan　no muda

◆ むだづかい【無駄遣い】 〔名詞、動詞〕浪費
mu da zu ka i

みず の むだづかい を しないで。【水の無駄遣いをしないで。】別浪費水。
mizu no mudazukai　o shinaide

◆ むち【鞭】 〔名詞〕鞭子
mu chi

むち で うつ。【鞭で打つ。】用鞭子抽打。
muchi de utsu

✦ むちゅう【夢中】 〔名詞、形容動詞〕沉迷
mu chu u

ゲーム に むちゅう に なる。【ゲームに夢中になる。】沉迷遊戲。
ge-mu ni muchuu ni naru

✦ むね【胸】 〔名詞〕胸部、內心
mu ne

こども を むね に だく。【子供を胸に抱く。】把孩子抱在胸前。
kodomo o mune ni daku

✦ むら【村】 〔名詞〕村莊、村落
mu ra

やま の おく に むら が ある。【山の奥に村がある。】深山裡有村落。
yma no oku ni mura ga aru

✦ むらさき【紫】 〔名詞〕紫色
mu ra sa ki

むらさき の ぶどう。【紫の葡萄。】紫色葡萄。
murasaki no budou

✦ むり【無理】 〔名詞、形容動詞、動詞〕不合理、勉強、做不到
mu ri

この とざん コース いちにち は むりだ。【この登山コース一日は無理だ。】
kono tozan ko-su ichinichi wa murida

這個登山路線一天不可能走完。

✦ むりょう【無料】 〔名詞〕免費
mu ryo u

むりょう にゅうじょう。【無料入場。】免費入場。
muryou nyuujou

你知道嗎？め是從中文這樣變來的：

女 → め → め

跟孩子可以
這樣一起寫

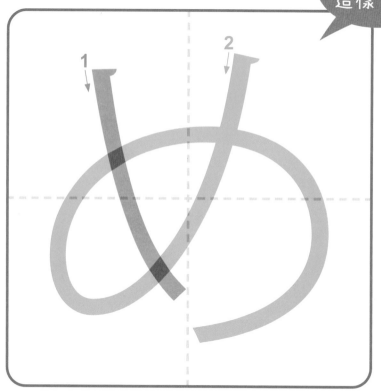

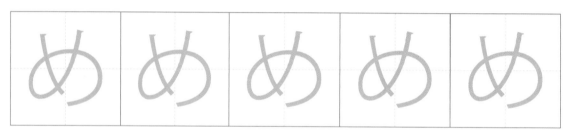

好好與您的孩子展開第一段的日語學習探索之旅吧！

你知道嗎？メ是從中文這樣變來的：

爸爸媽媽可以這樣記假名

女 → ㄊ → メ

跟孩子可以
這樣一起寫

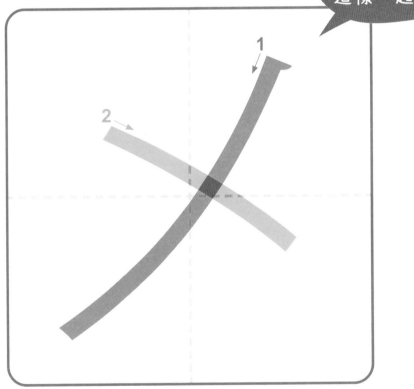

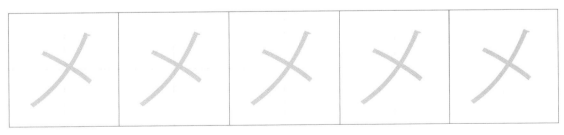

好好與您的孩子展開第一段的日語學習探索之旅吧！

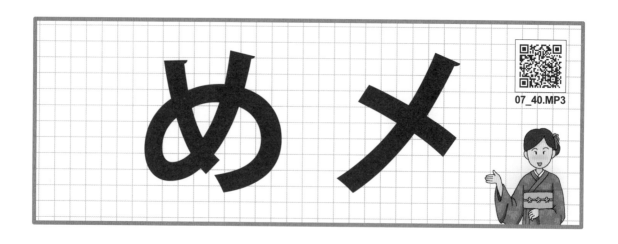

07_40.MP3

◆ め【目】 〔名詞〕眼睛、眼神、眼光
me

あおい め を している。【青い目をしている。】有著藍色的眼睛。
aoi　　me o　shi teiru

◆ めいさん【名産】 〔名詞〕名產、特產
me i san

おちゃ は しずおか の めいさん です。【お茶は静岡の名産です。】
ocha　　wa　shizuoka　no meisan　　desu

茶是靜岡的特產。

【相關用語】

めいぶつ【名物】〔名詞〕名產、有名的事物
mei bu tsu

ならのめいぶつはしかです。【奈良の名物は鹿です。】奈良以鹿聞名。
nara　no meibutsu　wa shika desu

◆ めいし【名刺】 〔名詞〕名片
me i shi

めいし を こうかん する。【名刺を交換する。】交換名片。
meishi　　o　koukan　　suru

426

◆ めいれい【命令】 〔名詞、動詞〕命令
me i re i

じょうしの めいれい により しゅっちょう する。
joushi　　no meirei　　ni yori shucchou　　　suru

【上司の命令により出張する。】奉上司的命令出差。

◆ メイド【めいど】 〔名詞〕女僕
me i do

メイド を やとう。【メイドを雇う。】雇用女僕。
meido　　o　yatou

◆ めいわく【迷惑】 〔名詞、形容動詞、動詞〕困擾、麻煩
me i wa ku

ひと に めいわく を かける。【人に迷惑をかける。】給人添麻煩。
hito　ni　meiwaku　　o　kakeru

◆ メイン【めいん】 〔造詞〕主要的
mein

この ショー は きょうの メインイベント です。
kono sho-　　wa kyou　　no me-n ibento　　　desu

【このショーは今日のメインイベントです。】這場表演是今天的主秀。

◆ メーター【めーたー】 〔名詞〕計數表、測量器
me- ta-

タクシー の メーター。計程車的計費表。
takushi-　　no me-ta-

◆ メートル【めーとる】 〔名詞〕公尺
me- to ru

> 【 相關用語 】
>
> **センチ【せんち】** 〔名詞〕公分 **キロ【きろ】** 〔名詞〕公里
> sen chi   ki ro

◆ メール【めーる】 〔名詞〕電子郵件、電郵
me- ru

メール を おくる。【メールを送る。】寄電郵給你。
me-ru　o　okuru

💬 對話

ともだち：メールでおくって。	朋友：用電郵寄給我。
わたし：いいよ、メールアドレスをおしえて。	我：好啊，給我你的信箱。
友達：メールで送って。	
私：いいよ、メールアドレスを教えて。	

◆ めがね【眼鏡】 〔名詞〕眼鏡
me ga ne

めがね を かける。【眼鏡を掛ける。】戴眼鏡。
megane　o　kakeru

◆ めぐすり【目薬】 〔名詞〕眼藥水
me gu su ri

めぐすり を さす。【目薬を差す。】滴眼藥水。
megusuri　o　sasu

✦ めくる【捲る】 〔動詞〕掀、翻
me gu ru

ほん を めくる。【本をめくる。】翻書。
hon　　o　mekuru

✦ めざす【目指す】 〔動詞〕以～為目標
me za su

こうしえん を めざす。【甲子園を目指す。】以甲子園為目標。
koushien　　　o　mezasu

✦ めざましどけい【目覚まし時計】 〔名詞〕鬧鐘
me za ma shi do ke i

めざましどけい を せってい する。【間覚まし時計を設定する。】設定鬧鐘。
mezamashidokei　o　settei　　　suru

> 【 相同用語 】
>
> **アラーム【あらーむ】** 〔名詞〕鬧鈴、鬧鐘
> ara-mu

✦ めざめる【目覚める】 〔動詞〕睡醒、醒來
me za me ru

05:30

まいにち しちじ に めざめる。【毎日七時に目覚める。】
mainichi　　shichiji ni　mezameru

每天七點醒來。

✦ めし【飯】 〔名詞〕飯、吃飯
me shi

めし を たべる。【飯を食べる。】吃飯。
meshi o taberu

【延伸用語】

あさめし【朝飯】　〔名詞〕早飯
a sa me shi

ばんめし【晩飯】　〔名詞〕晩飯
ban me shi

ひるめし【昼飯】　〔名詞〕中飯
hi ru me shi

◆ **めずらしい【珍しい】**　〔形容詞〕稀有的、珍貴的、罕見的
me zu ra shi i

めずらしい　どうぶつ。【珍しい動物。】罕見動物／奇珍異獸。
mezurashi　doubutsu

◆ **めだつ【目立つ】**　〔動詞〕引人注目、醒目顯眼
me da tsu

いつも　めだつ　ふく　を　きている。【いつも目立つ服を着ている。】
itsumo　medatsu fuku　o　kiteiru

穿著引人注意的服裝。

◆ **メダル【めだる】**　〔名詞〕獎牌
me da ru

きんメダル　を　とった。【金メダルを取った。】得到金牌。
kinmedaru　o　totta

◆ **めでたい【目出度い】**　〔形容詞〕可喜可賀、值得恭賀
me de ta i

めでたい　こと　が　いっぱい。【めでたいことが一杯。】
medetai　koto ga ippai

有很多值得慶祝的事情。

◆メニュー【めにゅー】〔名詞〕菜單
me nyu-

メニュー を みせて ください。【メニューを見せてください。】請給看我菜單。
menyu-　o　misete　kudasai

◆めまい【眩暈】〔名詞、動詞〕頭暈、昏眩
me ma i

あつくて めまい が する。【暑くてめまいがする。】
atsukute　memai　ga suru

熱到頭昏。

◆メモ【めも】〔名詞、動詞〕紀錄
me mo

メモ をする。作筆記。
memo　o　suru

◆メリークリスマス【めりーくりすます】〔感嘆詞〕
me ri- ku ri su ma su
聖誕快樂

◆メロディー【めろでぃー】〔名詞〕旋律
me ro di-

なつかしい メロディー。【懐かしいメロディー。】懷念的旋律。
natsukashi　merodi-

◆メロン【めろん】〔名詞〕甜瓜、哈密瓜
me ron

あまくて おいしい メロン。【甘くておいしいメロン。】
amakute　oishii　meron

又甜又好吃的哈密瓜。

你知道嗎？も是從中文這樣變來的：

爸爸媽媽可以這樣記假名

毛 → 乇 → も

跟孩子可以
這樣一起寫

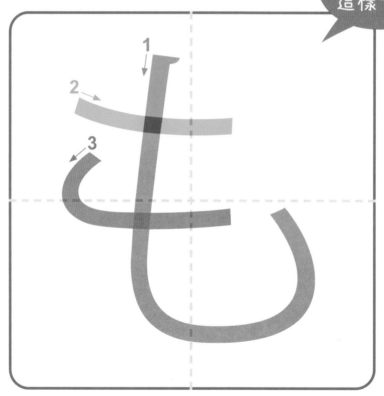

好好與您的孩子展開第一段的日語學習探索之旅吧！

你知道嗎？モ是從中文這樣變來的：

爸爸媽媽可以這樣記假名

毛 → モ → モ

跟孩子可以
這樣一起寫

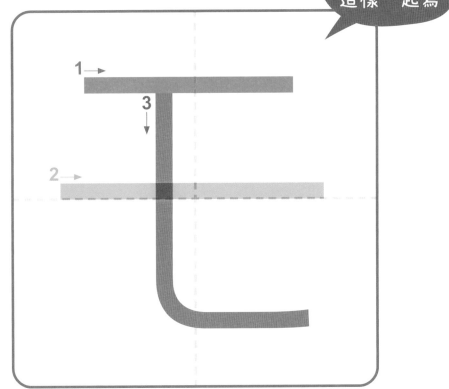

好好與您的孩子展開第一段的日語學習探索之旅吧！

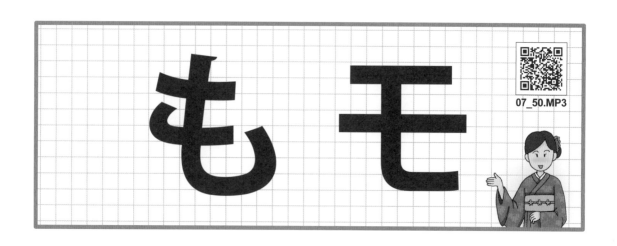

◆ **も** 〔助詞〕也
mo

わたし も がくせい です。【私も学生です。】
watashi mo gakusei　desu

我也是學生。

💬 **對話**

> がくせい：わたしはがくせいです。　　　學生：我是學生。
> がくせい：わたしもがくせいです。　　　學生：我也是學生。
>
> 学生：私は学生です。
> 学生：私も学生です。

◆ **もう** 〔副詞〕已經、再
mo u

もう じゅうにじ だ。【もう十二時だ。】已經 12 點了。
mou　juuniji　　da

もう いっぱい のんで ください。【もう一杯飲んで下さい。】再喝一杯。
mou　ippai　　nonde　kudasai

💬 對話

ともだち：もうじゅうにじだ。 朋友：已經十二點了。
わたし：もうこんなじかん？ 我：已經這麼晚了？

友達：もう十二時だ。
私：もうこんな時間？

◆ もうしこむ【申し込む】 〔動詞〕提出、申請、報名
mo u shi ko mu

にゅうがく を もうしこむ。【入学を申し込む。】申請入學。
nyugaku　　o　moushikomu

◆ もうしわけ【申し訳】 〔名詞、動詞〕辯解、理由
mo u shi wa ke

もうしわけ ない。【申し訳ない。】抱歉。
moushiwake　nai

◆ もうふ【毛布】 〔名詞〕毯子
mo u fu

もうふ を かける。【毛布を掛ける。】蓋毯子。
moufu　o　kakeru

◆ もえる【燃える】 〔動詞〕燃燒
mo e ru

ひ が もえる。【火が燃える。】火焰燃燒。
hi　ga　moeru

【 相似用語 】

もやす【燃やす】〔動詞〕燒、使燃燒
mo ya su

ごみ を もやす。【ごみを燃やす。】燒垃圾。
gomi　o　moyasu

◆もぐもぐ〔副詞、動詞〕大口塞進嘴裡吃的樣子
mo gu mo gu

もぐもぐ たべている。【もぐもぐ食べている。】
mogumogu tabeteiru

大口塞滿不停吃著。

◆もぐる【潜る】〔動詞〕潛入、鑽進
mo gu ru

うみに もぐる。【海の潜る。】潛進海裡。
umi　ni　moguru

◆もし【若し】〔副詞〕如果、假如
mo shi

もし あめ が ふれば ちゅうし です。【もし雨がふれば中止です。】
moshi ame　ga fureba　chuushi　desu

如果下雨就中止。

◆もじ【文字】〔名詞〕文字
mo ji

もじ を かく。【文字を書く。】寫字。
moji　o　kaku

◆もしもし〔感嘆詞〕喂喂
mo shi mo shi

もしもし、やまださん ですか？【もしもし、山田さんですか？】
moshimoshi yamadasan　desuka

喂，山田先生嗎？

≡ 對話

たなか：もしもし、やまださんの
　　　　おたくですか？　　　　　　　田中：喂喂，請問是山田家嗎？
やまだ：はい、やまだです。　　　　山田：這裡是山田家。

田中：もしもし、山田さんのお宅
　　　　ですか？
山田：はい、山田です。

◆ もちぬし【持ち主】 〔名詞〕持有者、擁有者、主人
mo chi nu shi

もちぬし が わからない。【持ち主が分からない。】不知道主人是誰。
mochinushi ga wakaranai

◆ もちもの【持ち物】 〔名詞〕持有物、所有物、攜帶物品
mo chi mo no

もちもの に なまえ を かく。【持ち物に名前を書く。】在所有物上寫上名字。
mochimono ni namae　o kaku

◆ もつ【持つ】 〔動詞〕拿、持有、帶
mo tsu

かばん を もって いく。【かばんを持って行く。】帶包包過去。
kaban　o motte　iku

≡ 對話

ともだち：めんきょもっている？　朋友：你有駕照嗎？
わたし：もっているよ。　　　　　我：有啊。

友達：免許持っている？
私：持っているよ。

◆ もったいない【勿体ない】 〔形容詞〕太可惜、太浪費
mo tta i na i

すてる の は もったいない。【捨てるのはもったいない。】丟掉太可惜了。
suteru　no　wa mottainai

◆ もっと 〔副詞〕再、更
mo tto

もっと たべてください。【もっと食べてください。】再多吃一點。
motto　tabetekudasai

💬 **對話**

ともだち：もっとたべてください。	朋友：再多吃點。
わたし：もうおなかいっぱいです。	我：已經很飽了。
友達：もっと食べてください。	
私：もうお腹いっぱいです。	

◆ もっとも【最も】 〔副詞〕最
mo tto mo

せかい で もっとも おいしい たべもの。【世界で最も美味しい食べ物。】
sekai　de mottomo　oishii　　tabemono

世界上最好吃的食物。

◆ もてもて【持て持て】 〔名詞、形容動詞〕受歡迎、有人緣
mo te mo te

もてもて な かしゅ。【もてもてな歌手。】受歡迎的歌手。
motemote　na kashu

◆ もてる【持てる】 〔動詞〕受歡迎、有人氣
mo te ru

じょせい に もてる。【女性にもてる。】受女性歡迎。
josei　　　ni　moderu

◆モデル【もでる】〔名詞〕模型、模特兒
mo de ru

ゆうめい な モデル。【有名なモデル。】有名的模特兒。
yuumei　na　moderu

◆もと【元】〔名詞〕原本、原來
mo to

もと の ばしょ に もどして ください。【元の場所に戻してください。】
moto　no　basho　ni　modoshite　kudasai

請放回原位。

◆もどす【戻す】〔動詞〕使復原、倒回
mo do su

ほん を たな に もどす。【本を棚に戻す。】把書放回架上。
hon　o　tana　ni　modosu

> 【相似用語】
>
> **もどる【戻る】**〔動詞〕返回、回去、恢復
> mo do ru
>
> **せき に もどる。【席に戻る。】**回座。
> seki ni modoru

💬 對話

こども：おわった。
おかあさん：つかったらもとのばしょに
　　　　　　　もどしてください。

子供：終わった。
お母さん：使ったら元の場所に戻して
　　　　　　ください。

小孩：結束了。
媽媽：用完要物歸原位。

◆もとめる【求める】〔動詞〕追求、要求、購買
mo to me ru

へいわ を もとめる。【平和を求める。】追求和平。
heiwa　o　motomeru

◆もともと【元々】〔副詞〕原本、原來
mo to mo to

もともと いきたくない。【元々行きたくない。】原本不想去。
motomoto ikitakunai

◆モニター【もにたー】〔名詞〕監視器、螢幕
mo ni ta-

けいたい の がめん を モニター に うつす。
keitai　no gamen　o monita-　ni utsusu

【携帯の画面をモニターに映す。】把手機的畫面投射到螢幕上。

◆もの【物】〔名詞〕東西、物品
mo no

ほしい もの は ありますか？【欲しい物はありますか？】
hoshii　mono wa arimasuka

◆もの【者】〔名詞〕人
mo no

いま の わかい もの。【いまの若い者。】時下的年輕人。
ima　no wakai　mono

◆ものがたり【物語】〔名詞〕故事
mo no ga ta ri

ものがたり を きく。【物語を聞く。】聽故事。
monogatari　o kiku

✦ ものすごい【物凄い】〔形容詞〕
mo no su go i

可怕、驚人、非常

ものすごい あめ。【物凄い雨。】可怕驚人的雨。
monosugoi　ame

✦ ものほし【物干し】〔名詞〕曬衣服、晾衣服、曬衣場
mo no ho shi

スカート を ものほし に ほす。【スカートを物干しに干す。】把裙子晾乾。
suka-to　o monohoshi ni hosu

✦ ものまね【物真似】〔名詞〕模仿
mo no ma ne

さる の ものまね を する。【猿の物真似をする。】模仿猴子。
saru　no monomane o　suru

✦ もみじ【紅葉】〔名詞、動詞〕紅葉、楓葉；（葉子）變紅
mo mi ji

やま の もみじ は うつくしい。【山の紅葉は美しい。】山上的紅葉很美。
yama　no momiji　ga utsukushii

✦ もむ【揉む】〔動詞〕搓揉、按摩
mo mu

かた を もむ。【肩を揉む。】按摩肩膀。
kata　o　momu

✦ もめる【揉める】〔動詞〕爭執、發生糾紛
mo me ru

おかね で もめる。【お金でもめる。】為錢爭執。
okane　de momeru

◆ <u>も</u>も【桃】 〔名詞〕桃子

mo mo

にほん の もも は おいしい。【日本の桃は美味しい。】日本的桃子很好吃。
nihon　no momo wa oishii

◆ <u>も</u>やし【萌やし】 〔名詞〕豆芽菜

mo ya shi

もやしいため。【もやし炒め。】炒豆芽。
moyashiitame

◆ <u>も</u>よう【模様】 〔名詞〕花紋、花樣、情形、狀況

mo yo u

みずたまもようの ふく。【水玉模様の服。】圓點圖案的衣服。
mizutamamoyou　no fuku

💬 **對話**

おかあさん：もようはどれがいい？	媽媽：要什麼圖案的？
こども：みずたまがすき。	小孩：我喜歡圓點的。
お母さん：模様はどれがいい？	
子供：水玉が好き。	

◆ <u>も</u>らう【貰う】 〔動詞〕得到、接受

mo ra u

おかね を もらう。【お金をもらう。】拿到錢。
okane　o morau

💬 **對話**

こども：これ、ともだちからもらった。	小孩：這個是朋友給我的。
	（從朋友那裡拿到的。）
おかあさん：いいですね。	媽媽：真好。
子供：これ、友達からもらった。	
お母さん：いいですね。	

◆ <u>も</u>り【森】 〔名詞〕森林
mo ri

いえ の うしろ は もり です。【家の後ろは森です。】家的後方是森林。
ie　　no ushiro　wa mori　desu

◆ <u>も</u>ん【門】 〔名詞〕（大）門
mon

もん を ひらく。【門を開く。】開門。
mon　o　hiraku

◆ <u>も</u>んく【文句】 〔名詞〕牢騷、不滿、抱怨
mon ku

もんく を いう。【文句を言う。】發牢騷。
monku　o　iu

◆ <u>も</u>んげん【門限】 〔名詞〕門禁
mon gen

もんげん を すぎる。【門限を過ぎる。】超過門禁。
mongen　　o　sugiru

◆ モンスター【もんすたー】 〔名詞〕
mon su ta-
怪獸、怪物、巨大物體

モンスター が でた。【モンスターが出た。】怪物出來了。
monsuta-　　ga deta

◆ <u>も</u>んだい【問題】 〔名詞〕問題
mon da i

もんだい に こたえる。【問題に答える。】回答問題。
mondai　　ni　kotaeru

や行

（や、ゆ、よ）

08_00.MP3

や ya	把嘴巴張開，發出「壓（ーㄚ）」的音。	**やま【山】** 山 ya ma	
ゆ yu	把嘴巴張開，嘴角向左右伸展，發出英文「YOU」的音。	**ゆき【雪】** 雪 yu ki	
よ yo	把嘴巴張開，發出「優（ーㄡ）」的音。	**よる【夜】** 晚上 yo ru	

ヤ行  （ャ、ュ、ョ）

| ヤ
ya | 把嘴巴張開，發出「壓（ーㄚ）」的音。 | ヤクルト 養樂多
ya ku ru to | |

ユ
yu｜把嘴巴張開，嘴角向左右伸展，發出英文「YOU」的音。｜ユニコーン 獨角獸
yu ni ko-n

ヨ
yo｜把嘴巴張開，發出「優（ーㄡ）」的音。｜ヨット 帆船
yo tto

你知道嗎？や是從中文這樣變來的：

爸爸媽媽可以這樣記假名

也 → せ → や

跟孩子可以
這樣一起寫

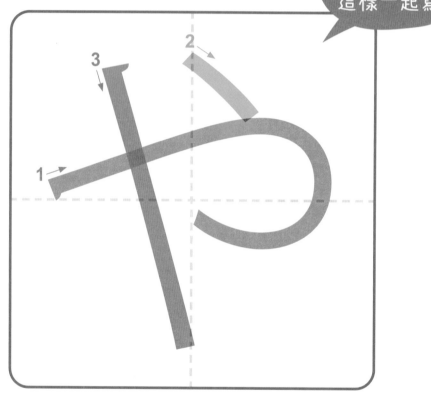

好好與您的孩子展開第一段的日語學習探索之旅吧！

你知道嗎？ヤ是從中文這樣變來的：

爸爸媽媽可以這樣記假名

也 → セ → ヤ

跟孩子可以這樣一起寫

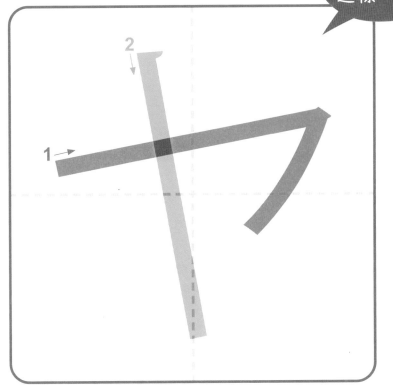

好好與您的孩子展開第一段的日語學習探索之旅吧！

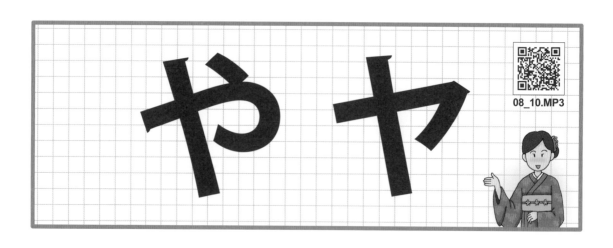

◆ <u>や</u>【屋】 〔名詞〕店、鋪
　　ya

> 【 有很多店鋪 】
>
> はなや【花屋】〔名詞〕花店　　　　にくや【肉屋】〔名詞〕肉鋪
> ha na ya　　　　　　　　　　　　 ni ku ya
>
> パンや【パン屋】〔名詞〕麵包店　　さかなや【魚屋】〔名詞〕魚鋪
> pan ya　　　　　　　　　　　　　 sa ka na ya
>
> くすりや【薬屋】〔名詞〕藥店　　　やおや【八百屋】〔名詞〕蔬果鋪
> ku su ri ya　　　　　　　　　　　 ya o ya

◆ <u>や</u>【矢】 〔名詞〕箭
　　ya

や を はなつ。【矢を放つ。】放箭。
ya　o　hanatsu

◆ <u>やく</u>【焼く】 〔動詞〕燒、烤
　　ya ku

パン を やく。【パンを焼く。】烤麵包。
pan　o　yaku

【相關用語】

やける【焼ける】〔動詞〕著火、烤熟、曬黑
ya ke ru

にく が やけた。【**肉が焼けた。**】肉烤熟了。
niku　ga　yaketa

かお が やけた。【**顔が焼けた。**】臉曬黑了。
kao　ga　yaketa

◆ <u>やく</u>【役】〔名詞〕職務、任務、角色
　　ya ku

やく に つく。【役につく。】就職。
yaku　ni　tsuku

わるい やく を えんじる。【悪い役を演じる。】扮演壞人的角色。
warui　　yaku　o　enjiru

◆ <u>やくしゃ</u>【役者】〔名詞〕演員
　　yaku sha

やくしゃ に なる。【役者になる。】成為演員。
yakusha　　ni　naru

◆ <u>やくそく</u>【約束】〔名詞、動詞〕約定
　　ya ku so ku

やくそく を まもる。【約束を守る。】遵守約定。
yakusoku　o　mamoru

💬 對話

おかあさん：こんどゆうえんちいこう。　　媽媽：下次我們去遊樂園吧！
こども：やくそくだよ。　　　　　　　　小孩：說定了喔！

お母さん：今度遊園地行こう。
子供：約束だよ。

❶ もも【桃】momo 桃子

❷ マンゴー【まんごー】mango- 芒果

❺ ピーナッツ【ぴーなっつ】pi-nattsu 花生

❹ まめ【豆】mame 豆子

❸ ジャガイモ【じゃがいも】jagaimo ／ ポテト【ぽてと】potato 馬鈴薯

❽ タマネギ【たまねぎ】tamanegi 洋蔥

❼ トウモロコシ【とうもろこし】toumorokoshi 玉米

❻ サツマイモ【さつまいも】satsumaimo 地瓜

⑮ グアバー【ぐあばー】gaaba- 芭樂

⑫ スイカ【すいか】suika 西瓜

❾ ブドウ【ぶどう】budou 葡萄

⑬ リンゴ【りんご】ringo 蘋果

⑩ ミカン【みかん】mikan 橘子

⑳ キャベツ【きゃべつ】kyabetsu 高麗菜

㉑ ニンジン【にんじん】ninjin 紅蘿蔔

19元/斤

69元/斤

Vegetables & Fruits

08_11.MP3

㉓ ヨウナシ【ようなし】
younashi 西洋梨

29元/斤

69元/斤

15元/斤

㉔ トマト【とまと】
tomato 番茄

15元/斤

⑱ レモン【れもん】
remon 檸檬

⑲ イチゴ【いちご】
ichigo 草莓

㉕ ナス【なす】nasu ／
なすび【茄子】nasubi 茄子

㉒ グレープフルーツ【ぐれーぷふるーつ】
gure-pufuru-tsu 葡萄柚

⑯ パパイヤ【ぱぱいや】
papaiya 木瓜

35元/斤

29元/斤

⑰ カボチャ【かぼちゃ】
kabocha 南瓜

39元/斤

⑭ パイナップル【ぱいなっぷる】
painappuru 鳳梨

⑪ バナナ【ばなな】
banana 香蕉

やおや【八百屋】
yaoya 蔬果店

451

◆ やくだつ【役立つ】 〔動詞〕有效、有助益、有幫助
ya ku da tsu

うんどう は けんこう に やくだつ。【運動は健康に役立つ。】運動有益健康。
undou wa kenkou ni yakudatsu

◆ やけど【火傷】 〔名詞、動詞〕燒、燙傷
ya ke do

て を やけど した。【手を火傷した。】燙到了手。
te o yakedo shita

◆ やさしい【優しい】 〔形容詞〕溫柔的、善良的
ya sa shi i

やさしい ひと。【優しい人。】溫柔的人。
yasashii hito

◆ やすい【安い】 〔形容詞〕便宜的
ya su i

きょう の やさい は やすい。【今日の野菜は安い。】今天的蔬菜很便宜。
kyou no yasai wa yasui

💬 對話

ともだち：これやすくない？　　朋友：你不覺得這個很便宜嗎？
わたし：たかいとおもう。　　　我：我覺得很貴。

友達：これ安くない。
私：高いと思う。

◆ やすみ【休み】 〔名詞〕休息
ya su mi

ひるやすみ。【昼休み。】午休。
hiruyasumi

◆ やせる【痩せる】 〔動詞〕（變）痩
ya se ru

うんどう したら やせる。【運動したら痩せる。】
undou　　shitara　yaseru

運動就會瘦。

◆ やたい【屋台】 〔名詞〕攤販、餐車
ya ta i

やたい を だす。【屋台を出す。】 擺攤。
yatai　　o　dasu

◆ やね【屋根】 〔名詞〕屋頂
ya ne

ひとつ やね の した で くらす。【一つ屋根の下で暮らす。】同住一個屋簷下。
hitotsu　yane　no　shita　de　kurasu

◆ やばい 〔形容詞〕糟糕了、完蛋了
ya ba i

やばい、おこられる。【やばい、怒られる。】 糟了要被罵了。
yabai　　okorareru

💬 對話

> ともだち：やばい、しゅくだいわすれた。　　朋友：糟了，我忘記寫作業了。
> わたし：せんせいにおこられるよ。　　　　我：會被老師罵喔。
>
> 友達：やばい、宿題忘れた。
> 私：先生に怒られるよ。

◆ やはり【矢張り】 〔副詞〕還是、仍舊、一樣、果然
ya ha ri

きょう も やはり さむい。【今日もやはり寒い。】 今天還是很冷。
kyou　　mo yahari　samui

◆ やぶる【破る】 〔動詞〕弄破、破壞、違反
ya bu ru

へいわ を やぶる。【平和を破る。】破壞和平。
heiwa　o　yaburu

◆ やぶれる【破れる】 〔動詞〕破、破裂、破滅
ya bu re ru

くつした が やぶれた。【靴下が破れた。】襪子破了。
kutsushita ga yabureta

◆ やま【山】 〔名詞〕山
ya ma

やま に のぼる。【山に登る。】爬山
yama ni noboru

◆ やむ【止む】 〔動詞〕停、中止
ya mu

あめ が やむ。【雨が止む。】雨停了。
ame ga yamu

💬 對話

ともだち：あめがやんだ。
わたし：ほんとうだ。かぜもやんだ。

朋友：雨停了。
我：真的耶，風也停了。

友達：雨が止んだ。
私：本当だ。風も止んだ。

✦ <u>や</u>める【止める】 〔動詞〕停止
ya me ru

おさけ を やめる。【お酒を止める。】戒酒。
osake　　o　yameru

✦ <u>や</u>る【遣る】 〔動詞〕派、送、給
yaru

とり に えさ を やる。【鳥の餌をやる。】餵鳥吃飼料。
tori　ni esa　　o　yaru

こども を だいがく に やる。【子供を大学にやる。】送小孩上大學。
kodomo　o　daigaku　　ni yaru

✦ <u>や</u>わらかい【柔らかい】 〔形容詞〕柔軟的
ya wa ra ka i

やわらかい ふとん。【柔らかい布団。】柔軟的棉被。
yawarakai　　makura

> 【 相反用語 】
>
> **かたい【堅い、硬い】** 〔形容詞〕堅硬、堅固
> ka ta i

💬 對話

　　こども：やわらかいパンがすき。
　　おかあさん：かたいフランスパンも
　　　　　　　　おいしいよ。

　　子供：柔らかいパンが好き。
　　お母さん：硬いフランスパンも
　　　　　　　美味しいよ。

小孩：我喜歡柔軟的麵包。

媽媽：堅硬的法國麵包也很好吃喔。

你知道嗎？ゆ是從中文這樣變來的：

爸爸媽媽可以這樣記假名

由 → ゆ → ゆ

跟孩子可以
這樣一起寫

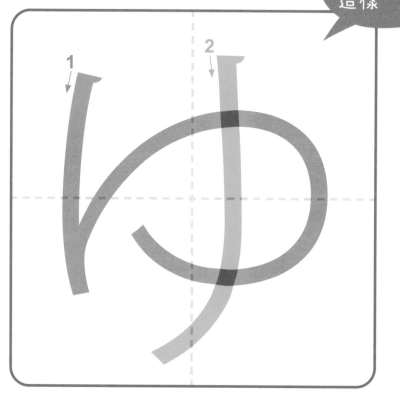

好好與您的孩子展開第一段的日語學習探索之旅吧！

你知道嗎？ユ是從中文這樣變來的：

由 → 上 → ユ → ユ

跟孩子可以
這樣一起寫

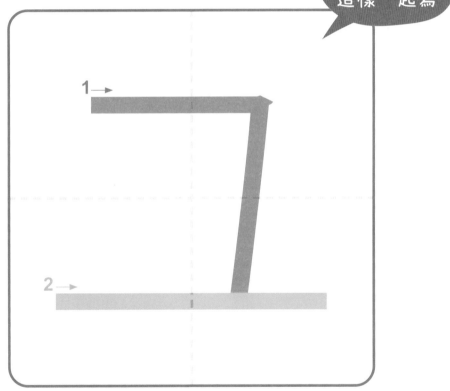

好好與您的孩子展開第一段的日語學習探索之旅吧！

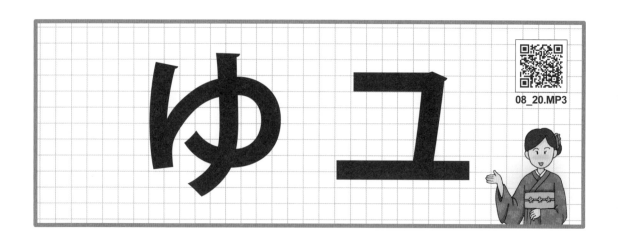

08_20.MP3

◆ <u>ゆ</u>【湯】 〔名詞〕（常用「お湯」）熱水、開水、溫泉
yu

ゆ を わかす。【湯を沸かす。】燒熱水。
yu　o　wakasu

💬 對話

こども：おちゃをのみたい。	小孩：我想喝茶。
おかあさん：いいよ、おゆをわかす。	媽媽：好啊，我來燒開水。
子供：お茶を飲みたい。	
お母さん：いいよ、お湯を沸かす。	

◆ <u>ゆ</u>うき【勇気】 〔名詞〕勇氣
yu u ki

ゆうき を だす。【勇気を出す。】提起勇氣。
yuuki　o　dasu

◆ <u>ゆ</u>うしゅう【優秀】 〔名詞、形容動詞〕優秀
yu u shu u

ゆうしゅう な せいせき。【優秀な成績。】優秀的成績。
yuushuu　na　seiseki

◆ ゆうしょう【優勝】 〔名詞、動詞〕優勝、冠軍
yu u sho u

うんどうかい で ゆうしょう した。【運動会で優勝した。】
undoukai　　de yuushou　　shita

在運動會上獲得冠軍。

💬 對話

ともだち：ゆうしょうおめでとう。　　　　朋友：恭喜你獲得冠軍。
わたし：ありがとう。　　　　　　　　　我：謝謝。

友達：優勝おめでとう。
私：ありがとう。

◆ ゆうせん【優先】 〔名詞、動詞〕優先
yu u sen

ゆうせんせき。【優先席。】博愛座。
yuusen seki

◆ ゆうだち【夕立】 〔名詞〕午後雷陣雨
yu u da chi

ゆうだち に あった。【夕立に遭った。】遇到午後雷陣雨。
yuudachi　ni　atta

◆ ゆうひ【夕日】 〔名詞〕夕陽
yu u hi

ゆうひ が しずむ。【夕日が沈む。】夕陽西沉。
yuuhi　　ga　shizumu

◆ ゆうびん【郵便】 〔名詞〕郵政、郵件
yu u bin

ゆうびん が おくれる。【郵便が遅れる。】郵件會晚到。
yuubin　　ga okureru

こども：ゆうびんがきた。　　　　小孩：有信寄來了。
おかあさん：だれから？　　　　媽媽：誰寄來的？

子供：郵便が来た。
お母さん：誰から？

◆ ゆうべ【昨夜】 〔名詞〕昨晩
yu u be

ゆうべ カレー を たべた。【昨夜はカレーを食べた。】昨晩吃咖哩。
yuube kare-　　　o　tabeta

◆ ゆうめい【有名】 〔名詞、形容動詞〕有名、著名
yu u me i

にほん の さくら は ゆうめい です。【日本の桜は有名です。】
nihon　no sakura　wa yuumei　desu

日本的櫻花很有名。

對話

わたし：これはたいわんでいちばん　　我：這是台灣最有名的建築物。
　　　　ゆうめいなたてもの。
ともだち：すごくりっぱだね。　　　朋友：好雄偉喔。

私：これは台湾で一番有名な建物。
友達：すごく立派だね。

◆ ゆうやけ【夕焼け】 〔名詞〕晚霞
yu u ya ke

なつ の ゆうやけ は きれい。【夏の夕焼けはきれい。】
natsu no yuuyake　wa kirei

夏天的晚霞很美。

◆ ゆうれい【幽霊】 〔名詞〕幽靈、鬼魂
you r ei

ゆうれい が でる。【幽霊が出る。】鬧鬼。
yuurei　　ga deru

◆ ゆか【床】 〔名詞〕地板
yu ka

ゆか を そうじ する。【床を掃除する。】打掃地板。
yuka　o　souji　suru

◆ ゆかた【浴衣】 〔名詞〕浴衣、夏季和服
yu ka ta

ゆかた を きる。【浴衣を着る。】穿浴衣。
yukata　o　kiru

◆ ゆき【雪】 〔名詞〕雪
yu ki

ゆき が ふる。【雪が降る。】下雪。
yuki　ga furu

◆ ゆずる【譲る】 〔動詞〕讓給、傳給、禮讓
yuzuru

せき を ゆずる。【席を譲る。】讓座。
seki　o　yuzuru

◆ ゆだん【油断】 〔名詞、動詞〕大意
yu dan

ゆだん して しっぱい した。【油断して失敗した。】大意而失敗了。
yudan　shite shippai　shita

461

✦ ゆっくり〔副詞、動詞〕慢慢地
yu kku ri

ゆっくり たべる。【ゆっくり食べる。】慢慢吃。
yukkuri　　taberu

💬 對話

こども：ケーキだ。いただきます。
おかあさん：ゆっくりたべてね。

子供：ケーキだ。頂きます。
お母さん：ゆっくり食べてね。

小孩：蛋糕耶，我要開動了。
媽媽：慢慢吃。

✦ ユニフォーム【ゆにふぉーむ】〔名詞〕
yu ni fo-mu
隊服、（店家的）制服

やきゅう チーム の ユニフォーム。【野球チームのユニフォーム。】
yakyuu　　chi-mu　no yunifo-mu

棒球隊的隊服。

✦ ゆび【指】〔名詞〕手指
yu bi

ゆび が はれた。【指が腫れた。】手指腫了。
yubi　ga hareta

✦ ゆびわ【指輪】〔名詞〕戒指
yu bi wa

ゆびわ を はめる。【指輪をはめる。】戴戒指。
yubiwa　　o　hameru

◆ゆみ【弓】 〔名詞〕弓
yu mi

ゆみ を いる。【弓を射る。】射箭。
yumi　o　iru

◆ゆめ【夢】 〔名詞〕夢、夢想
yu me

まいにち ゆめ を みる。【毎日夢を見る。】每天做夢。
mainichi　yume　o　miru

💬 對話

おかあさん：しょうらいのゆめはなに？　媽媽：未來的夢想是什麼？
こども：やきゅうせんしゅになりたい。　小孩：我想當棒球選手。

お母さん：将来の夢は何？
子供：野球選手になりたい。

◆ゆるす【許す】 〔動詞〕允許、赦免、原諒
yu ru su

しっぱい を ゆるす。【失敗を許す。】原諒失敗。
shippai　o　yurusu

◆ゆれる【揺れる】 〔動詞〕搖動、晃動
yu re ru

かぜ で ゆれる。【風で揺れる。】被風吹得晃動。
kaze　de　yureru

💬 對話

こども：じしんだ。　小孩：有地震。
おかあさん：すごくゆれている。　媽媽：搖得好厲害。

子供：地震だ。
お母さん：すごく揺れている。

你知道嗎？よ是從中文這樣變來的：

與 → ㄅ → ㄎ → よ

跟孩子可以
這樣一起寫

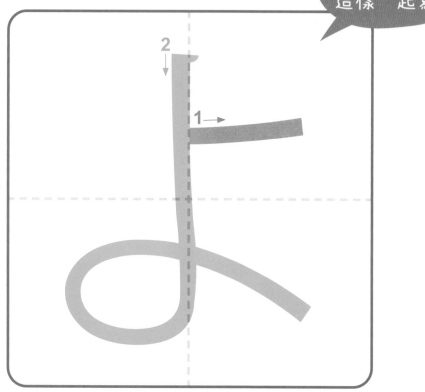

好好與您的孩子展開第一段的日語學習探索之旅吧！

你知道嗎？ヨ是從中文這樣變來的：

爸爸媽媽可以這樣記假名

與 → 與 → ヨ

跟孩子可以這樣一起寫

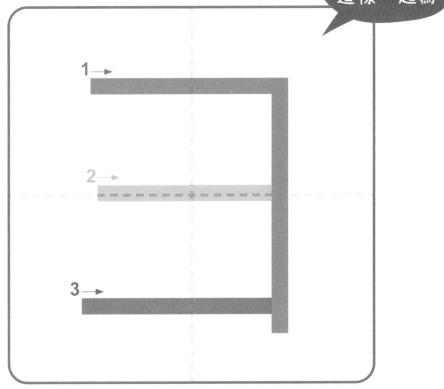

好好與您的孩子展開第一段的日語學習探索之旅吧！

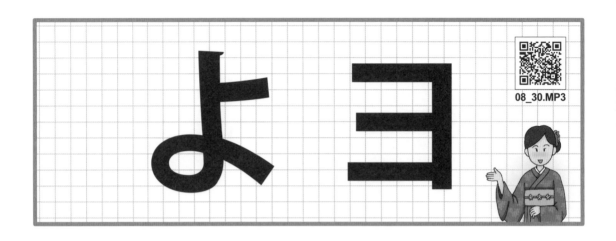

◆ <u>よ</u>あけ【夜明け】 〔名詞〕天亮、黎明、拂曉
yo a ke

よあけ に しゅっぱつ する。【夜明けに出発する。】拂曉出發。
yoake　ni　shuppatsu　suru

◆ <u>よ</u>い【良い】 〔形容動詞〕好的、良好的
yo i

てんき が よい。【天気が良い。】天氣很好。
tenki　ga yoi

◆ <u>よ</u>う【様】 〔名詞〕像、樣子
yo u

かたな の ような もの を もっている。【刀のような物を持っている。】
katana　no you　na mono o motteiru

拿著像刀一樣的東西。

◆ <u>よ</u>う【酔う】 〔動詞〕酒醉、暈船、暈車
yo u

くるま に よう。【車に酔う。】暈車。
kuruma　ni　you

✦ようい【用意】 〔名詞、動詞〕準備
yo i

しょるい を ようい する。 【書類を用意する。】準備書面資料。
shorui　　o youi　　suru

✦ようかん【羊羹】 〔名詞〕羊羹
yo u kan

この ようかん は あまい です。 【この羊かんは甘いです。】這個羊羹好甜。
kono youkan　　ga amai　　desu

✦ようじ【用事】 〔名詞〕要事
yo u ji

ようじ が あって、でかける。 【用事があって出掛ける。】有要事要出門。
youzji　　ga ate　　dekakeru

💬 對話

| ともだち：いっしょにしょくじする？ | 朋友：要一起吃飯嗎？ |
| わたし：ごめん、ちょっとようじがある。 | 我：抱歉，我有點事。 |

友達：一緒に食事する？
私：ごめん、ちょっと用事がある。

✦ようしょく【洋食】 〔名詞〕西餐、西式料理
yo u sho ku

ようしょく を たべる。 【洋食を食べる。】吃西餐。
youshoku　　o taberu

✦ようじん【用心】 〔名詞、動詞〕小心、注意
yo u jin

ひ の ようじん。 【火の用心。】小心火燭。
hi no youjin

✦ ようす【様子】 〔名詞〕様子、情況、樣態、表情
yo u su

かれ の ようす が おかしい。【彼の様子がおかしい。】他的樣態很可疑。
kare no yousu ga okashii

✦ ようちえん【幼稚園】 〔名詞〕幼稚園
yo u chi en

ようちえん に いく。【幼稚園に行く。】上幼稚園。
youchien ni iku

✦ ようふく【洋服】 〔名詞〕西服、洋裝
yo u fu ku

ようふく を きる。【洋服を着る。】穿西服。
youfuku o kiru

✦ ようやく【漸く】 〔副詞〕終於
yo u ya ku

テスト が ようやく おわった。【テストがようやく終わった。】考試終於結束了。
tesuto ga youyaku owatta

✦ ヨーグルト【よーぐると】 〔名詞〕優格
yo -guruto

まいちに あさ ヨーグルト を たべる。【毎日朝ヨーグルトを食べる。】
mainichini asa yo-guruto o taberu

每天早上都會吃優格。

✦ ヨーロッパ【よーろっぱ】 〔名詞〕歐洲
yo- ro ppa

ポルトガル は ヨーロッパ の くに です。
porutogaru wa yooroppa no kuni desu

【ポルトガルはヨーロッパの国です。】葡萄牙是歐洲的國家。

✦ ヨガ【よが】 〔名詞〕瑜珈
yo ga

ヨガ の せんせい が きた。【ヨガの先生が来た。】
yoga no sensei　　ga kita

瑜珈老師來了。

✦ よく 〔副詞〕好好地、仔細地、常常
yo ku

よく かんがえて ください。【よく考えてください。】請好好仔細想。
yoku kangaete　　kudasai

なつ は たいふう が よく くる。【夏は台風がよく来る。】
natsu wa taifuu　　ga yoku kuru

夏天常常會有颱風來。

💬 對話

| こども：かぎがない。 | 小孩：鑰匙不見了。 |
| おかあさん：よくさがして。 | 媽媽：仔細找找。 |

子供：鍵がない。
お母さん：よく探して。

✦ よけい【余計】 〔形容動詞〕多餘、用不著、更加
yo ke i

よけい な こと を しないで ください。【余計なことをしないでください。】
yokei　　na koto o shinaide　　kudasai

請不要多事。

✦ よける【避ける】 〔動詞〕避開、閃躲、防範
yo ke ru

くるま を よける。【車を避ける。】閃避車子。
kuruma o yokeru

✦ <u>よ</u>こ 【横】 〔名詞〕旁邊、橫向、側面
yo ko

くびをよこにふる。【首を横に振る。】搖頭。
kubi　o　yoko ni furu

まどのよこにすわる。【窓の横に座る。】坐在窗邊的位子。
mado no yoko ni suwaru

✦ <u>よ</u>ごす 【汚す】 〔動詞〕弄髒
yo go su

ふくをよごす。【服を汚す。】弄髒衣服。
fuku　o　yogosu

✦ <u>よ</u>ごれる 【汚れる】 〔動詞〕髒掉
yo go re ru

ふくがよごれる。【服が汚れる。】衣服會髒掉。
fuku　ga yogoreru

✦ <u>よ</u>だれ 【涎】 〔名詞〕口水
yo da re

よだれをながす。【涎を流す。】流口水。
yodare　o　nagasu

✦ <u>ヨ</u>ット 【よっと】 〔名詞〕帆船
yo tto

ヨットにのる。【ヨットに乗る。】搭帆船。
yotto　　ni noru

✦ <u>よ</u>なか 【夜中】 〔名詞〕半夜
yo na ka

よなかにトイレにいく。【夜中にトイレに行く。】半夜去上廁所。
yonaka ni toire　ni iku

◆ よぶ【呼ぶ】 〔動詞〕叫、喊、稱作、叫來
yo bu

タクシー を よぶ。【タクシーを呼ぶ。】叫計程車。
takushi-　　o　yobu

💬 對話

ともだち：じこだ。	朋友：有交通事故。
わたし：きゅうきゅうしゃをよぶ。	我：我來叫救護車。

友達：事故だ。
私：救急車を呼ぶ。

◆ よふかし【夜更かし】 〔名詞、動詞〕熬夜
yo fu ka shi

べんきょう の ために よふかし を する。
benkyou　　no　tame　ni　yofukashi　o　suru

【勉強のために夜更かしをする。】為了用功念書而熬夜。

◆ よぼう【予防】 〔名詞、動詞〕預防
yo bo u

よぼうせっしゅ。【予防接種。】預防接種。
yobou sesshu

よぼうちゅうしゃ。【予防注射。】預防注射。
yobou chuusha

◆ よむ【読む】 〔動詞〕讀、念
yo mu

しんぶん を よむ。【新聞を読む。】看報紙。
shinbun　　o　yomu

✦ よめ【嫁】 〔名詞〕媳婦、妻子
yo me

よめ に なる。【嫁になる。】出嫁、結婚。
yome ni naru

✦ よやく【予約】 〔名詞、動詞〕預約
yo ya ku

ホテル を よやく する。【ホテルを予約する。】預約飯店。
hoteru o yoyaku suru

✦ よゆう【余裕】 〔名詞〕剩餘、餘裕
yo yu u

じかん の よゆう が ない。【時間の余裕がない。】沒有多餘的時間。(時間緊迫。)
jikan no yoyuu ga nai

✦ よる【寄る】 〔動詞〕靠近、繞道
yo ru

かえり に コンビニ に よる。【帰りにコンビニに寄る。】回程繞去便利商店。
kaeri ni konbini ni yoru

✦ よる【夜】 〔名詞〕夜晚、晚上
yo ru

よる に なる と ねむい。【夜になると眠い。】
yoru ni naru to nemui

一到晚上就想睡覺。

✦ よろい【鎧】 〔名詞〕鎧甲、盔甲
yo ro i

よろい を て に いれた。【よろいを手に入れた。】得到了鎧甲。
yoroi o te ni ireta

◆よろこぶ【喜ぶ】 〔動詞〕歡喜、高興
yo ro ko bu

プレゼント を もらって、すごく よろこぶ。
purezento　o　moratte　　sugoku　yorokobu

【プレゼントをもらってすごく喜ぶ。】拿到禮物非常開心。

◆よろしい【宜しい】 〔形容詞〕好、可以、妥當
yo ro shi i

よろしい でしょうか？【宜しいでしょうか？】方便嗎？
yoroshii　　deshouka

◆よわむし【弱虫】 〔名詞〕膽小鬼
yo wa mu shi

ひと の こと を よわむし と からかっては いけない よ。
hito　no koto　o　yowamushi to karakattewa　　ikenai　　yo

【人のことを弱虫とからかってはいけないよ。】不可以嘲笑別人是膽小鬼。

◆よわい【弱い】 〔形容詞〕弱、軟弱、弱小、怕
yo wa i

ちから が よわい。【力が弱い。】力氣很小。
chikara ga yowai

> 【 相反用語 】
>
> **つよい【強い】** 〔形容詞〕強力、堅強、厲害
> tsu yo i

💬 **對話**

> おかあさん：チョコレートはあつさによわい。　　媽媽：巧克力很怕熱。
> こども：ぼくはあつさにつよい。　　　　　　　　小孩：我不怕熱。
>
> お母さん：チョコレートは暑さに弱い。
> 子供：僕は暑さに強い。

ら行 （ら、り、る、れ、ろ）

ら ra	把嘴巴張開，發出「拉（ㄌㄚ）」的音。	**らくがき【落書き】** 塗鴉 ra ku ga ki 
り ri	把嘴巴微開，嘴角向左右伸展，發出「哩（ㄌㄧ）」的音。	**りんご【林檎】** 蘋果 rin go
る ru	把嘴巴張開，嘴角向左右伸展，發出「嚕（ㄌㄨ）」的音。	**るす【留守】** 外出不在 ru su 
れ re	把嘴巴微開，發出「勒（ㄌㄟ）」的音。	**れんこん【蓮根】** 蓮藕 ren kon 
ろ ro	把嘴巴張開，發出「（ㄌㄡ）」的音。	**ろば【驢馬】** 驢子 ro ba

ラ行 ・・・・・
（ラ、リ、ル、レ、ロ）

ラ ra	把嘴巴張開，發出「拉（ㄌㄚ）」的音。	ライオン 獅子 ra i on	
リ ri	把嘴巴微開，嘴角向左右伸展，發出「哩（ㄌㄧ）」的音。	リボン 緞帶 ri bon	
ル ru	把嘴巴張開，嘴角向左右伸展，發出「嚕（ㄌㄨ）」的音。	ルビー 紅寶石 ru bi-	
レ re	把嘴巴微開，發出「勒（ㄌㄟ）」的音。	レモン 檸檬 re mon	
ロ ro	把嘴巴張開，發出「（ㄌㄡ）」的音。	ロボット 機器人 ro bo tto	

你知道嗎？ら是從中文這樣變來的：

爸爸媽媽可以這樣記假名

良 → 𡧄 → ら → ら

跟孩子可以這樣一起寫

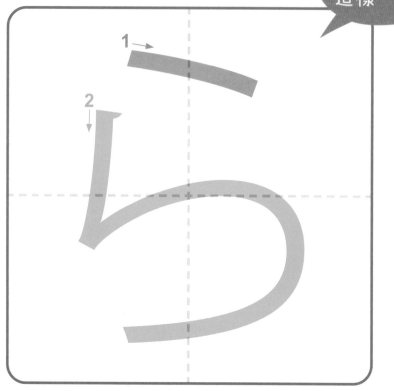

好好與您的孩子展開第一段的日語學習探索之旅吧！

你知道嗎？ラ是從中文這樣變來的：

爸爸媽媽可以這樣記假名

良 → ㇀ → ラ

跟孩子可以
這樣一起寫

1→

2→

好好與您的孩子展開第一段的日語學習探索之旅吧！

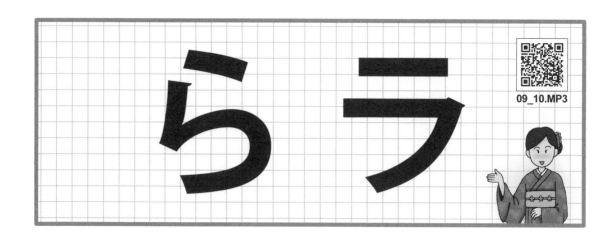

09_10.MP3

✦ <u>ラ</u>ーメン【らーめん】 〔名詞〕拉麵
ra-men

ラーメン を たべる。【ラーメンを食べる。】吃拉麵。
ra-men　　o　taberu

✦ <u>ラ</u>イオン【らいおん】 〔名詞〕獅子
ra i on

ライオン は にく が すき。【ライオンは肉が好き。】
raion　　　wa niku ga suki

獅子喜歡吃肉。

✦ <u>ら</u>いげつ【来月】 〔名詞〕下個月
ra i ge tsu

らいげつ は おしょうがつ。【来月はお正月。】下個月是過年。
raigetsu　　wa oshougatsu

【 類似用語 】

らいしゅう【来週】〔名詞〕下星期
ra i shu u

らいねん【来年】〔名詞〕明年
ra i nen

💬 對話

ともだち：らいしゅうにほんへいく。　　　朋友：我下週要去日本。
わたし：わたしはらいげついく。　　　　　我：我是下個月要去。

友達：来週日本へ行く。
私：私は来月行く。

◆ライス【らいす】 〔名詞〕飯、白飯
ra i su

カレーライス と オムライス を たべる。
kare-raisu 　　　to omuraisu 　　o taberu

【カレーライスとオムライスを食べる。】吃咖哩飯跟蛋包飯。

◆ライト【らいと】 〔名詞〕光、燈、照明
ra i to

くるま の ライト。【車のライト。】車燈。
kuruma no raito

◆ライバル【らいばる】 〔名詞〕勁敵、敵手
ra i ba ru

しゅくめい の ライバル。【宿命のライバル。】宿敵。
shukumei 　　no raibaru

◆ライン【らいん】 〔名詞〕線
ra i n

あかい ライン。【赤いライン。】紅線。
akai 　　　rain

◆ らく【楽】 〔名詞、形容動詞〕輕鬆、舒服
ra ku

らく な しごと。【楽な仕事。】輕鬆的工作。
raku na shigoto

◆ ラグビー【らぐびー】 〔名詞〕橄欖球
ra gu bi-

ラグビー の しあい を みる。【ラグビーの試合を見る。】看橄欖球比賽。
ragubi- no shiai o miru

◆ ラケット【らけっと】 〔名詞〕球拍
ra ke tto

テニス の ラケット。 網球球拍。
tenisu no raketto

◆ ラジオ【らじお】 〔名詞〕收音機
ra ji o

ラジオ を きく。【ラジオを聴く。】聽收音機。
rajio o kiku

◆ ラスト【らすと】 〔名詞〕最後
ra su to

ラスト チャンス。最後機會。
rasuto chansu

◆ ラッキー【らっきー】 〔形容動詞〕幸運
ra kki-

ラッキーナンバー。 幸運號碼。
rakki- nanba-

◆ラッシュ【らっしゅ】 〔名詞〕擁擠、集中
ra sshu

ラッシュアワー。 交通尖峰時間。
rasshuawa-

◆らっぱ【喇叭】 〔名詞〕喇叭
ra ppa

らっぱ を ふく。 【喇叭を吹く。】 吹奏喇叭。
rappa　o fuku

◆ラムネ【らむね】 〔名詞〕彈珠汽水
ra mu ne

ラムネ を のむ。 【ラムネを飲む。】 喝彈珠汽水。
ramune　o nomu

◆ランキング【らんきんぐ】 〔名詞〕排名、排行榜
ran kin gu

うりあげ の ランキング。 【売上のランキング。】 銷售排行。
uriage　no ranking

◆ランチ【らんち】 〔名詞〕午餐
ran chi

ランチ に いく。 【ランチに行く。】 去吃午餐。
ranchi　ni iku

◆ランドセル【らんどせる】 〔名詞〕日式小學生書包
ran do se ru

ランドセル を せおう。 【ランドセルを背負う。】 背書包。
randoseru　o seou

你知道嗎？り是從中文這樣變來的：

爸爸媽媽可以這樣記假名

利 → 利 → 利 → り

跟孩子可以
這樣一起寫

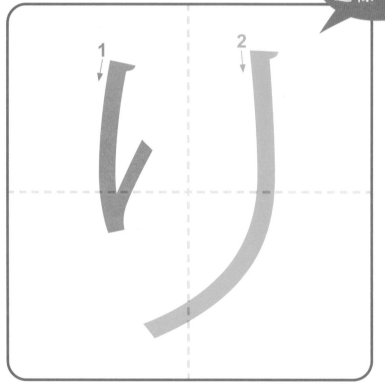

好好與您的孩子展開第一段的日語學習探索之旅吧！

你知道嗎？リ是從中文這樣變來的：

利 → リ → リ

跟孩子可以
這樣一起寫

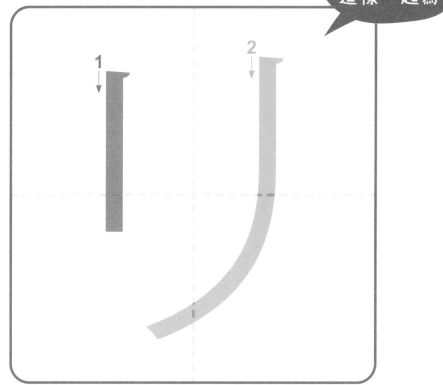

リ リ リ リ リ

好好與您的孩子展開第一段的日語學習探索之旅吧！

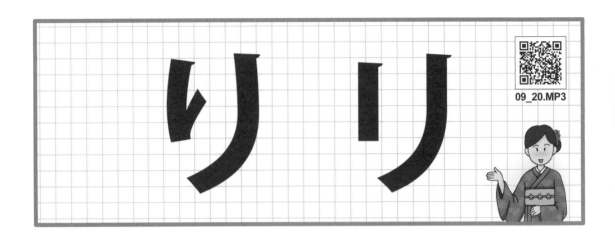

◆ リアル【りある】 〔形容動詞〕真實的、寫實的
r ia ru

リアル な たいけん。【リアルな体験。】真實體驗。
ru aru　na taiken

◆ リーダー【リーだー】 〔名詞〕領袖、領導人
ri-da-

チームリーダー。團隊的領袖。
chi-muri-da-

◆ りく【陸】 〔名詞〕陸地
ri ku

りく に あがる。【陸に上がる。】上陸。
riku ni agaru

◆ りこう【利口】 〔名詞、形容動詞〕聰明、伶俐
ri ko u

りこう な いぬ。【利口な犬。】聰明的小狗。
rikou　na inu

✦ りす【栗鼠】 〔名詞〕松鼠
ri su

こうえん に りす が いる。【公園にりすがいる。】公園裡有松鼠。
kouen　　ni risu ga iru

✦ リスト【りすと】 〔名詞〕名單、清單
ri su to

かいもの リスト。【買い物リスト。】購物清單。
kaimono　　risuto

✦ リットル【りっとる】 〔名詞〕公升
ri tto ru

いち りっとる の みず。【一リットルの水。】一公升的水。
ichi rittoru no mizu

✦ りっぱ【立派】 〔形容動詞〕美麗壯觀、漂亮、優秀
ri ppa

りっぱ な たてもの。【立派な建物。】漂亮壯觀的建築物。
rippa　　na tatemono

✦ リハーサル【りはーさる】 〔名詞〕彩排、排演
ri ha sa-ru

リハーサル を する。 進行排演。
riha-saru　　o suru

✦ リボン【りぼん】 〔名詞〕緞帶、蝴蝶結
ri bon

プレゼント に リボン を かける。 在禮物上綁上緞帶。
purezento　　ni ribon　o kakeru

◆ リモコン【りもこん】 〔名詞〕遙控器
ri mo kon

テレビ の リモコン。電視遙控器。
terebi　no rimokon

💬 對話

こども：ママ、リモコンがない。	小孩：媽媽，遙控器不見了。
おかあさん：いつものところだよ。	媽媽：在老地方啦。

子供：ママ、リモコンがない。
お母さん：いつものところだよ。

◆ りゆう【理由】 〔名詞〕理由、原因
ri yu u

ちこく した りゆう を おしえて ください。
chikoku shita riyuu　o oshiete　kudasai.

【遅刻した理由を教えてください。】請告訴我遲到的理由？

◆ りゅうがく【留学】 〔名詞、動詞〕留學
ryu u ga ku

スペイン に りゅうがく する。【スペインに留学する。】去西班牙留學。
supein　ni ryuugaku　suru.

◆ リュック【りゅっく】 〔名詞〕後背包、雙肩背包
ryu kku

リュック を せおう。【リュックを背負う。】背背包。
ryukku　o seou

◆ りょう【寮】 〔名詞〕宿舍
ryo u

がっこう の りょう に はいる。【学校の寮に入る。】搬入學校宿舍。
gakkou　no ryou　ni hairu

✦ りょうがえ【両替】 〔名詞、動詞〕兌換、換錢
ryo u ga e

えんを ドル に りょうがえ する。【円をドルに両替する。】
en　o　doru　ni　ryougae　　suru

把日幣換成美金。

✦ りょうきん【料金】 〔名詞〕費用
ryo u kin

しゅくはく の りょうきん。【宿泊の料金。】住宿費用。
shukuhaku　　no ryoukin

✦ りょうしょう【了承】 〔名詞、動詞〕明白、同意
ryo u sho u

おはなし は りょうしょう しました。【お話は了承しました。】
ohanashi　wa ryoushou　　　shimashita

您的話我明白了。

✦ りょうしん【両親】 〔名詞〕雙親、父母
ryo u shin

りょうしん は げんき です。【両親は元気です。】
ryoushin　　wa genki　desu

父母都安好。

✦ りょうて【両手】 〔名詞〕雙手
ryo u te

りょうて で もつ。【両手で持つ。】用雙手拿。
ryoute　　de motsu

對話

こども：おもい。　　　　　　　　　　　　　小孩：好重。
おかあさん：おもいから、りょうてでもって。　媽媽：這很重，用兩隻手拿。

子供：重い。
お母さん：重いから、両手で持って。

◆ りょうほう【両方】　〔名詞〕雙方、兩邊
ryo u ho u

はれ も あめ も りょうほう つかえる かさ。【晴れも雨も両方使える傘。】
hare　mo ame　mo ryouhou　　tsukaeru　kasa

晴雨兩用傘。

◆ りょうり【料理】　〔名詞、動詞〕烹飪、菜餚、餐點
ryo u ri

りょうり を する。【料理をする。】做菜。
ryouri　　　o　suru

對話

おかあさん：きょうはおやこどんを　　　媽媽：今天做親子丼。
　　　　　　つくる。

こども：やった。ママのりょうりが　　　小孩：太好了，我最愛媽媽做的菜了。
　　　　だいすき。

お母さん：今日は親子丼を作る。
子供：やった。ママの料理が大好き。

◆ りょかん【旅館】　〔名詞〕日式旅館
ryo kan

りょかん に とまる。【旅館に泊まる。】住日式旅館。
ryokan　　　ni　tomaru

✦ りょくちゃ【緑茶】 〔名詞〕緑茶
ryo ku cha

りょくちゃ を のむ。 【緑茶を飲む。】 喝綠茶。
ryokucha　　o　nomu

✦ りょけん【旅券】 〔名詞〕護照
ryo ken

りょけん を しんせい する。 【旅券を申請する。】 申請護照。
ryoken　　o　shinsei　suru

> 【 相同用語 】
>
> **パスポート【ぱすぽーと】** 〔名詞〕護照
> pa su po-to

✦ りょこう【旅行】 〔名詞、動詞〕旅行
ryo ko u

にほん へ りょこう に いく。 【日本へ旅行に行く。】 前往日本旅行。
nihon　e　ryokou　ni iku

💬 對話

ともだち：らいしゅうはにほん。　　りょこうだ。	朋友：下禮拜要去日本旅行。
わたし：にほんへりょこうにいく？　　うらやましい。	我：要去日本旅行？好羨慕。

友達：来週は日本旅行だ。
私：日本へ旅行に行く？羨ましい。

✦ りんご【林檎】 〔名詞〕蘋果
rin go

りんご を きる。 【林檎を切る。】 切蘋果。
ringo　　o　kiru

你知道嗎？る是從中文這樣變來的：

爸爸媽媽可以這樣記假名

留 → 留 → る → る

跟孩子可以
這樣一起寫

好好與您的孩子展開第一段的日語學習探索之旅吧！

你知道嗎？ル是從中文這樣變來的：

爸爸媽媽可以這樣記假名

流 → ハレ → ル

跟孩子可以
這樣一起寫

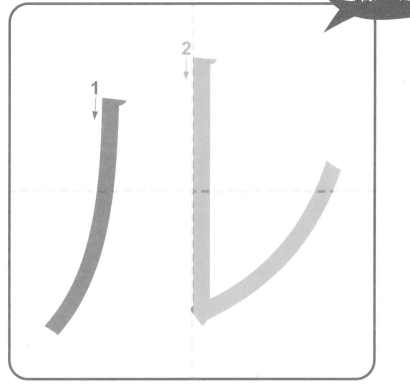

好好與您的孩子展開第一段的日語學習探索之旅吧！

✦ ルーキー【るーきー】 〔名詞〕新人、菜鳥
ru- ki-

ことし にゅうしゃ した ルーキー。【今年入社したルーキー。】
kotoshi nyuusha   shita ru-ki-

今年剛進公司的新人。

✦ ルール【るーる】 〔名詞〕規則
ru- ru

しあい の ルール を まもる。【試合のルールを守る。】遵守比賽規則。
shiai   no ru-ru   wo mamoru

✦ ルージュ【るーじゅ】 〔名詞〕口紅
ru- ju-

くちびる に ルージュ を ぬる。【唇にルージュを塗る。】
kuchibiru ni ru-ju   o nuru

在嘴唇上塗口紅。

◆ るす【留守】 〔名詞〕外出不在、看家
ru su

るす を たのむ。【留守を頼む。】外出拜託看家。
rusu　o　tanomu

◆ ルックス【るっくす】 〔名詞〕容貌、外貌
ru kku su

ルックス が いい おんなのこ。【ルックスがいい女の子。】面容姣好的女孩子。
rukkusu ga ii onnanoko

◆ ルビー【るびー】 〔名詞〕紅寶石
ru bi-

ルビー の ゆびわ を はめる。【ルビーの指輪をはめる。】
rubi-　　no yubiwa　o　hameru

戴上紅寶石的戒指。

◆ ルンバ【るんば】 〔名詞〕倫巴舞
ru n ba

ルンバ を おどる。【ルンバを踊る。】跳倫巴舞。
runba　　o　odoru

你知道嗎？れ是從中文這樣變來的：

礼 → れ → れ

跟孩子可以
這樣一起寫

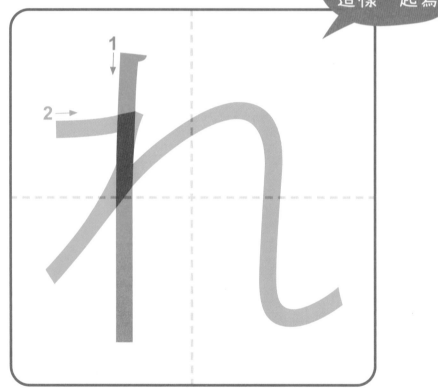

好好與您的孩子展開第一段的日語學習探索之旅吧！

你知道嗎？レ是從中文這樣變來的：

爸爸媽媽可以這樣記假名

礼 → し → レ

跟孩子可以這樣一起寫

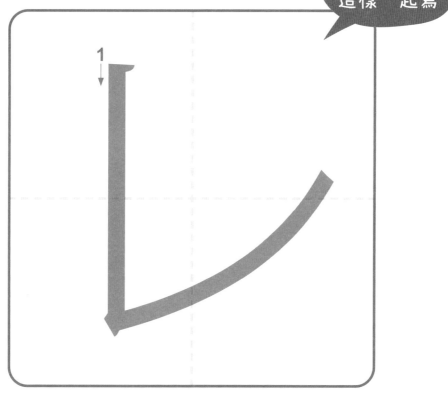

好好與您的孩子展開第一段的日語學習探索之旅吧！

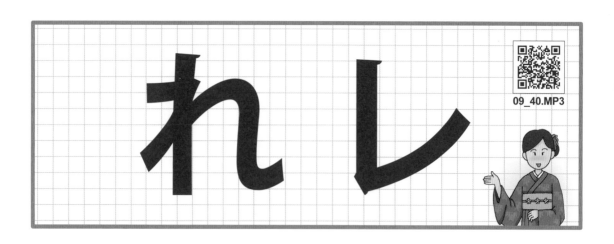

09_40.MP3

◆ れい 【礼】 〔名詞〕禮貌、禮節、敬禮、感謝
re i

せんせい に おれい を する。【先生にお礼をする。】向老師敬禮。
sensei　　 ni orei　　 o suru

こころ から おれい を もうしあげます。【心からお礼を申し上げます。】
kokoro　kara　orei　　　o moushiagemasu

由衷感謝。

◆ れい 【零】 〔名詞〕零
re i

れいじ さんじゅっぷん。【零時三十分。】零點 30 分。
reiji　　　sanjuppun

【相同用語】
ゼロ【ぜろ】〔名詞〕零
ze ro

◆ れいがい 【例外】 〔名詞〕例外

re i ga i

れいがい は ない。【例外はない。】沒有例外。
reigai　　　 wa nai

✦ れいせい【冷静】 〔名詞、形容動詞〕冷靜
re i se i

れいせい に かんがえる。【冷静に考える。】冷靜想想。
reisei ni kangaeru

✦ れいぞう【冷蔵】 〔名詞、動詞〕冷藏
re i zo u

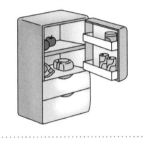

れいぞうこ。【冷蔵庫。】冰箱。
re i zo u ko

✦ れいとう【冷凍】 〔名詞、動詞〕冷凍
re i to u

にく を れいとう する。【肉を冷凍する。】把肉冷凍起來。
niku o reitou suru

💬 對話

こども：おやつは？　　　　　　　小孩：點心呢？
おかあさん：れいぞうこのなかに。　媽媽：在冰箱裡。

子供：おやつは？
お母さん：冷蔵庫の中に。

✦ れいねん【例年】 〔名詞〕往年
re i nen

れいねん より はやい。【例年より早い。】比往年來得早。
reinen yori hayai

✦ レース【れーす】 〔名詞〕蕾絲
re- su

ふく に レース を つける。【服にレースを付ける。】在衣服上縫上蕾絲。
fuku ni re-su o tsukeru

◆ レース【れーす】 〔名詞〕競速比賽
re- su

くるま の レース を みる。【車のレースを見る。】看賽車比賽。
kuruma no re-su　o miru

◆ レーズン【れーずん】 〔名詞〕葡萄乾
re- zun

レーズン を たべない。【レーズンを食べない。】不吃葡萄乾。
re-zun　o tabenai

◆ レール【れーる】 〔名詞〕鐵軌、軌道
re- ru

でんしゃ の レール。【電車のレール。】電車軌道。
densha　no re-ru

◆ レインコート【れいんこーと】 〔名詞〕雨衣
re in ko- to

レインコート を きる。【レインコートを着る。】穿雨衣。
reinko-to　o kiru

💬 對話

　おかあさん：そとはあめだよ。　　　　　　媽媽：外面在下雨。
　こども：レインコートをきて、がっこういく。　小孩：我穿雨衣去上學。

　お母さん：外は雨だよ。
　子供：レインコートを着て、学校行く。

◆ れきし【歴史】 〔名詞〕歴史
re ki shi

れきし が ある。【歴史がある。】很有歴史。
rekishi ga aru

✦ レコード【れこーど】 〔名詞〕紀錄
reko-do

レコード を やぶる。【レコードを破る。】打破紀錄。
reko-do　　o　yaburu

✦ レジ【れじ】 〔名詞〕收銀
re ji

おしはらい は レジ で おねがい します。
oshiharai　　wa reji　de onegai　　shimasu

【お支払はレジでお願いします。】請到收銀台結帳。

✦ レストラン【れすとらん】 〔名詞〕餐廳
re su to ran

レストラン で しょくじ する。【レストランで食事する。】在餐廳用餐。
resutoran　　de shokuji　　suru

💬 對話

こども：ばんごはんは？
おとうさん：レストランへいこう。

子供：ばんごはんは？
お父さん：レストランへ行こう。

小孩：晚餐怎麼辦？
爸爸：我們去餐廳吃。

✦ レタス【れたす】 〔名詞〕萵苣、生菜
re ta su

レタス を はさんだ サンドイッチ。【レタスを挟んだサンドイッチ。】
retasu　　o　hasannda　sandoicchi

包生菜的三明治。

◆ レッスン 【れっすん】 〔名詞〕課程
re ssun

えいご の レッスン。【英語のレッスン。】英語課。
eigo　　no ressun

◆ レディー 【れでぃー】 〔名詞〕女士
re di-

レディーファースト。女士優先。
redi- fa-suto

◆ レバー 【ればー】 〔名詞〕動物的肝臟
re ba-

とり の レバー を やく。【鳥のレバーを焼く。】烤雞肝。
tori　no reba-　　o yaku

◆ レベル 【れべる】 〔名詞〕程度、等級
re be ru

にほんご の レベル が たかい。【日本語のレベルが高い。】日文程度很好。
nihongo　　no reberu ga takai

◆ レポート 【れぽーと】 〔名詞〕報告
repo-to

レポート を ていしゅつ する。【レポートを提出する。】提出報告。
repo-to　　o teishutsu　　suru

◆ レモン 【れもん】 〔名詞〕檸檬
re mon

すっぱい れもん。【酸っぱいレモン。】酸檸檬。
suppai　　remon

◆ れんあい【恋愛】 〔名詞、動詞〕戀愛
ren a i

れんあいしょうせつ を よむ。【恋愛小説を読む。】
renai shousetsu　　　　　o　yomu

讀戀愛小説。

◆ れんきゅう【連休】 〔名詞〕連休
ren kyu u

らいしゅう は さんれんきゅう。【来週は三連休。】下週有三連休。
raishuu　　　wa　sanrenkyuu

◆ れんしゅう【練習】 〔名詞、動詞〕練習
ren shu u

ピアノ の れんしゅう を する。【ピアノの練習をする。】練習鋼琴。
piano　no renshuu　　　o　suru

💬 對話

こども：らいしゅうしあいがある。　　小孩：下禮拜要比賽。
おかあさん：れんしゅうしないとね。　媽媽：那得要練習呢。

子供：来週試合がある。
お母さん：練習しないとね。

◆ レンタル【れんたる】 〔名詞、動詞〕出租、租用
ren ta ru

くるま を レンタル する。【車をレンタルする。】租車子。
kuruma　o　rentaru　　suru

◆ れんらく【連絡】 〔名詞、動詞〕聯絡、聯繫
ren ra ku

かいしゃ に れんらく する。【会社に連絡する。】跟公司聯絡。
kaisha　　　ni renraku　　suru

你知道嗎？ろ是從中文這樣變來的：

爸爸媽媽可以這樣記假名

呂 → 呂 → ろ → ろ

跟孩子可以這樣一起寫

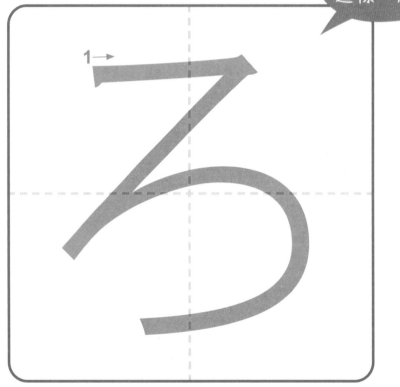

好好與您的孩子展開第一段的日語學習探索之旅吧！

你知道嗎？口是從中文這樣變來的：

爸爸媽媽可以這樣記假名

呂 → 口

跟孩子可以
這樣一起寫

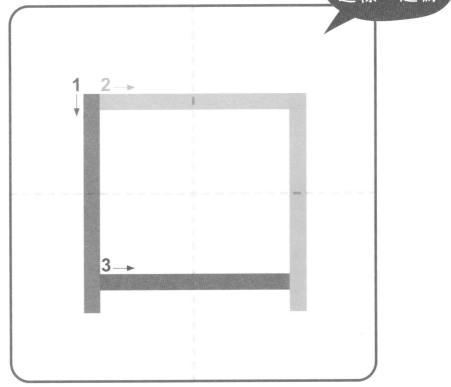

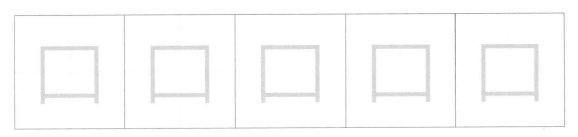

好好與您的孩子展開第一段的日語學習探索之旅吧！

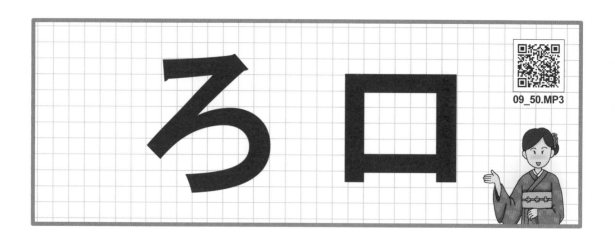

09_50.MP3

◆ろうか【廊下】〔名詞〕走廊
ro u ka

ろうか を はしるな。【廊下を走るな。】別在走廊上奔跑。
rouka　　o　hashiruna

◆ろうじん【老人】〔名詞〕老人
ro u jin

ろうじん に せき を ゆずる。【老人に席を譲る。】
roujin　　ni　seki　o　yuzuru

讓座給老人。

◆ろうそく【蠟燭】〔名詞〕蠟燭
ro u so ku

ろうそく の ひ を ふきけす。【蠟燭の火を吹き消す。】把蠟燭的火吹滅。
rousoku　　no hi　o　fukikesu

◆ロール【ろーる】〔名詞〕捲
ro- ru

ロールキャベツ。高麗菜捲。
ro-rukyabetsu

✦ロケット【ろけっと】 〔名詞〕火箭
ro ke tto

ロケット を うちあげる。【ロケットを打ち上げる。】發射火箭升空。
roketto　　o　uchiageru

✦ろじ【路地】 〔名詞〕小巷
ro ji

ろじ に はいる。【路地に入る。】進入小巷。
riji　　ni　hairu

✦ロッカー【ろっかー】 〔名詞〕置物櫃
ro kka-

コインロッカー。 投幣式置物櫃。
koin rokka-

✦ろば【驢馬】 〔名詞〕驢子
ro ba

ろば に のる。【ろばに乗る。】騎驢。
roba　ni　noru

✦ロビー【ろびー】 〔名詞〕大廳
ro bi-

ロビー で まっている。【ロビーで待っている。】在大廳等候。
robi- de　matteiru

✦ロボット【ろぼっと】 〔名詞〕機器人
ro bo tto

そうじロボット を つかう。【掃除ロボットを使う。】
souji robotto　　　　o　tsukau

使用掃地機器人。

わ行 （わ）

わ wa
把嘴巴張開，發出「挖（ㄨㄚ）」的音。

わに 【鰐】 鱷魚
wa ni

を wo
把嘴巴張開，發出「窩（ㄨㄛ）」的音。

ほん を よむ。
【本を読む。】 讀書。
hon o yomu

ん n
嘴巴不要張開，用鼻子發出「恩（ㄣ）」的音。

あん 【餡】
餡、內餡
a n

ワ行 (ワ)

ワ
wa

把嘴巴張開，發出「挖（ㄨㄚ）」的音。

ワイン 紅酒
wa in

ヲ
wo

把嘴巴張開，發出「窩（ㄨㄛ）」的音。

ン
n

嘴巴不要張開，用鼻子發出「恩（ㄣ）」的音。

ドリアン 榴槤
to ri a n

你知道嗎？わ是從中文這樣變來的：

和 → 和 → わ → わ

跟孩子可以
這樣一起寫

好好與您的孩子展開第一段的日語學習探索之旅吧！

你知道嗎？ワ是從中文這樣變來的：

爸爸媽媽可以這樣記假名

和 → ワ → ワ

跟孩子可以
這樣一起寫

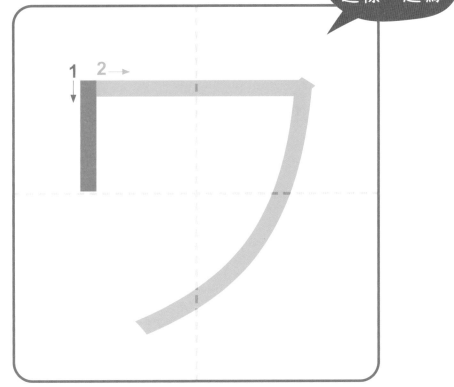

ワ ワ ワ ワ ワ

好好與您的孩子展開第一段的日語學習探索之旅吧！

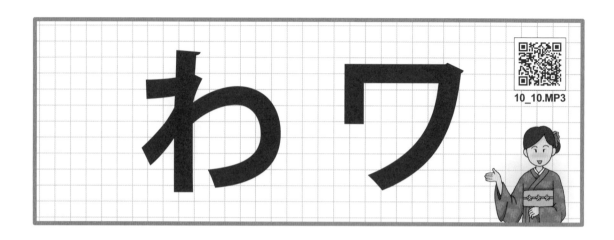

◆わ【輪】〔名詞〕車輪、圓圈

wa

わ に なって おどる。【輪になって踊る。】圍成圓圈跳舞。
wa ni natte　odoru

◆ワールド【わーるど】〔名詞〕世界

wa- ru do

ワールドカップ。世界盃。
wa-rudo kappu

◆ワイシャツ【わいしゃつ】〔名詞〕襯衫

wa i sha tsu

ワイシャツ を あらう。【ワイシャツを洗う。】洗滌襯衫。
waishatsu　o arau

◆わいわい〔副詞、動詞〕大聲吵雜

wa i wa i

わいわい さわぐ。【わいわい騒ぐ。】大聲吵鬧騷動。
waiwai　sawagu

◆ワイン【わいん】〔名詞〕紅酒
wa in

ワイン を のむ。【ワインを飲む。】喝紅酒。
wain　　o　nomu

◆わかい【若い】〔形容詞〕年輕的
wa ka i

わかい ひと。【若い人。】年輕人。
wakai　　hito

◆わがし【和菓子】〔名詞〕日式甜點
wa ga shi

わがし は きれい で おいしい です。【和菓子はきれいで美味しいです。】
wagashi wa kirei　　de oishii　　　desu

日式點心美麗又美味。

◆わかす【沸す】〔動詞〕使燒開、使沸騰
wa ka su

おゆ を わかす。【お湯を沸かす。】燒熱水。
oyu　　o　wakasu

> 【相似用語】
>
> **わく【沸く】**〔動詞〕燒開、沸騰
> wa ku
>
> **おゆ が わく。【お湯が沸く。】**水開了。
> oyu　　ga waku

◆わがまま【我儘】〔名詞、形容動詞〕任性
wa ga ma ma

わがまま な こども。【我儘な子供。】任性的孩子。
wagamama na kodomo

こども：がっこういきたくない。　　　　小孩：我不想去學校。
おかあさん：わがままいわないで。　　媽媽：不准任性。

子供：学校行きたくない。
お母さん：わがまま言わないで。

✦ わかもの【若者】〔名詞〕年輕人
wa ka mo no

わかもの の いけん を きく。【若者の意見を聞く。】聽取年輕人的意見。
wakamono no iken　　o kiku

✦ わかる【分かる】〔動詞〕知道、明白、理解
wa ka ru

にほん の れきし が わかる。【日本お歴史が分かる。】知道日本歷史。
nihon　norekishi　ga wakaru

✦ わかれる【分かれる】〔動詞〕分別、分開、分手
wa ka re ru

おや と わかれる。【親と別れる。】和父母分開。
oya　to wakareru

對話

ともだち：あしたはわかれるね。　　朋友：明天就要分開了呢。
わたし：さびしい。　　　　　　　　我：真叫人寂寞。

友達：明日は分かれるね。
私：寂しい。

✦ わき【脇】〔名詞〕腋下
wa ki

たいおんけい を わき に さす。【体温計を脇に挿す。】把體溫計插在腋下。
taionkei　　o waki ni sasu

◆ <u>わ</u>く 【湧く】 〔動詞〕湧出、噴出
wa ku

おんせん が わく。 【温泉が湧く。】溫泉湧出。
onsen　　ga waku

◆ ワクチン 【わくちん】 〔名詞〕疫苗
wa ku chin

ワクチン を うつ。 【ワクチンを打つ。】打疫苗。
wakuchin　o utsu

◆ <u>わ</u>くわく 〔副詞、動詞〕興奮不已、高興期待
wa ku wa ku

あした の えんそく で わくわく する。 【明日の遠足でわくわくする。】
ashita　no ensoku　　de wakuwaku suru

因為明天的遠足非常興奮。

💬 對話

おかあさん：あしたはえんそくだね。　　媽媽：明天是遠足呢。
こども：わくわくする。　　　　　　　　小孩：好興奮好期待喔。

お母さん：明日は遠足だね。
子供：わくわくする。

◆ <u>わ</u>ける 【分ける】 〔動詞〕分開、分類、分配
wa ke ru

グループ に わける。 【グループに分ける。】分組。
guru-pu　　ni wakeru

◆ <u>わ</u>ざと 【態と】 〔副詞〕故意地
wa za to

わざと まける。 【わざと 負ける。】故意輸掉。
wazato　makeru

◆ わゴム 【輪ゴム】 〔名詞〕 橡皮筋
wa go mu

わゴム で あそぶ。 【輪ゴムで遊ぶ。】 玩橡皮筋。
wagomu de asobu

◆ わさび 【山葵】 〔名詞〕 芥末
wa sa bi

わさび は からい。 【山葵は辛い。】 芥末很辣。
wasabi   wa karai

◆ わしょく 【和食】 〔名詞〕 日本菜、日本料理
wa sho ku

わしょく を たべる。 【和食を食べる。】 吃日本菜。
washoku   o   taberu

💬 對話

| ともだち：ばんごはんはわしょくにする？ | 朋友：晚飯吃日本料理？ |
| わたし：ようしょくでもいい？ | 我：吃西餐也可以嗎？ |

友達：晩ご飯は和食にする？
私：洋食でもいい？

◆ わずか 【僅か】 〔副詞、形容動詞〕 一點點、僅僅、只有
wa zu ka

わずか な おかね で かいけつ する。 【僅かなお金で解決する。】
wazuka na okane   de kaiketsu   suru

用僅剩的錢解決。

◆ わすれもの 【忘れ物】 〔名詞〕 忘記帶、遺失物
wa su re mo no

がっこう に わすれもの を した。【学校に忘れ物をした。】 把東西忘在學校。
gakkou   ni wasuremono o   shita

✦ わすれる【忘れる】 〔動詞〕忘記、遺忘
wa su re ru

いつも でんわばんごう を わすれる。【いつも電話番号を忘れる。】
itsumo denwabangou　o wasureru

老是忘記電話號碼。

✦ わたし【私】 〔代名詞〕我
wa ta shi

わたし は がくせい です。【私は学生です。】我是學生。
watashi wa gakusei　desu

✦ わたす【渡す】 〔動詞〕使渡過、架、拿給
wa ta su

ひと を ふね で わたす。【人を船で渡す。】用船送人過去。
hito　o fune de watasu

こども に おやつ を わたす。【子供におやつを渡す。】給小孩子點心。
kodomo ni oyatsu　o watasu

✦ わたる【渡る】 〔動詞〕通過、渡過
wa ta ru

はし を わたる。【橋を渡る。】過橋。
hashi o wataru

✦ ワッフル【わっふる】 〔名詞〕鬆餅
wa ffu ru

ワッフル を たべる。【ワッフルを食べる。】吃鬆餅。
waffuru　o taberu

✦ <u>わ</u>な【罠】 〔名詞〕陷阱
wa na

わな に かかる。 掉入陷阱。
wana ni kakaru

✦ <u>わ</u>に【鰐】 〔名詞〕鱷魚
wa ni

みず の なか に わに が いる。 【水の中に鰐がいる。】
mizu no naka ni wani ga iru

在水裡有鱷魚。

✦ <u>わ</u>らい【笑い】 〔名詞〕笑、笑容
wa ra i

わらい が とまらない。 【笑いが止まらない。】 歡笑不斷。
warai ga tomaranai

✦ <u>わ</u>らう【笑う】 〔動詞〕笑
wa ra u

おおきな こえ で わらう。 【大きな声で笑う。】 大聲歡笑。
ookina koe de warau

✦ <u>わ</u>りに【割に】 〔副詞〕比較地
wa ri ni

きょう は わりに さむい。 【今日は割に寒い。】 今天比較冷。
kyou wa warini samui

> 【 相同用語 】
> わりと【割と】 〔副詞〕比較地
> wa ri to

✦ わる【割る】 〔動詞〕切開、劈開、弄破、打破
wa ru

くるみ を わる。【くるみを割る。】切開核桃。
kurumi　o　waru

> **【 相似用語 】**
>
> **われる【割れる】**〔動詞〕破碎、分裂
> wa re ru
>
> **おちゃわん が われた。【お茶碗が割れた。】** 碗破了。
> ochawan　　ga　wareta

✦ わるい【悪い】 〔形容詞〕壞的、不好的、不對的
wa ru i

てんき が わるい。【天気が悪い。】天氣不好。
tenki　　ga　warui

✦ わるぐち【悪口】 〔名詞〕壞話
wa ru gu chi

わるぐち を いう。【悪口を言う。】説壞話。
waruguchi　o　iu

✦ われわれ【我々】 〔代名詞〕我們
wa re wa re

われわれ は しんいみん。【われわれは新移民。】我們是新移民。
wareware　wa shinimin

你知道嗎？を是從中文這樣變來的：

爸爸媽媽可以這樣記假名

遠 → 逺 → を → を

跟孩子可以
這樣一起寫

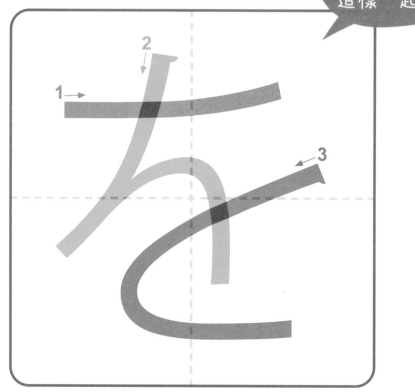

好好與您的孩子展開第一段的日語學習探索之旅吧！

你知道嗎？ヲ是從中文這樣變來的：

爸爸媽媽可以這樣記假名

乎 → ⼧ → ㇆ → ヲ

跟孩子可以這樣一起寫

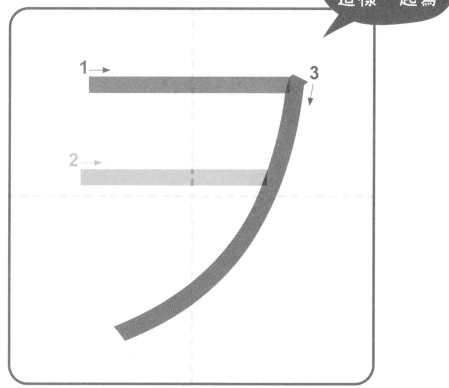

ヲ ヲ ヲ ヲ ヲ

好好與您的孩子展開第一段的日語學習探索之旅吧！

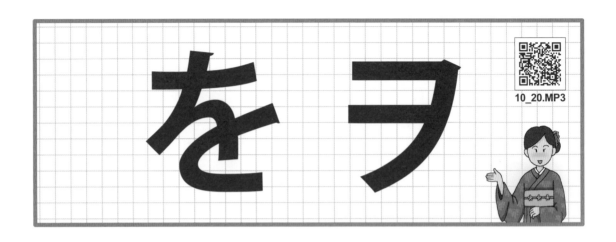

◆ **を** 〔助詞〕表示動作的對象、移動性動詞經過的場所
 o

てんぷら を たべる。【天ぷらを食べる。】吃天婦羅。
tenpura　o　taberu

みず を のむ。【水を飲む。】喝水。
mizu　o　nomu

テレビ を みる。【テレビを見る。】看電視。
terebi　o　miru

ほん を よむ。【本を読む。】讀書。
hon　o　yomu

じぶん の いけん を いう。【自分の意見を言う。】説自己的意見。
jibun　no iken　o　iu

でんごん を つたえる。【伝言を伝える。】傳遞留言。
dengon　o　tsutaeru

おんがく を きく。【音楽を聴く。】聽音樂。
ongaku　o　kiku

りょけん を さがす。【旅券を探す。】找尋護照。
ryoken　o　sagasu

ともだち を まつ。【友達を待つ。】等朋友。
tomodachi o　matsu

にもつ を はこぶ。【荷物を運ぶ。】搬運行李。
nimotsu　o　hakobu

どうぐ を つかう。【道具を使う。】使用道具。
dougu　o　tsukau

やさい を あらう。【野菜を洗う。】洗蔬菜。
yasai　　o　arau

にく を きる。【肉を切る。】切肉。
niku　o　kiru

ボールペン を とる。【ボールペンを取る。】拿原子筆。
bo-rupen　　　o　toru

かさ を さす。【傘をさす。】撐傘。
kasa　o　sasu

チャチャチャ を おどる。【チャチャチャを踊る。】跳恰恰。
chachacha　　　o　odoru

ひと を ゆるす。【人を許す。】原諒人。
hito　o　yurusu

きもの を きる。【着物を着る。】穿和服。
kimono　o　kiru

データ を にゅうりょく する。【データを入力する。】輸入資料。
de-ta　　o　nyuuryoku　　　suru

とり は そら を とぶ。【鳥は空を飛ぶ。】鳥飛過天空。
tori　wa sora　o　tobu

こうえん を はしる。【公園を走る。】跑過公園。
kouen　　　o　hashiru

你知道嗎？ん是從中文這樣變來的：

爸爸媽媽可以這樣記假名

无 → ゐ → ん

跟孩子可以
這樣一起寫

好好與您的孩子展開第一段的日語學習探索之旅吧！

你知道嗎？ン是從中文這樣變來的：

爸爸媽媽可以這樣記假名

尔 → ノ → レ → ン

跟孩子可以
這樣一起寫

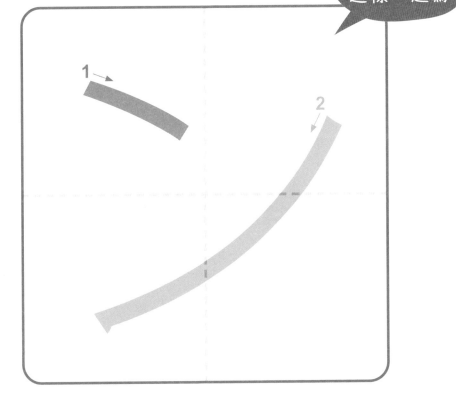

好好與您的孩子展開第一段的日語學習探索之旅吧！

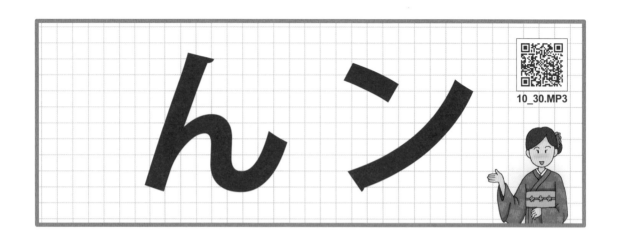

日語中沒有ん開頭的單字，且一般只會出現在詞尾，所以用詞尾為ん的單字舉例。

◆ あ<u>ん</u>【餡】 〔名詞〕餡、內餡
an

いまがわやき の あん は あずき です。【今川焼きのあんは小豆です。】
amagawayaki no an wa azuki desu

紅豆餅的內餡是紅豆。

◆ こうえ<u>ん</u>【公演】 〔名詞、動詞〕公演
kouen

こうえん は かようび から はじまる。【公演は火曜日から始まる。】
kouen   wa kayoubi kara hajimaru

公演從星期二開始。

◆ こくれ<u>ん</u>【国連】 〔名詞〕聯合國
ko ku re n

にほん は こくれん の メンバーこく です。【日本は国連のメンバー国です。】
nihon wa kokuren no menbakoku   desu

日本是聯合國的成員國。

✦ がん【癌】 〔名詞〕癌症
gan

がん が こわい。【がんが怖い。】癌症很可怕。
gan　ga　kowai

✦ たいおん【体温】 〔名詞〕體溫
taion

たいおん が ひくく なる。【体温が低くなる。】體溫變低。
taion　　 ga hikuku　naru

✦ ドリアン【どりあん】 〔名詞〕榴槤
torian

ドリアン の におい が きつい。【ドリアンの匂いがきつい。】
dorian　　 no nioi　　ga kitsui

榴槤的味道很濃烈。

✦ にゅういん【入院】 〔名詞〕住院
nyuuin

けが で にゅういん した。【怪我で入院した。】因為受傷而住院了。
kega　de nyuuin shi ta

✦ ホイアン【ほいあん】 〔名詞〕會安
hian

ホイアン は ベトナム の かんこうち です。
hoian　　 wa betonamu no kankouchi　　desu

【ホイアンはベトナムの観光地です。】會安是越南的觀光地點。

✦ みせいねん【未成年】 〔名詞〕未成年、未成年人
miseinen

みせいねんたちいりきんし。【未成年立入禁止。】未成年者請勿進入。
miseinen tachiirikinnshi

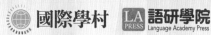

國際學村　LA PRESS 語研學院 Language Academy Press

語言學習 NO.1

自學日語者的救贖強勢力作

自學日語
看完這本就説

專為華人設計的日語教材，50 音＋筆順
＋單字＋文法＋會話一次學會！

作者：許心漎
出版社：語研學院
ISBN：9789869878494

全書涵蓋日常基礎所需的 50 音、會話、句型、文法、單字，
並用假名標註發音、外加羅馬拼音外，同時加上漢字標音，好記又好唸！
結合「聽、説、讀、寫」，一本全包！初學者一看就能輕鬆學會日語！
QR 碼方式隨刷隨聽，本書讓你輕而易舉就能開口説日語！

絕對超值的綜合自學課本！

自學日語會話
看完這本就説

專為初學者設計！只要直接套用本書會話模式，
一次學會日常溝通、必背單字與基礎文法

作者：李信惠　　出版社：語研學院
譯者：李郁雯　　ISBN：9789869878432

全書涵蓋日常基礎所需的會話、句型、文法、單字，
只要套用就能溝通！
「初學者」或「重新學習者」均適用！
搭配母語人士配音員親錄音檔和隨掃隨聽 QR 碼＋小巧方便的隨身會話練習小冊

走到哪裡都可以以輕鬆記，隨時會學實用日語會話！

台灣廣廈 國際出版集團
Taiwan Mansion International Group

國家圖書館出版品預行編目（CIP）資料

我的第一本基礎親子日語 / 陳冠引著 . -- 初版 . -- 新北市：國際
學村出版社, 2023.08
面； 公分.
ISBN 978-986-454-298-7(平裝)
1.CST: 日語 2.CST: 讀本

803.18 112010549

 國際學村

我的第一本基礎親子日語

作　　者／陳冠引　　　　　　編輯中心編輯長／伍峻宏・編輯／王文強
　　　　　　　　　　　　　　封面設計／曾詩涵・內頁排版／菩薩蠻數位文化有限公司
　　　　　　　　　　　　　　製版・印刷・裝訂／東豪・弼聖・秉成

行企研發中心總監／陳冠蒨　　線上學習中心總監／陳冠蒨
媒體公關組／陳柔並　　　　　數位營運組／顏佑婷
綜合業務組／何欣穎　　　　　企製開發組／江季珊

發　行　人／江媛珍
法 律 顧 問／第一國際法律事務所 余淑杏律師・北辰著作權事務所 蕭雄淋律師
出　　　版／台灣廣廈
發　　　行／台灣廣廈有聲圖書有限公司
　　　　　　地址：新北市235中和區中山路二段359巷7號2樓
　　　　　　電話：（886）2-2225-5777・傳真：（886）2-2225-8052
讀者服務信箱／cs@booknews.com.tw

代理印務・全球總經銷／知遠文化事業有限公司
　　　　　　地址：新北市222深坑區北深路三段155巷25號5樓
　　　　　　電話：（886）2-2664-8800・傳真：（886）2-2664-8801
郵 政 劃 撥／劃撥帳號：18836722
　　　　　　劃撥戶名：知遠文化事業有限公司（※單次購書金額未達1000元，請另付70元郵資。）

■出版日期：2023年08月
ISBN：978-986-454-298-7　　版權所有，未經同意不得重製、轉載、翻印。